幽霊屋敷のアイツ

A Girl lives in the Haunted House

川口雅幸 著
Masayuki Kawaguchi

第一章

失《うしな》われた肝《きも》だめし

1

幽霊《ゆうれい》なんていないんだ。いるわけがない。

オレはＳＦとかは好きだけど、幽霊《ゆうれい》の存在《そんざい》はまったく信じないし、絶対《ぜったい》に認めない。

なぜって、そんな恐《おそ》ろしいものなど、この世にいてほしくないから。

だから、ホラー映画《えいが》を観たり、お化《ば》け屋敷《やしき》なんかに入ったりするやつの気が知れない。

何でわざわざ自ら進んで怖《こわ》い思いをしなきゃいけないのか、まったくの疑問《ぎもん》だ。

「つたく、あいつらは、こういうののどこが楽しいんだよ」

鬱蒼《うっそう》とした林に囲《かこ》まれた狭《せま》い道を、月の光だけを頼《たよ》りにひたすら突《つ》き進《すす》む。

なんて蒸《む》し暑《あつ》いんだろう。時々風は吹《ふ》くけど、ちっとも涼《すず》しくならない。

むしろその生《なま》ぬるい僅《わず》かな空気の動きが、腕《うで》やふくらはぎに纏《まと》わりついてきて不快《ふかい》なくらいだ。

道路脇《どうろわき》の石垣《いしがき》から迫《せ》り出《だ》した真《ま》っ黒《くろ》い草木の群《む》れが、ワサワサと内緒話《ないしょばなし》のような音を立てている。

ガードレールは仄青《ほのあお》いカーブを不気味《ぶきみ》に浮《う》かび上《あ》がらせ、まるで闇《やみ》の奥へ奥へと導《みちび》いているかのよう。

「ちきしょう、怖《こわ》くない、全っっっ然怖《こわ》くなんかないぞ」

毎年のことながら、宗佑《そうすけ》が肝《きも》だめしをやろうやろう煩《うるさ》いから、仕方なく参加してやったけど。

五年生からは一人で挑戦《ちょうせん》しなきゃいけない、なんて鬼《おに》のようなルール、いったい誰《だれ》が決めたんだよ。

納得《なっとく》いかない上に、くじ引きの結果、よりにもよってオレがトップバッターに躍《おど》り出《で》ちまうし。

まあ、一瞬《いっしゅん》「げっ」とは思ったものの、順番は別に大した問題じゃない。

浄水場《じょうすいじょう》までのルートは、日が暮《く》れる前に一応みんなで確認《かくにん》しに行っており、公民館《こうみんかん》からだとせいぜい片道《かたみち》一〇分くらいのほぼ一本道《いっぽんみち》。

これが初めてではないし、地元の人間じゃないオレでも、道に迷《まよ》うことはまずありえない。

その浄水場《じょうすいじょう》の脇《わき》にある古い祠《ほこら》に、予《あらかじ》め用意した自分の直筆《じきひつ》サイン入り缶《かん》ジュース（ご丁寧《ていねい》に不正防止用《ふせいぼうしよう》のシールまで貼《は》ってある）が置いてあり、取ったら折《お》り返《かえ》し帰って来る。ただそれだけのことだ。

だから、今回も超余裕《ちょうよゆう》だと思って高《たか》をくくっていたんだ。

それがどうだ。同じ道を通るだけなのに、一人だとこんなにも心細《こころぼそ》いなんて。

昼間はあんなに平和でのどかだった田舎《いなか》の風景《ふうけい》が、こんなにも殺伐《さつばつ》とした闇《やみ》の世界に変貌《へんぼう》してしまうだなんて――

ガサガサガサッ！

突然《とつぜん》、背後《はいご》で物音《ものおと》がした。

飛び上がるように振《ふ》り返《かえ》ると、石垣《いしがき》の上から闇色《やみいろ》の何かが立て続けに落ちてくるではないか。

たまらず「うわっ！」と声を上げると、それらはササササッと一目散《いちもくさん》に駆《か》け出《だ》し、ガードレールの下をくぐり抜《ぬ》けていった。

「何だよ、脅《おど》かすなよもう」

たぶん、タヌキの親子か何かだろう。

この辺りにたくさんいて、時々庭に迷《まよ》い込《こ》んだりもするんだって、お婆《ばあ》ちゃんが言っていた。

「あーやだやだやだ。頼《たの》むよマジで」

暑《あつ》いのに寒いような、変なゾワゾワに身震《みぶる》いしながら足早《あしばや》に歩いていくと、少し先に急な坂道が見えて来た。

ようやく往路《おうろ》の中間地点だ。あの曲がりくねった坂をぐんぐん上っていけば、行き止まりに【第二浄水場《だいにじょうすいじょう》】と書かれた鉄格子《てつごうし》の門が待ち構えている。

その脇《わき》の細いけもの道を入ってすぐのところに、目指《めざ》す祠《ほこら》はある。

苔《こけ》や蔦《つた》が蔓延《はびこ》る古びた独特《どくとく》の雰囲気《ふんいき》は、明るい時でも見るからにヤバそうなオーラを放《はな》っていて。

夜ともなれば、まさに肝《きも》だめしに打《う》って付《つ》けの場所だろうなと、妙《みょう》に感心してしまうほどだ。

だけど、そこまで行き着く前にもう一箇所《いっかしょ》、身《み》の毛《け》もよだつ恐怖《きょうふ》スポットがある。

坂の上り口に建《た》っている廃屋《はいおく》の大きな一軒家《いっけんや》、通称《つうしょう》『幽霊屋敷《ゆうれいやしき》』だ。

実は一年生だったか二年生だったかの頃《ころ》、立ち入り禁止にもかかわらず、宗佑《そうすけ》とその家の敷地《しきち》で探検ごっこをしたことがあって。

探検とは言っても、すぐ大人の人に見つかって、ものの五分くらいで引き上げたんだったかな。

で、もちろんその時は、何も知らずに足を踏《ふ》み入《い》れたんだけど、

「あそこの家は呪《のろ》われてて、住んでた人がみんな死んじゃったんだぜ」

という話を上級生の人に聞かされてからというもの、近付くのさえ怖《こわ》くなってしまったのだ。

ほら、だからいやなんだよ幽霊《ゆうれい》とかお化《ば》けの部類って。

同じオカルト系でも、ある日突然《とつぜん》宇宙人《うちゅうじん》に会って不思議《ふしぎ》なパワーが使えるようになるだとか、異世界《いせかい》に行って大活躍《だいかつやく》するだとか、そういうのなら大歓迎《だいかんげい》だ。

いつか自分の身にも、マンガや映画《えいが》の主人公《ヒーロー》みたいにワクワクするような不思議《ふしぎ》なことが起きたら楽しいだろうな、っていう気持ちは常にあるし。

だけど幽霊《ゆうれい》みたいに、ひとの家に勝手にとり憑《つ》いて不幸《ふこう》な目に遭《あ》わせたりするような、不吉《ふきつ》で恐《おそ》ろしいだけの存在《そんざい》となんか、絶対《ぜったい》に関わり合いたくない。

お陰《かげ》で、ああいう人の住んでなさそうな家を見るたびに、『呪《のろ》い』とか『死』とかを連想《れんそう》するようになってしまったんだから……。

いやなことを思い出したなと後悔《こうかい》していると、ふと、急に辺りの暗《くら》さが増したような気がした。

見上げれば、大きな雲の塊《かたまり》が、みるみる月を覆《おお》い隠《かく》そうとしている。

そうこうしているうちに、一旦《いったん》ガードレールが途切《とぎ》れ、あの幽霊屋敷《ゆうれいやしき》の広い庭が目に入る地点に差《さ》し掛《か》かっていた。

何だかタイミング的にすごく不吉《ふきつ》な感じがして、ここはもう脇目《わきめ》も振《ふ》らず、一気に走り抜《ぬ》けようと思ったんだ。

だけど、その矢先《やさき》、

「あさみー」

どこか遠くのほうから、男の人の声が小さく聞こえてきた。

思わず足を止めると、

「あさみさーん、どこにいるのー」

今度は女の人の声。

少しびっくりはしたけど、明らかに普通《ふつう》の大人の人の声っぽかったから逆《ぎゃく》にホッとして。

何気《なにげ》なく声の行方《ゆくえ》を追って、視線《しせん》を動かした瞬間《しゅんかん》、

「！」

ゾクッと、背筋《せすじ》が凍《こお》りついた。

そこに何者かがいる。

誰《だれ》もいるはずのない廃屋《はいおく》の庭に、人影《ひとかげ》が。

「あさみー、どこだー」

「あさみさーん」

声がさっきよりもちょっと大きく聞こえた。

すると、その人影《ひとかげ》がにわかに蠢《うごめ》き出《だ》した。

後退り《あとずさ》気味《ぎみ》に様子を窺《うかが》っていると、雲の切れ間から薄明《うすあ》かりが射《さ》してきて、シルエットに僅《わず》かな明暗《めいあん》を与えた。

白っぽいTシャツに短《たん》パン姿《すがた》だろうか、髪《かみ》は上のほうで一つに束《たば》ねているように見える。

小柄《こがら》でほっそりしているし、オレと同い年くらいの女の子かもしれない。

正体が分かってきて、再び胸《むね》を撫《な》で下《お》ろしつつも、いったいこんなところで何をしているのだろうという疑問《ぎもん》が湧《わ》いてくる。

その女の子は、庭の片隅《かたすみ》に立って俯《うつむ》いているようだったが、大人たちの声がまた少し大きくなったかと思うと、落ち着きなく身体を揺《ゆ》すり出《だ》した。

こういう時、どうするのがいいんだろう。

何となく、女の子が声の主《ぬし》に怯《おび》えているように思えてきて、気になる。

声を掛《か》けるべきなのか、それとも知らんぷりでこのまま通り過ぎるほうがいいのか……。

あれこれ考えをめぐらせていると、辺りがすっかり元の明るさを取り戻《もど》した。

上級生の話を聞いて以来まともに顔を向けたことのない、荒《あ》れ果《は》てた庭の全景《ぜんけい》が、月に照《て》らし出《だ》され、目の前に広がる。

ふと、その瞬間《しゅんかん》、

「あっ」

オレは思い出したのだ。

宗佑《そうすけ》と遊んだ時に、この庭の中で見たものを。

そして、ちょうど今、女の子が立っているその場所に、それがあったはずだということを。

同時に、もの凄《すご》くいやな予感が走った。

「あさみー」

「あさみさーん」

一段と近くなった声に反応《はんのう》するかのように、女の子はおどおどした様子で、それを覗《のぞ》き込《こ》んでいる。

オレは胸騒《むなさわ》ぎが止まらなくなって、たまらず有刺鉄線《ゆうしてっせん》を飛《と》び越《こ》え、庭に足を踏《ふ》み入《い》れた。

恐《おそ》る恐《おそ》る女の子のほうに近付いていくと、微《かす》かにしゃくり上げるような息遣《いきづか》いが聞こえてくる。

月明かりに浮《う》かび上《あ》がった、青白い横顔。

思いつめたように下唇《したくちびる》を噛《か》み、表情をこわばらせているように見える。しかも何だ、裸足《はだし》じゃないか。

「まさか」という不安と、「頼《たの》むから思い違いであってくれ」という願《ねが》いとが入り交じり、心臓《しんぞう》が悲鳴《ひめい》を上げていた。

やがて女の子は、一度空を仰《あお》ぐように大きく深呼吸《しんこきゅう》すると、グッと口元《くちもと》を引《ひ》き締《し》めた。

そして同じように固く目を閉じると、あの底《そこ》なし沼《ぬま》のように真《ま》っ黒《くろ》な古井戸《ふるいど》の縁《ふち》に足を掛《か》け——

「や、やめろ！」

気が付くと、オレは駆《か》け出《だ》していた。

「自殺《じさつ》なんかしちゃだめだ！」

ビクッと細い肩《かた》を震《ふる》わせ、振《ふ》り向《む》きざまに見開いた真ん丸な目。

出会《であ》い頭《がしら》、時間が止まったみたいに瞬《まばた》きも忘《わす》れ、オレは息を呑《の》んだ。

その瞳《ひとみ》と瞳《ひとみ》が、一条《いちじょう》の線で繋《つな》がった瞬間《しゅんかん》、

「うわッ！」

足元の庭石《にわいし》に勢《いきお》いよく躓《つまず》き、まるでウサギに襲《おそ》いかかるトラのように宙《ちゅう》を舞《ま》ったオレは、

「きゃ——ッ！」

思いっきり体当たりするかたちで、少女もろとも、井戸の中に転落した。

◇

目を開けると、お父さんとお母さんの顔が、ぼんやりとそこにあった。

「気が付いたのね、よかった」

「大丈夫か、燈馬《とうま》」

握《にぎ》られている右手の温《ぬく》もりが、お母さんのものだと分かるのに、少し時間がかかった。

左手《ひだりて》の甲《こう》と手首には何かがくっついてて、動かさないほうがいいような気がした。

見慣《みな》れない天井《てんじょう》といい、二人の様子といい、ここが病室のベッドの上であることは何となく察《さっ》しがつく。

「先生の言うとおりだったわね。だいぶ落ち着いてきたし、もうすぐ目も覚《さ》めるでしょうって」

「本当に、大したことなくてよかった。もう安心だ」

喋《しゃべ》ろうと思うんだけど、うまく声が出せず口をパクパクさせていると、お母さんが、ん？ って感じで顔を寄せてきた。

「お腹《なか》すいたの？」

確かに何か食べたいとは思ったけど、最初にそう訊《き》かれたのがちょっと意外で、静かに頭を横に揺《ゆ》すった。

一度咳払《せきばら》いをして唾《つば》を呑《の》み込《こ》んでから、オレは口を開いた。

「あの子は」

ちゃんと声に出せたものの、聞き返されたから、

「あのアサミとかいう子は、どうなったの？」

そう言ったんだけど、「誰《だれ》のこと？」って不思議《ふしぎ》そうな顔してる。

「だから、一緒《いっしょ》に落ちちゃった子だよ。たぶんアサミっていう名前だと思ったんだけど」

そしたら今度は、二人して怪訝《けげん》そうに顔を見合わせてる。

するとお父さんが、フッと口元《くちもと》を緩《ゆる》めて、「さては夢《ゆめ》でも見てたんだろう」と言った。

「何せ二日も眠《ねむ》ってたんだからな」

「そうね」とお母さんも微笑《ほほえ》んでる。

「心配したわよ。うなされたまま全然起きないんだもの」

何かおかしいなと思いつつ二人の会話を聞いていると、どうやらオレが病院にいるのは風邪《かぜ》をこじらせたためのようだ。

四〇度くらいの熱が出て、一向に下がらなくなり、意識も朦朧《もうろう》とした状態《じょうたい》だったらしい。

それで一昨日《おととい》の夜中に、救急患者《きゅうきゅうかんじゃ》として担《かつ》ぎ込《こ》まれたというのだが。

「ちょっと待って」

どうも話が見えてこなくて、今日が何日なのかを確認《かくにん》したら、いよいよおかしい。

「一昨日《おととい》の夜って言ったらオレ、もうとっくに家にはいないでしょ」

「ええと、どういう意味？　病院に連れて来たのは夜中だったけど」

「いや、そうじゃなくてさ」

「ずっと眠《ねむ》っていたから時間の感覚がおかしいんだろう。分かるよ、お父さんも経験《けいけん》がある」

「だから違うってば。一昨日《おととい》なら、オレは朝から出掛《でか》けてるでしょ、って意味だよ」

「何言ってるの、前の日の朝にはもう調子を崩《くず》してて、明日お婆《ばあ》ちゃんちに行けなくなると困《こま》るからってプールの誘《さそ》いも断《ことわ》ったでしょ。それからお母さんが付《つ》き添《そ》って、ずっと家で寝《ね》てたじゃない」

「え、何それ……。てか、お母さん、その日は早番《はやばん》で、朝から仕事に行ったよね？」

「行くわけないでしょ。子供が具合悪《ぐあいわる》いのに、一人でお留守番《るすばん》させる母親がどこにいるの。けれど今回は店長に助けられたわ。お休みを代《か》わってもらえなかったらどうしようかと思ったんだから」

いったいどういうことなんだろう、まったく話が噛《か》み合《あ》わない。

でも、お母さんが嘘《うそ》を言っているようにも見えない。

「ごめん、ちょっと冷静になって考えてみる」

この記憶《きおく》に間違いなんてあるはずがない、という絶対的《ぜったいてき》な自信はあった。

だけど一応、何か重大な勘違《かんちが》いをしていないかどうか、頭の中を整理《せいり》することにして、オレは一旦《いったん》目を閉じた。

2

いくら考えてみたところで、勘違《かんちが》いする可能性《かのうせい》がありそうな事柄《ことがら》は何も見つからなかった。

そして、いくら思い出してみても、一昨日《おととい》の記憶《きおく》が変わることはなかった。

それと同じように、お母さんの言うことにも、まるで身に覚えがない。

「やっぱりおかしいよ。そんなはずない。第一オレ、風邪《かぜ》なんかひいてないし」

お腹《なか》に力が入らず、長く喋《しゃべ》るのはちょっとしんどかったんだけど、どうにも納得《なっとく》いかなくて。

オレは目が覚《さ》めるまでのことを、憶《おぼ》えている限《かぎ》り話して聞かせた。

一昨日《おととい》の朝に家を出発して、お婆《ばあ》ちゃんちに一人で遊びに行ったこと。その夜、宗佑《そうすけ》たちと肝《きも》だめしをしていたこと。途中《とちゅう》で知らない女の子を見かけ、一緒《いっしょ》に井戸に落ちてしまったこと……。

しかし、疑《うたが》う余地もなくそれは夢《ゆめ》だよと、お父さんは言う。

確かに、お婆《ばあ》ちゃんちにはオレが一足《ひとあし》先に行くはずだった。そこまではいい。

ところが前の晩《ばん》、熱は下がるどころかますます上がり、オレが完全にダウンしてしまったため、急遽《きゅうきょ》予定をキャンセルしたというのだ。

「あの状態《じょうたい》じゃあ、どう頑張《がんば》ったって遊びに行くのは無理だったからな」

「お婆《ばあ》ちゃん、すごく心配してたから、後で電話しなくちゃね」

話を聞きながら、より一層《いっそう》頭が混乱《こんらん》してきた。

井戸に落ちるどころか、肝《きも》だめしにも参加しておらず、それ以前に、家から出掛《でか》けてすらなかったなんて。

「でも、なるほどこれで納得《なっとく》だ」

お父さんが腕組《うでぐ》みをして、「肝《きも》だめし中に井戸に落ちたんじゃあ、たまらんわなぁ」と、梅干《うめぼ》

しても食べたような顔で何度も頷《うなず》くと、

「あんなにうなされて。よっぽど怖《こわ》い夢《ゆめ》だったのね」

お母さんは、握《にぎ》っていたオレの手にもう片方《かたほう》の手を添《そ》え、眉尻《まゆじり》を下げて微笑《ほほえ》んだ。

「おかしいなぁ。どう考えても、あれは現実だよ。とても夢《ゆめ》だとは思えない」

「夢《ゆめ》でよかったじゃないの」

「そうだぞ。本当に井戸に落ちたりしたら、現実なら大変なことになってるぞ」

二人に諭《さと》され、それはその通りだなと思ったけど。

夢《ゆめ》にしてはあまりにもリアルすぎて、首を傾《かし》げずにはいられない。

だから回診《かいしん》に来た先生にも、お母さんの口からオレの主張を伝えてもらったのだが、

「高熱による一時的な記憶障害《きおくしょうがい》で、夢《ゆめ》と現実を混同《こんどう》したんでしょう」

と、にこやかに軽く流されて終わった。

翌日からは、念のためということで、エムアールアイとかいう機械装置に頭の中を細かく検査《けんさ》されまくって。

無事退院できたのは、それから二日後のお昼頃《ひるごろ》だ。

検査《けんさ》結果はまったくの異常《いじょう》なしで、先生には「とても立派な脳《のう》だよ」って褒《ほ》められるくらい。

お蔭《かげ》でお母さんに、「それなのに算数の点数がよくないのはどうしてかしらね～」って皮肉《ひにく》られたけど。

そんなわけで、風邪《かぜ》はすっかり治ったし、何も問題はなかったんだ。

だけど、どうもいまいち調子が出ないというか、頭の中がすっきりしないというか。

結局、計画して合わせていたお父さんとお母さんの休みがずれてしまったこともあり、今年は家族で遊びに出掛《でか》けることもないまま、新学期を迎《むか》えるに至《いた》った。

学校が始まり、生活のリズムが戻《もど》ってくると、夏休み中のことなんか振《ふ》り返《かえ》る暇《ひま》もなくなり、あの不思議《ふしぎ》な出来事《できごと》のことも次第《しだい》に忘《わす》れていった。


――一年後――


ホームに降《お》り立《た》つや否《いな》や、ムワッと、むせ返るような鉄《てつ》くさい熱気《ねっき》に巻《ま》かれた。

カン！　カン！　カン！　カン！　カン！　カン！

すぐそこの踏切《ふみきり》が、けたたましく警報音《けいほうおん》を鳴《な》り散《ち》らしている。

眩《まばゆ》い陽射《ひざ》しに顔を顰《しか》めつつ、改札口《かいさつぐち》に向かって歩き出すと、列車《れっしゃ》はホイッスルを合図《あいず》にゆっくりと動き出した。

たった二両編成《にりょうへんせい》なのに、随分《ずいぶん》と重々しい唸《うな》り声を上げながら、オレの横をすれ違っていく。

やがて車両が完全に通り過ぎると、線路沿《せんろぞ》いに並《なら》んだヒマワリのすぐ後ろに、深緑《しんりょく》の山が広がった。

タタンタタン　タタンタタン　タタンタタン……

遠ざかる列車《れっしゃ》の軽快《けいかい》なリズムを背《せ》に改札口《かいさつぐち》まで来ると、ようやく踏切《ふみきり》の音は鳴《な》り止《や》んだ。

だけど耳が休まる間もなく、吹《ふ》きさらしの無人駅《むじんえき》は、たちまちセミの大合唱《だいがっしょう》に包まれた。

「こっちも暑《あつ》いなぁ」

改札機《かいさつき》もなければ駅員さんの姿《すがた》もない、開《あ》け放《はな》たれたアルミ戸《ど》。逃《に》げ込《こ》むようにその中へ入る。

壁際《かべぎわ》にある木のベンチに一旦《いったん》リュックを下ろし、

「あー、着いた着いたー」

ぐーっと両腕《りょううで》を上げ、思いっきり伸《の》びをすると、本当の意味で肩《かた》の荷《に》が下りた。

だって、乗り過ごしたらヤバいと思うと、ゲームに熱中することも寝《ね》入《い》ることもできなくて。

お蔭《かげ》で、いつもの倍《ばい》くらい遠く感じられ、正直《しょうじき》かなり疲《つか》れた。

お婆《ばあ》ちゃんちに遊びに行くのは、我《わ》が家《や》にとって毎年夏休み恒例《こうれい》の一大イベントになっている。

まずオレとお母さんが一足《ひとあし》先に行ってて、お父さんは仕事がお盆休《ぼんやす》みに入ってから遅《おく》れてやって来る、というのがいつものパターンだった。

だけど、去年からは状況《じょうきょう》が変わり、ついにお母さんまでもが『お盆休《ぼんやす》み組』になってしまった。

うちが共働《ともばたら》きになったのは、オレが三年生の時からだ。

隣町《となりまち》にでっかいショッピングモールがオープンして、お母さんは、その中のジュエリーショップにパート社員として勤《つと》めることになった。

もともと、お父さんと結婚《けっこん》する前にも宝石関係の仕事をしていたらしく、経験《けいけん》を活《い》かすチャンスだとか言って張《は》り切っていたっけ。

そんな感じで一生懸命《いっしょうけんめい》やっていたからだろう、去年の春にはめでたく正社員に昇格《しょうかく》したということで、三人でお祝《いわ》いをした。

パート社員と正社員とでは、お給料から何から随分違《ずいぶん》うらしく、「ボーナスも出るのよ！」ってすごく嬉《うれ》しそうだったのを覚えている。

でも、その分、今まで以上に頑張《がんば》らなきゃいけなくなり、以前のように簡単《かんたん》には長い休みが取れなくなったみたいで。

特にお盆《ぼん》とかお正月のような、みんなが休みになる時期は、希望《きぼう》どおりの休みを取るのが余計《よけい》に難《むずか》しいんだと言っていた。

「それにしても、変わんないな」

ホッと一息《ひといき》ついて辺りを見渡《みわた》せば、懐《なつ》かしさで顔がほころんでくる。

カーテンが閉まったままの窓口《まどぐち》。煙突《えんとつ》が飛び出た古くさいストーブ。壁《かべ》に貼《は》りまくられた時刻表《じこくひょう》やら何かの案内やら指名手配犯《しめいてはいはん》やらの、色褪《いろあ》せたポスター群《ぐん》。

唯一真新《ゆいいつまあたら》しいやつには、いつものカラフルな花火写真と『盆祭《ぼんまつ》り２０１２』の文字が、ひと際《きわ》鮮《あざ》やかに描《えが》かれている。

人気《ひとけ》のない古い木造の駅舎《えきしゃ》は、二年前の夏と何も変わらず――

「あれ？」

思わず目を凝《こ》らす。

出入り口から向こうの景色《けしき》に、何かが足りない気がしたのだ。

リュックを引っつかみ外に出ると、明らかにあるはずのものがない。

おかしいなと思いつつ駐車《ちゅうしゃ》スペースを横切り、そこまで駆《か》け寄《よ》ってみる。

駅の道路向かいにあった、駄菓子屋《だがしや》さんっぽい小さなお店。

建物自体はそこにあるのだが、二階部分にでかでかと掲《かか》げていた、あの『尾上乾物店《おのうえかんぶつてん》』の看板《かんばん》が見当たらないではないか。

軒下《のきした》に並《なら》んでいた自販機《じはんき》もなくなっているし、表口《おもてぐち》はすっかり雨戸《あまど》で閉め切られていて、もはや人が住んでいる気配《けはい》すら感じられない。

「つぶれちゃったのかな」

小さい頃《ころ》から、ここに遊びに来るたび立ち寄っていたお店。

着いたらまずこのお店でアイスを買って、食べながらお婆《ばあ》ちゃんちまで歩く、というのが楽しみの一つだったのに。

がっくり肩《かた》を落としつつ、食べられないと分かったら余計《よけい》に喉《のど》が渇《かわ》いてきて。

仕方ないから、駅のトイレ前の自販機《じはんき》まで戻《もど》ってジュースでも買おうかと思い、振《ふ》り返《かえ》ったら、

「ん？」

再び首を傾《かし》げたくなった。

駅舎《えきしゃ》の出入り口の横、それぞれ向かって左側に電話ボックス、右側に郵便《ゆうびん》ポストが立っているのだが、何か妙《みょう》な感じがしたのだ。

その違和感《いわかん》の正体も、すぐに分かった。

おぼろげな記憶《きおく》ながら、ポストが左側で電話ボックスは右側、つまり設置されている位置が逆《ぎゃく》だったはず。

しかも、ポストはあんな寸胴《ずんどう》で筒状《つつじょう》のやつじゃなく、細い一本足に四角い箱が載《の》っかった形だったような気が……

「だめだ、やめとこう」

悪《わる》い癖《くせ》だ。考えてみれば、二年ぶりに訪《おとず》れたんだから、駅前の様子が以前と変わっていても別に何の不思議《ふしぎ》もないじゃないか。

そう思い直し、頭をブルブル振《ふ》って、両方のほっぺたをペチペチ叩《たた》く。

周りの状況《じょうきょう》が、どことなく以前と違うように思えたり、事によってはまるっきり変わってしまった気がしたり、というこの違和感《いわかん》。

去年の夏頃《なつごろ》から、度々《たびたび》そんな感覚に見舞《みま》われるようになってしまった。

こういうのは、誰《だれ》しも多少は経験《けいけん》のある感覚らしいんだけど、オレのはちょっと程度が酷《ひど》くて。

例えば、教頭先生がいつの間にか校長先生になってたり、教室の席順が微妙《びみょう》に入《い》れ替《か》わってるような気がしたり。

もっとあるぞ。近所のコンビニがローソンだと思ってたらファミマだったり、友達の住んでるマンションの部屋が三階でなく四階だったりとか。

でも一番の違和感《いわかん》は、『月』という漢字《かんじ》だ。

中の横線が三本で五画の漢字《かんじ》だと思ってたのに、実際《じっさい》には二本しかなくて四画らしいじゃないか。

こればっかりは未だに納得《なっとく》いかないけど、恐《おそ》らくこういうのも病院の先生の言う『記憶障《きおくしょう》害《がい》』なんだろう。

そう。自分の中ではこうだったはずなのに違っている、ということがよくあって、一時は結構《けっこう》悩《なや》んだりしていた。

お母さんに言うと心配するから、お父さんにこっそり打ち明けたら、インターネットでいろいろ調べてくれて、

「病院で言われたとおり、ちょっとした脳《のう》の錯覚《さっかく》みたいなものだから大丈夫だよ。ストレスなんかも原因《げんいん》の一つらしいから、あんまり深く考《かんが》え込《こ》んだり、思《おも》い詰《つ》めたりしないほうがいいぞ」

というアドバイスも受けた。

だから、これまでもずっと、単なる勘違《かんちが》いや思い違いだと自分に言い聞かせてきたし、なるべく気にしないようにしてきたんだ。

だけど、時々どうしようもなく不安になる。

今日ここで抱《いだ》いた違和感《いわかん》も、あの時に病院の先生が言った『一時的な記憶障害《きおくしょうがい》』の症状《しょうじょう》なのだろうか。

もしもそうだとしたら、いったいいつまで続くんだろう。あれからもう、一年も経つというのに……。

そんなことを思いながら、ちょっと重い足取りでトイレ前の自販機《じはんき》を目指《めざ》し、駅に戻《もど》りかけた時だった。

今や道路を渡《わた》る際《さい》の儀式《ぎしき》みたいなものだろう、車が来ていないかどうかを無意識レベルで、右・左・右と確認《かくにん》したのだが、

「え？」

リズムにすれば、タン・タン・タ・タン！　というもの凄《すご》い勢《いきお》いで、オレは更に左を二度見した。

真ん中の白線もなければ車道と歩道の区別もない、線路と並走《へいそう》する細長《ほそなが》い横道。

その少し先の、ゆらめき立つ陽炎《かげろう》の中を、今まさに踏切《ふみきり》を渡《わた》り終《お》えたのであろう一人の少女が、ゆっくりと横切っていく。

「あ、あれって……」

その少女の頭には、見覚えのあるポニーテールが、まるで夢《ゆめ》の中の出来事《できごと》であるかのように、静かに、ぼんやりと揺《ゆ》れていた。

3

それは、もはや『違和感《いわかん》』では済《す》まされない光景《こうけい》だった。

あっ気にとられ、身動きどころか、頭を働かせようとすることすらできなかった。

ミ――ンミンミンミンジ――……　ミ――ンミンミンミン…

降《ふ》りしきる蝉時雨《せみしぐれ》の中で、はっと我《われ》に返る。

少女の姿《すがた》が建物の陰《かげ》で見えなくなって初めて、何も聞こえないほど茫然《ぼうぜん》と立《た》ち尽《つ》くしていたことに気が付いた。

幻覚《げんかく》でも見たんだろうか。

もしかして、こういうのを白昼夢《はくちゅうむ》って言うんだろうか。

いや、暑《あつ》いとは言え、ありもしないものを創《つく》り出《だ》してしまうほど、頭がぼんやりとしていたわけじゃない。

　ましてや、学校の視力検査《けんさ》で両眼《りょうがん》ともに一・五のオレが、他の誰《だれ》かと見間違いをするような距離《きょり》でもない。

　あの俯《うつむ》き加減《かげん》の横顔。高い位置で束《たば》ねられた長めのポニーテール。

　あれは紛《まぎ》れもなく、あの時一緒《いっしょ》に井戸に落ちた子だ。「アサミ」と呼《よ》ばれていた、あの少女そのものだ。

　わけもなく、暗闇《くらやみ》の向こうから一筋《ひとすじ》の光が射《さ》してくるような、漠然《ばくぜん》とそんなイメージが頭の中に浮《う》かんだ。

　だけど、その光はすぐに遮《さえぎ》られた。

　オレがあの『アサミ』を見たのは、夢《ゆめ》の中だったはずだ。

　それなのに、今のが幻覚《げんかく》でないとしたら、いったいこの状況《じょうきょう》をどう捉《とら》えればいいというのか。

　たまたま夢《ゆめ》に見た田舎《いなか》町に、これまた夢《ゆめ》の中の少女と瓜二《うりふた》つの子が実際《じっさい》に存在《そんざい》しているなんて、そんな偶然《ぐうぜん》が――

「動くな」

　突然《とつぜん》、背後《はいご》からドスのきいた声が聞こえた。

「大人しく手を上げろ」

　腰《こし》の辺りに、何か尖《とが》った感じの硬《かた》いものが当たっている。

　自分の身に何が起こっているのか考える余裕《よゆう》もなく、言うとおりにすると、

「！」

次の瞬間《しゅんかん》、耐《た》えがたいムズムズした電撃が脇腹《わきばら》に走り、

「うわ、や、やめッ」

脇《わき》の下にかけて這《は》うように襲《おそ》ってくるその執拗《しつよう》なくすぐり攻撃《こうげき》に、オレは身をよじりながら必死の抵抗《ていこう》を試《こころ》みた。

「って、このッ！ やめろ！」

いきなりこんなことをするやつは、あいつ以外に考えられない。

振《ふ》り返《かえ》れば、ほら思ったとおり日に焼けた顔が指《ゆび》ピストルを構え、ニカッといたずらっぽく歯《は》茎《ぐき》をむき出しにしてる。

「宗佑《そうすけ》、お前なぁ！」

最初の声の感じで何となくそうじゃないかという気はしたものの、まさか出迎《でむか》えられるとは思わなかった。

「と、燈馬《とうま》、こんななって、飛《と》び跳《は》ねちゃって、くッ、くくくッ」

オレの反応《はんのう》をまねて身体をのけぞらせながら、腹《はら》を抱《かか》えて笑ってる。

その顔を見ていたら、オレも堪《こら》えきれなくって吹《ふ》き出《だ》してしまった。

「ったく、相変《あいか》わらずバカだなー」

「て言うか、なにいきなり声変《こえが》わりしてんの、お前」

「お前もだろ！」

二人してゲラゲラギャハギャハ笑《わら》い転《ころ》げまくる。

二年ぶりの再会がどうとか以前に、もうおかしくて楽しくて、一気にテンションが上がっちまった。

蓑田宗佑《みのだそうすけ》。年に一度、夏にしか会わないけど、物心《ものごころ》がつく前から一緒《いっしょ》に遊んでいる幼馴染《おさななじみ》中の幼馴染《おさななじみ》。

『夏休《なつやす》みの友《とも》』と言ったら、オレにとってはあの宿題の勉強ノートじゃなく、この宗佑《そうすけ》のことだと言い切れるくらい。

お母さん同士も同級生で仲がよく、生まれた病院も同じで誕生日《たんじょうび》も一日違いという、ある意味親戚《しんせき》以上に近しい存在《そんざい》だ。

「わざわざ迎《むか》えに来てくれたのか？　てか、よく分かったな」

「たまたまだよ。ここに向かう途中《とちゅう》、お前んとこの婆《ばあ》ちゃんに会ってさ、燈馬《とうま》がそろそろ着く頃《ころ》だって言うから、ちょうどいいやって」

「あー、そういうこと」

お婆《ばあ》ちゃんに、一人で行くことを電話で伝えた時、駅まで迎《むか》えに行こうかと言われたんだけど、大丈夫だからって断《ことわ》っといたんだ。

と言うのも、お婆《ばあ》ちゃんちの近くに、『とみやま公園』というわりと大きな目印《めじるし》があって。

そこを目指《めざ》していけばどうにかなると思ったし、どうせなら最後まで自力《じりき》だけで辿《たど》り着《つ》いてみせるぞって意気《いき》込《ご》んでいたから。

でも思いがけず、着いてすぐに一番の遊び友達と会えるなんてラッキーだ。

それに、宗佑《そうすけ》がちっとも変わってない感じで、ちょっと安心した。

そりゃあ当然前より背は伸《の》びてるし、幾分《いくぶん》長めになったスポーツ刈《が》りは毛先《けさき》を遊ばせたりして、多少チャラくはなってる。

着ているものも、スポーツブランドのロゴ入りTシャツ&短《たん》パンじゃなくなり、膝丈《ひざたけ》のジーンズにブルー系の襟付《えりつ》きチェックシャツを合わせたりして、なかなかの爽《さわ》やか少年だ。

だけど六年生にもなれば、周りもみんな結構《けっこう》お洒落《しゃれ》に気を遣《つか》うようになってきてるから、このぐらいの変化は普通《ふつう》だろう。

オレのこのハーフパンツを下げ気味《ぎみ》に穿《は》くのだって、だらしないんじゃなく、一応お洒落《しゃれ》の一部なんだよな。お母さんにはえらく不評《ふひょう》だけど。

それにしても、わざわざ駅に来るからには、宗佑《そうすけ》にも予定があるんだろうと思い、

「これから、どこかに出掛《でか》けるのか?」

何の気なしにそう尋《たず》ねたら、

「あー、いや、そういうわけでも、ないんだけどさ」

って歯切《はぎ》れの悪《わる》い答えが返ってくる。

「じゃあ、何でここへ?」

「まー何て言うの、待ち合わせ?」

「誰《だれ》と?」

「えーと……」

頭上の小バエでも目で追ってるみたいにキョロキョロしながら、人差し指でほっぺたをポリポリかいている。

どうも怪《あや》しいなと思い始めた矢先《やさき》、

「そーすけくーん」

後ろのほうで、キンキンした甲高《かんだか》い声が響《ひび》いた。

すると宗佑《そうすけ》が「おー」ってオレの肩越《かたご》しに手を挙げたから、何となしに振《ふ》り返《かえ》ったんだ。

そしたら、目が覚《さ》めるような恰好《かっこう》をした女の人が、手を振《ふ》り振《ふ》りこちらに駆《か》けてくるではないか。

髪《かみ》はほとんど金髪《きんぱつ》に近い茶髪《ちゃぱつ》。芸能人《げいのうじん》ばりのでっかいサングラスをかけ、肩《かた》から細いひもで吊《つ》ってるだけの鮮烈《せんれつ》なピンクのひらひらを纏《まと》ってる。

しかもあのミニスカート、ヒョウ柄《がら》、ってやつ、だよな。

宗佑《そうすけ》にお姉ちゃんなんかいないから、えらくド派手《はで》な知り合いだな、とか思いつつ、「誰《だれ》？」という疑問《ぎもん》を込《こ》め、目で訊《き》いたんだけど、

「ま、そういうこと」

って、どういうことだよ!?

なんてツッコミを入れる間もなく、その女の人が横にやって来た。

「ごめんね、まったー？」

「いや、今来たとこだから」

何このいかにもな感じのお決まりっぽいやり取り。

これじゃまるで……

「あー、紹介《しょうかい》する。同じクラスのエレナ。で、こっちが幼馴染《おさななじみ》の燈馬《とうま》」

「エレナですー、よろしくねー♪」

「あ、どうも……」

っておい、このショッキングピンク女が同級生ってマジかよ⁉

などと声に出して言えるわけもなく、妙《みょう》に照《て》れくさくて視線《しせん》を下げたら、ヒョウ柄《がら》から伸《の》びた脚《あし》がバレリーナみたいに爪立《つまだ》ちしてる。

随分《ずいぶん》と背《せ》が高く、大人に見えたのは、やたらと踵《かかと》がぶ厚いこのサンダルのせいだったらしい。

てか、ガチか、ガチデートなのか。宗佑《そうすけ》に彼女ができたってことか。

軽くショックを受けながら、二人が何か会話してるのを遠くに聞いていたら、

「なあなあ、燈馬《とうま》くん言うたなぁ」

不意《ふい》に呼《よ》ばれたから、顔を上げた。

胸元《むなもと》にかかった長い髪《かみ》を両手で後ろに振《ふ》り払《はら》うと、エレナは外したサングラスをカチューシャっぽく頭に載《の》せ、

「これからショッピングやねんけど、よかったら一緒《いっしょ》に行かへん？」

そう言って、パッチリした大きな目で笑いかけてきた。

初めて間近で耳にするナマ関西弁《かんさいべん》に淡《あわ》い感動を覚えつつ、「いやオレは」と断《ことわ》りかけたら、「言うとくけど、うちら付《つ》き合《お》うてるわけちゃうから、気ぃ遣《つか》わんといてなー」とすかさず切り返してきた。

「仲はええけど、宗佑《そうすけ》くんには、ちゃあんと別に好きな子がおんねんから」

エレナの話によれば宗佑《そうすけ》は、別のクラスの『サリカ』という学校でも一番人気の美少女を花火大会に誘《さそ》ったのだという。

「って、お前、マジで誘《さそ》ったのか⁉」

「あ、あー、まあな……」

再びのショックだ。

昔《むかし》からこの地域《ちいき》では、その花火を見ながら男の人が女の人に告白する風習みたいなのがあって。確か、その相手から盆祭《ぼんまつ》りの日にＯＫの返事をもらうと永遠《えいえん》に結ばれる、とかいう言い伝えだったかな。

とにかく、そういう伝説にみんなが憧《あこが》れているんだって話を、小さい頃《ころ》に、お母さんから聞いたことがある。

それで、その花火大会に着ていく服を、今から買いに行くところらしいのだが。

「ほんでなー、どんな恰好《かっこう》したらええか分からん言うしなー、しゃーないから協力《きょうりょく》したげることになってん」

何てこった。

花火大会に誘《さそ》う本命がいるほかに、買い物を手伝ってくれるような仲のいい子までいるなんて。

どうやら宗佑《そうすけ》は、暫《しばら》く会わないうちに女子と仲良くなる術《すべ》を身につけたらしい。

オレなんて女子と二人っきりでなど、緊張《きんちょう》してまともに喋《しゃべ》れないってのに。

「せやから遠慮《えんりょ》せんといて、うちらは全然かまへんで。あんたも、そのほうが楽しいやろ？」

「おう、一緒《いっしょ》に行こうぜ燈馬《とうま》」

そうは言われても、やっぱり気が引ける。

それに、早く荷物《にもつ》を置いて落ち着きたくて、

「でもオレ、今着いたばっかだしさ、とりあえずお婆《ばあ》ちゃんちに行かないと、心配されるから」

はっきりとお断《ことわ》りしたつもりだった。

ところがエレナは、「ほんなら電話したらええやん」と言って、肩《かた》から提《さ》げている革《かわ》っぽいポシェットから、さっとケータイを取り出してみせた。

「何番？」

「あー……」

「番号、言うてみて。かけたげる」

戸惑《とまど》いつつ、促《うなが》されるまま番号を告げると、エレナは慣《な》れたふうに素早《すばや》く指を動かし、「はい」とそれを手渡《てわた》してきた。

オレはいったい何をしているのだろうと、呼《よ》び出《だ》し音《おん》を聞きながら、ちょっと思った。

お婆《ばあ》ちゃんに事の成《な》り行《ゆ》きを説明している間、二人は楽しそうに何かお喋《しゃべ》りしていた。

宗佑《そうすけ》の名前を出すと、案《あん》の定《じょう》お婆《ばあ》ちゃんは二《ふた》つ返事《へんじ》でＯＫしてくれたんだけど、それは同時に、もう逃《に》げられないってことを思い知った瞬間《しゅんかん》でもあった。

ため息と共にケータイを耳から放《はな》し、こめかみから流れる汗《あせ》を袖《そで》で拭《ぬぐ》っていると、

「ほんま、暑《あつ》くてかなんなぁ」

ふと、エレナと目が合った。

「こんな日は、無性《むしょう》に海へ行きたくならへん？」

いきなり振《ふ》ってくるから、「ああ、まぁ」って軽く相槌《あいづち》を打ったら、「だったらさ」と宗佑《そうすけ》が声《こわ》色《いろ》をワントーン上げる。

「買い物なんかやめて、プール行こうぜプール」

「あかんあかん」

エレナは表情も変えず、「あほやなぁ、プールはあかんやろ」と団扇《うちわ》がわりに両手で顔を仰《あお》いでる。

「泳ぎに行くんなら、別にどっちだって一緒《いっしょ》だろ」

「何言うてんの。泳ぎたいわけちゃうねん、海に向かって思いっきり叫《さけ》びたいねん」

「はぁ？」

「暑《あつ》すぎるんじゃボケー！　って」

ガクッ、と大袈裟《おおげさ》に崩《くず》れ落《お》ちる宗佑《そうすけ》をふんと鼻で笑ったら、エレナがニヒヒヒと八重歯《やえば》を覗《のぞ》かせつつ、手を差し出してくる。

た。

「お婆《ばあ》さん、どやった？」

「あ、一応大丈夫みたいだけど」

ありがとうってケータイを返すと、エレナは口の端《はし》をくいっと上げて、再びサングラスをかけた。

「ほな行こかー」

カーテンみたいに波打《なみう》つショッキングピンクをふわりと翻《ひるがえ》し、さっさと歩き出す。

苦笑《にがわら》いしながら「行こうぜ」と続く宗佑《そうすけ》の腕《うで》を引《ひ》っ掴《つか》み、「どこまで行くんだ」と小声で尋《たず》ねると、「しまむらだけど」って。

「あのさ、もしかして、こっから歩いて行くの？」

「おう、決まってんだろ」

「ぐはァ、マジかー」

たぶんそうなんだろうなとは思っていたけど、途端《とたん》にどっと疲《つか》れが出た。

だって、しまむらは、ドラッグストアやホームセンターと隣《とな》り合《あ》った場所にあったはずだ。

つまり、お婆《ばあ》ちゃんちとは正反対の方向で、車でもそれなりの時間がかかるくらいの距離《きょり》だし、

おまけにこの炎天下《えんてんか》だし。

きっぱり断《ことわ》っておけばよかったな、などと後悔《こうかい》していたら、もうだいぶ先を歩いていたエレナが、急に立ち止まって振《ふ》り向《む》いた。

「こらぁ、二人とも何しとんねん、はよ歩かな日ぃ暮《く》れるでぇー！」

こうして着いて早々《そうそう》、思いもよらぬ行動を強《し》いられることになったオレは、ついに波乱《はらん》の夏休みが幕《まく》を開けてしまったかのような、そんなざわついた予感を胸《むね》に抱《いだ》きながら、覚束《おぼつか》ない一歩を踏《ふ》み出《だ》したのであった。

4

「なあなあ、燈馬《とうま》くんて彼女いてるん？」

「いや、いないけど」

「なんでなんでー、絶対《ぜったい》もてそうやのに」

「別にもてないよ、全然」

「またまたー、ほんまに～～？　ほんならバレンタインの時、下級生の子らから本命チョコもろたりとかは？」

「ないない」

「おかしいなー、特に年下からもてそうな雰囲気《ふんいき》やのに。案外自分が知らんところで、ファンクラブとかできてるかもしれんで～？」

半《なか》ば強引に誘《さそ》い込《こ》まれる形で、なぜか宗佑《そうすけ》の買い物に付き合わされるハメになったわけだけど。

初めこそ、孤独感《こどくかん》にも似《に》た居心地《いごこち》の悪《わる》さみたいなものでモヤモヤしていたのだが、次第《しだい》に気にならなくなっていた。

それはたぶん、このエレナという子が、何かと積極的《せっきょくてき》に話しかけてくれるお蔭《かげ》だろう。

関西弁《かんさいべん》だからなのか、この子が独特《どくとく》なのか、話すテンポとか言《い》い草《ぐさ》が軽やかで新鮮《しんせん》で、とても同級生の女子と会話してる気がしなくて。

「ほな、クラスに好きな子とかおれへんの？」

「いなくはないけど……付き合うとかそういうのはオレ、苦手《にがて》だし」

「ははーん、さては告《こく》って気まずくなるんが怖《こわ》いんやろ。けど男やったら自分からいかなあかんでー。当たって砕《くだ》けろや。なっ、宗佑《そうすけ》くん？」

「お、おう……」

エレナだけでも十分に賑《にぎ》やかだけど、宗佑《そうすけ》を話に引きずり込《こ》んでからの掛《か》け合《あ》いがまた面白《おもしろ》い。

「あんなぁ、宗佑《そうすけ》くんなぁ、なんや知らんけど今からもう花火大会、ごっつ緊張《きんちょう》してんねやんか」

「まぁまぁエレナくん、そういう話はまた今度ということで」

「そいでなぁ、見てられへんようになってなぁ、ショッピングがてら、こうしてうちがデートの練習相手になってあげてん」

「もしもしエレナさ～ん、聞こえてますかー」

「ま、何て言うん、要するにボランティアや」

「ボランティアなのかよ！」

こんな感じだから、退屈《たいくつ》する暇《ひま》もなく、川沿《かわぞ》いの並木道《なみきみち》にぶつかる頃《ころ》にはすっかり打《う》ち解《と》けてしまった。

わいわい騒《さわ》ぎながら道なりに歩いていくと、道路脇《どうろわき》に川の名前が記《しる》された青い看板《かんばん》が見えてくる。

『一級河川《いっきゅうかせん》』と銘打《めいう》っているだけあって、幅《はば》の広いその川には、大きくて長い橋が架《か》けられていた。

そう言えば花火大会の時には、河川敷《かせんしき》だけでなく、この橋もたくさんの見物人で溢《あふ》れていたっけ。

橋の上は、駅周辺とは違い、真ん中に白線のある道路が真《ま》っ直《す》ぐに伸《の》び、その両側には、ちょうどオレたち三人が並《なら》んで歩けるくらいの歩道が設《もう》けられている。

話しやすい雰囲気《ふんいき》だったこともあり、次から次へと繰《く》り広《ひろ》げられる会話の途中《とちゅう》で、オレは思い切って二人に尋《たず》ねてみた。

言うまでもなく、同級生の中に『アサミ』という子がいないかどうか、ということをだ。

しかし、

「うちらのクラスにアサミちゃんいう子は、いてへんな。一組と三組にもおらんのちゃう？」

「おお。俺《おれ》も覚えがないぞ」

六学年は三クラスしかないため、ほかのクラスの子でも、だいたい顔と名前が一致《いっち》するらしいのだが、二人ともその名前には心当たりがないという。

それではと、一つ上や一つ下の子ならばどうか、一応食い下がってみたものの、エレナは学年が違うとまったく分からないと言い、

「さすがに俺《おれ》だって、そいつら全員の名前は知らねえからなぁ」

宗佑《そうすけ》も、お手上げのようだった。

「けど、そのアサミって子がどうかしたのか？」

「いや、別にどうもしないんだけどさ」

二人が知らない子だとは言え、まだ完全に望みが絶《た》たれたわけではない。

だけど何だか急に自信がなくなってきて、いよいよ幻覚《げんかく》を見たのではないかという気がしてきた。

既《すで》に別の話をし始めたエレナの声を半分聞き流しつつ、ぼーっとしていたら、

「！」

瞬間《しゅんかん》、目を見張《みは》った。

と同時に心臓《しんぞう》が、ドクンと大きく脈《みゃく》打った。

橋の向こう側から現れた、俯《うつむ》き加減《かげん》のその姿《すがた》。

さっきの子が、あのポニーテールが、真《ま》っ直《す》ぐこちらへ歩いてくるではないか。

歩道を占領《せんりょう》していたことに気付き、会話が弾《はず》んでいる二人の後ろへ回ってから、

「宗佑《そうすけ》、おい宗佑《そうすけ》！」

オレは小声で、しかし語気《ごき》を強めて叫《さけ》んだ。

慌《あわ》てたように振《ふ》り返《かえ》った二人に、「あの子あの子」と目配《めくば》せをする。

やがて近付いてきたその顔を、はっきりとオレは見た。

橋のちょうど真ん中辺で、あのポニーテールが、オレたちのすぐ横を足早《あしばや》に通り過ぎていく。

今度こそ、幻覚《げんかく》でも見間違いでもないことを確信したオレは、さっそく宗佑《そうすけ》に詰《つ》め寄《よ》り、

「今の子、誰《だれ》？　同級生？　知ってる子？　名前は？」

ついつい畳《たた》み掛《か》けるように訊《き》いてしまったのだが。

「えーっと、あれは……」

「坂下《さかした》さんやろ、一組の」

代《か》わりにエレナが、平然とした口調《くちょう》で答える。

「へー、よく知ってるなお前。俺《おれ》、ちょっと分かんなかった」

「うち、去年転校してきたやろ。学校へ挨拶《あいさつ》に行った時、偶然《ぐうぜん》あの子も一緒《いっしょ》になってん。会《お》うたんはその一度っきりやけどな。でも、アサミいう名前ちゃうかったと思うわ。確か『ヒナコ』って呼《よ》ばれてたん違ったかな」

「ヒナコ？」

「そうや。坂下《さかした》ヒナコちゃん、っちゅうことになるな」

すれ違いざま、ほんの一瞬《いっしゅん》だけ目が合ったんだ。

そしてその目が、「あっ」と言わんばかりに見開いたような気さえした。

でも、それも単なる思い違いだったようだ。

だって、あの子は『アサミ』ではなく、まったくの別人みたいだから。

「そっか……ヒナコっていうんだ、あの子」

たまらず、ため息をつくと、

「なんやなんや～」

エレナがサングラスを下にずらし、いたずらっぽい上目遣《うわめづか》いでニヤニヤしている。

「燈馬《とうま》くんて、ああいうんが好《この》みな～ん？　ふーん」

「な、何だよ。別にそういうんじゃ、ないし」

それなりにかわいいっぽい子ではあるけど、ああいう物憂《ものう》げで暗《くら》い雰囲気《ふんいき》なのは苦手《にがて》だ。

現《げん》にオレが気になってるクラスの子は、明るくて活発なスポーツ少女だし。

「なんなら、うちが間《あいだ》を取り持ってあげよか～？」

「いいってば！」

無性《むしょう》に顔が熱くなってきて、先に一人で歩き出したら、

「当たって砕《くだ》けろだぜ、燈馬《とうま》」

宗佑《そうすけ》が後ろから肩《かた》を組んできて、いつもの顔でニカッと笑った。

「そんでダメだったら、お前もこいつにボランティアしてもらえばいいんじゃね？」

ウシシシシと一人でウケてる宗佑《そうすけ》に、エレナは特に何も返さず、軽く鼻で笑っただけだった。

しまむらに着くとエレナは、まさに水を得《え》た魚のように、お店の中をヒラヒラ泳ぎ始めた。

本当は『広告の品』に目星《めぼし》をつけていたようなのだが、宗佑《そうすけ》に合うサイズが既《すで》に売り切れていたらしく、「もっとかっこええ服、絶対《ぜったい》に見つけたんねん」と張《は》り切ってて。

当てもなくフラフラしてるオレをたびたび呼《よ》びつけては、着《き》せ替《か》え人形と化した宗佑《そうすけ》を前に、「これとこれやったら、どっちがええと思う？」やら、「この色の組み合わせ、別に派手《はで》すぎちゃうよなぁ？」やら、さんざん意見を求めてくるから大変だった。

最後のほうは疲《つか》れちゃって、ちょうど日陰《ひかげ》になってる店先《みせさき》の花壇《かだん》の縁《ふち》に腰掛《こしか》けてたら、そのまま寝《ね》そうになってしまったよ。

暫《しばら》くして、宗佑《そうすけ》がレジ袋《ぶくろ》を提《さ》げて出て来ると、エレナは自販機《じはんき》からアイスを買って来てくれて、三人で食べながら家路《いえじ》に就《つ》いた。

ところが、駅の辺りまで戻《もど》って来たら、エレナが突然《とつぜん》「どないしよ！」とすっとんきょうな声を上げるではないか。

何事《なにごと》かと思えば、お母さんに日焼け止めを買ってくるように言われたのを、すっかり忘《わす》れていたらしく、「何でもっと早《はよ》う気付かんかったんやろ……」って頭を抱《かか》えてる。

結局、ドラッグストアまで引き返すことになったんだけど、さすがにこれ以上『部外者《ぶがいしゃ》』を連れ回すのは悪《わる》いと思ったのか、宗佑《そうすけ》が「後でまた連絡《れんらく》する」と言ってくれて、オレはそこでようやく解放された。やれやれだ。

そんなこんなで二人と別れ、山の上の少し傾《かたむ》いた太陽に顔を顰《しか》めつつ、お婆《ばあ》ちゃんちに向かって歩き出した矢先《やさき》のことだ。

ちょうど踏切《ふみきり》に差《さ》し掛《か》かったところで、

「ちょっといいかしら」

不意《ふい》に背後《はいご》から、透《す》き通《とお》ったような、澄《す》んだ声に話《はな》し掛《か》けられた。

振《ふ》り返《かえ》るとそこには、真《ま》っ赤《か》なウエットスーツみたいな服に身を包んだ、高校生か大学生くらいの若いお姉さんが立っていた。

艶々《つやつや》した革《かわ》っぽい質感のそれが、ブーツらしき尖《とが》った足先から手の指先まで、ぴっちりと張《は》りついている。

真っ先に思ったのは、名作泥棒《どろぼう》アニメ映画《えいが》に出て来る、セクシーな謎《なぞ》の女盗賊《おんなとうぞく》みたいだな、ということだった。

この暑《あつ》い最中《さなか》にこんな恰好《かっこう》をしているのは、きっとああいうでっかいバイクに乗っているからに違いない。

それで、たまたま近くを通りすがったオレに、恐《おそ》らく道でも尋《たず》ねようとしているのだろう——などと勝手に見当《けんとう》をつけていたのだが。

「あなた、不二代燈馬《ふじしろとうま》くんよね」

「えっ、はい。そうですけど……」

なぜにオレの名前を知っているのか不審《ふしん》に思い、ちょっと身構えると、

「別に怪《あや》しい者ではないから、安心して」

こちらの胸《むね》の内を見透《みす》かしたように微笑《ほほえ》みながら、格好《かっこう》よく髪《かみ》をかき上げてる。

肩《かた》からふわりとこぼれ落ちたボリュームのある栗色《くりいろ》の巻《ま》き髪《がみ》は、凛《りん》とした色白の顔を余計《よけい》に小さく見せた。

大きく開いた胸元《むなもと》には、銀色《ぎんいろ》で楕円状《だえんじょう》の小さなプレートが、細いネックレスと共にキラリと光っている。

そのプレートの表面には、ちょうど『69』という数字を九〇度回転させたような青く発光する図形が、一センチほど宙《ちゅう》に浮《う》かび上《あ》がっていた。

どういう仕組みでそう見えるのか、気になって眺《なが》めていると、

「最初に言っておくけど、私の姿《すがた》はあなた以外には見えないようになってるの」

謎《なぞ》の女盗賊風《おんなとうぞくふう》お姉さんは、唐突《とうとつ》にそう切り出した。

意味が分からず、「どういうこと?」って眉間《みけん》に力を入れると、

「五次元《ごじげん》ホログラムによって、視覚《しかく》が認識《にんしき》できる範囲《はんい》を限定《げんてい》しているからよ」

そう言って、胸元《むなもと》のペンダントを指先で軽く弾《はじ》いてみせる。

「私は未来から来たの」

「み、未来から!?」

そのお姉さんいわく、時空統括管理局《じくうとうかつかんりきょく》という組織《そしき》から極秘任務《ごくひにんむ》を命《めい》ぜられ、ここへ派遣《はけん》されたのだという。

詳《くわ》しいことは教えられないが、この一帯で時空変動《じくうへんどう》が観測《かんそく》され、もっか調査中《ちょうさちゅう》であると。

「それでね、突然《とつぜん》だけど当局《とうきょく》の意向《いこう》で、あなたに調査隊《ちょうさたい》の一員として協力《きょうりょく》してもらいたいの」

にわかには信じがたい、突拍子《とっぴょうし》もない話だった。

だけど、信じるとか信じないとか、そんなことは、もはや大して重要な問題ではなかった。

「ねぇ、本当に未来から来たの？」

そう。日頃《ひごろ》から密《ひそ》かにマンガや映画《えいが》の主人公《ヒーロー》みたいな不思議《ふしぎ》体験を夢《ゆめ》見ているオレとしては、これがまさにそうであることを「信じたかった」のだ。

「もしも本当に未来から来たのなら、何か証拠《しょうこ》を見せてよ」

「いいわ、見せてあげる」

口元《くちもと》に笑《え》みを浮《う》かべたまま、お姉さんはまるで特撮《とくさつ》ヒーローが変身する時みたいに、左腕《ひだりうで》をグッと胸《むね》の前に構えた。

その途端《とたん》、手首を覆《おお》うように、銀色《ぎんいろ》の金属製《きんぞくせい》っぽいリストバンドのようなものが現れたではないか。

無機質《むきしつ》で冷たそうな表面のいたるところに、小さく発光する数字やアルファベットの羅列《られつ》が見てとれる。

そして、その一部分に人差し指を軽く触《ふ》れた瞬間《しゅんかん》、

「ぬわッ！」

オレは情けない声と共に、腰《こし》を抜《ぬ》かしそうになった。

なんと、お姉さんの後ろにもう一人、謎《なぞ》の女盗賊風《おんなとうぞくふう》お姉さんが現れたのだ。

しかも顔から姿《すがた》かたち、胸元《むなもと》のペンダントに至《いた》るまで、まったく同じときてる。

違うのは、青い服を着ていることぐらいだろうか。

それと、まるでそこだけに霞《かすみ》がかかったみたいに、全身の色が薄《うす》い感じがした。

「アヴァタール、つまり分身装置を作動させたの。作業の効率化《こうりつか》を図るために開発された未来のプログラムよ。彼女はもう一人の私として独立《どくりつ》した機能を持っているわ。作業を手分けしたり、時には相談相手にもなったりする、いわば最強のパートナーといったところね」

「すっげえ、本物だ……」

驚《おどろ》くやら感動するやらで、目を見開いていると、

「私のコードネームは、チヒャロット」と、赤いほうのお姉さんが言った。

「後ろの彼女のことは、ユリカポと呼《よ》んで」

「ユリカポです。私はチヒャロットの影《かげ》のような存在《そんざい》ですが、よろしくね」

青いほうのお姉さんも、にこやかに微笑《ほほえ》んでる。

「彼のコードネームは……そうね、トーマスってのはどう？」

チヒャロットの提案に、

「いいですね、とっても親しみやすく呼《よ》びやすいネームだわ。決まりですね」と分身のユリカポ

が応じる。

どうも、オレに口を挟《はさ》む権利はなさそうだ。

まあ、呼《よ》び名《な》はどうでもいいとして。

「でもあの、オレはいったい何をすればいいの？」

「そうね、トーマスは――」

時空《じくう》ナントカの調査隊《ちょうさたい》ってことは、もしかしてタイムマシンに乗ったりもできるのかな、などと期待に胸《むね》を膨《ふく》らませているオレに、

「差し当たりあなたの任務《にんむ》は、さっき橋ですれ違った子と仲良くなってもらうことかしら」

さらっと、チヒャロットは言《い》い放《はな》った。

「つまり」とユリカポが付け加える。「彼女とお友達になっていただく、ということです」

「はぁ!?」

「今はまだ、あなたが選ばれし者だということ以外、詳《くわ》しい事情は言えないの。でも大丈夫。時々アドバイスに現れるから。じゃあ、よろしくね」

こうしてわけが分からぬまま、オレは調査隊《ちょうさたい》の一員になった。

5

薄《うっす》らとした意識の中で、トントントントントン…という小気味《こきみ》いいリズムが、微《かす》かに響《ひび》いている。

続いて、キュッと蛇口《じゃぐち》を捻《ひね》る音と共に、配管《はいかん》を勢《いきお》いよく流れる水の動きが、壁《かべ》の向こうから伝わってきた。

ああ、朝なんだな……と少しずつ分かってきたところで、廊下《ろうか》からパタ、パタ、パタというスリッパの音がゆっくりと近付いてくる。

「とうまー、そろそろご飯《はん》だから起きてねー」

「あ、はーい」

寝起きの耳にも心地《ここち》いい、お婆《ばあ》ちゃんのやさしい声。

僅《わず》かに開けられた障子《しょうじ》の隙間《すきま》から忍《しの》び込《こ》んでくる、味噌汁《みそしる》のいい匂《にお》い。

小さい頃《ころ》から繰《く》り返《かえ》してきた、この部屋で優雅《ゆうが》に目覚める夏休みが、今年もついに始まったのだ。

うちの家族が泊《と》めてもらうのは、昔《むかし》からこの畳《たたみ》の間《ま》と決まっている。仏壇《ぶつだん》のある大座敷《おおざしき》を真ん中から襖《ふすま》で仕切った部屋で、親子三人分の布団《ふとん》がゆうに並《なら》ぶ、快適《かいてき》なスペースだ。

大きく伸《の》びをしながら身体を起こし、より一層《いっそう》広く感じる部屋の中を見回せば、どうしても壁《かべ》にかかったあの写真に目がいってしまう。

木製《もくせい》の大きな額《がく》に入れられた、ＳＬ機関車がもくもくと煙《けむり》を吐《は》きながら迫《せま》ってくる白黒の写真。

昨日《きのう》、二年ぶりに入ったこの部屋で唯一《ゆいいつ》違和感《いわかん》を覚えたのが、その古びた写真だった。

オレの記憶《きおく》だと、そこにはアルミっぽい額《がく》に入った富士山《ふじさん》のカラー写真が飾《かざ》ってあったはずなのに。

念のため、お婆《ばあ》ちゃんに写真を変えたのかどうか訊《き》いてみたら、オレが生まれる前からずっとこのＳＬの写真だったたって。

それを確認《かくにん》してから、オレは「なるほど、そうか」と膝《ひざ》を打った。

これまでだったら、首を傾《かし》げつつも単なる思い違いなのだと自分に言い聞かせてきたけど。

ひょっとしたらこういう記憶《きおく》のズレも、この一帯で観測《かんそく》されたという時空変動《じくうへんどう》が影響《えいきょう》しているのではないのか。

そう。人生は何が起こっても不思議《ふしぎ》じゃないってことを、オレは昨日《きのう》思い知ったのだ。

ある日突然《とつぜん》、道端《みちばた》で未来人に話《はな》し掛《か》けられるような世の中だもの。

しかも、時空統括管理局《じくうとうかつかんりきょく》などというＳＦチックな組織《そしき》が実際《じっさい》に存在《そんざい》し、現《げん》に協力《きょうりょく》を要請《ようせい》してきたんだもの。

「選ばれし者、か……」

どんな理由でオレが選ばれたのかは分からない。

でも今、世界中を隅々《すみずみ》まで見渡《みわた》せる、もの凄《すご》く高い場所に立ったような気分だ。

頑張《がんば》らなきゃな。なんたってトウキョクから調査隊《ちょうさたい》に任命されたんだから。

「よーし」

勢《いきお》いよく跳《は》ね起《お》き、全力で布団《ふとん》をたたんでいると、

「随分《ずいぶん》はりきってるわね」

いきなり後ろから声をかけられた。

「おはよう、トーマス」

「お、おはよう」

ああビックリした。

いったい、どこからどうやって現れるのか。畳部屋《たたみべや》に似《に》つかわしくない艶々《つやつや》の真《ま》っ赤《か》なボディースーツが、障子《しょうじ》をバックに際立《きわだ》っている。

それにしても、裸《はだか》に赤い絵の具を塗《ぬ》っただけのようなこの服装、よく見ると目のやり場に困《こま》るな。いや、よく見てなんかいないけど。

とりあえず視線《しせん》を天井《てんじょう》に逸《そ》らしつつ、「ええと、ちょうどよかった」と眉間《みけん》に力を込《こ》めてみる。

「ねぇチヒャロット、まず何から始めればいいかな」

「そうね、差し当たっては情報収集かしら。あの子のこと、何にも知らないでしょ？」

「うん。ただ、現実なのか夢《ゆめ》なのか、前にそっくりな子と会ったことがあるんだ。それも時空変《じくうへん》動《どう》と何か関係があるの？」

「そういうことも含《ふく》めて、あなたに調査《ちょうさ》を依頼したの。関係があるかどうかも、仲良くなればはっきりするじゃない」

「まぁ、それはそうだけど……」

「いずれにしても、昨日《きのう》の子たちと一緒《いっしょ》のほうが何かと動きやすいでしょうね」

「宗佑《そうすけ》たちのこと？」

「ええそうよ。いいわ、その辺はこちらで調整するから心配しないで。それじゃ、あなたの活躍《かつやく》に期待してるわ。頑張《がんば》ってね、トーマス」

言い終わるか終わらないかのうちに、姿《すがた》が見えなくなる。

いったい、どこへどうやって消えるのか。射《さ》し込《こ》んでくる陽《ひ》の光で、あとには障子《しょうじ》が真《ま》っ白《しろ》く際立《きわだ》っているだけだった。


宗佑《そうすけ》から電話があったのは、ちょうど朝《あさ》ご飯《はん》を食べ終わった後のことだ。

午後はひまかと訊《き》かれ、「別に予定はないけど」と言うと、「よかったぁ」ってホッとしたような声だ。

「いや、昨日《きのう》言うの忘《わす》れてたんだけど、実は今日からエレナと二人で化石を探すことになってるんだ」

「へぇー、化石を？」

「そんでさ、お前も一緒《いっしょ》にどうかなーと思って。もちろんエレナも是非《ぜひ》って言ってる」

なるほど、それは面白《おもしろ》そうだ。

「じゃあ、昼《ひる》ご飯《はん》を食ったら迎《むか》えに行くよ」

なんとタイミングのいいことか。

これがチヒャロットの言う『調整』というやつなのだろうか。

こうして、ちょうどいい具合《ぐあい》に誘《さそ》いを受けたオレは、午後一《ごごいち》で迎《むか》えに来た宗佑《そうすけ》と共に、一先《ひとま》ず下之沢公民館《しものさわこうみんかん》を目指《めざ》すこととなった。

ここ下之沢《しものさわ》地区に住んでいる小学生は、子ども会の行事と言えば必ずそこに集まるので、オレにとっても小さい頃《ころ》から馴染《なじ》みの場所だ。

その公民館《こうみんかん》の道路向かいには小さな川が流れていて、道路側にだけ狭《せま》い河原《かわら》ができている。すぐ近くに、下の部分がトンネルみたいになったレトロな石橋が架《か》かっており、そこのたもとの石階段から河原《かわら》に下りられるようになっていた。

随分《ずいぶん》前に一度、橋の上から発見した魚の姿《すがた》を追って宗佑《そうすけ》と川に入った覚えがあるんだけど、今回はそこの河原《かわら》で化石を探すつもりらしい。

橋のところでエレナと待ち合わせていると言うので、透《す》き通《とお》った川底を眺《なが》めながら、たわいもない話で暫《しば》し盛り上がった。

「てかさ、化石ってこんなところに転がってるもんなの？」

「たぶんな。大昔《おおむかし》はここも海だったから、貝の化石なんかはわりと簡単《かんたん》に見つかるはずだって史《ふみ》也《や》が言ってたんだ。あと、この辺りで探すんなら河原《かわら》が一番だって」

史也《ふみや》というのは、宗佑《そうすけ》のクラスの学級委員長であり、同じ班《はん》の班長《はんちょう》もしている子らしい。

その史也《ふみや》によれば、「川には、山の上から流れてくる様々な石があるから、意外と化石も見つかりやすい」のだという。

「もっと詳《くわ》しく教えてほしかったんだけどさ、休み中は何かと忙《いそが》しいみたいで」

相当な物知りみたいだから、「頭いいやつなんだね」って言うと、学年でもトップの成績だって。思ったとおりだ。

「けど、算数のテストだけはいつも二番だって嘆《なげ》いてるけどな。ユウキには敵《かな》わないって」

ふむふむ、ユウキくんという子は算数が得意なんだな羨《うらや》ましい、などと軽く聞き流していたら、

「ほら、噂《うわさ》をすれば何とやらだ」

そう言いながら宗佑《そうすけ》が、オレの肩越《かたご》しに手を挙げたから、何となしに振《ふ》り返《かえ》ったんだ。

そしたら、目が覚《さ》めるような恰好《かっこう》をした女の子が、「そーすけくーん、とーまくーん」と手を振《ふ》り振《ふ》りこちらに駆《か》けてくるではないか。

「そんなふうに見えないよな」と、片目《かため》だけ見開いて肩《かた》をすくめる宗佑《そうすけ》。

「あれで俺《おれ》なんかよりよっぽど成績がいいんだから、まいっちゃうよ」

「え、ユウキって……」

「エレナのことだよ、結城《ゆうき》エレナ。悔《くや》しいけど頭いいんだよな、あいつ」

「マ、マジか⁉」

思いっきり目からウロコが落ち、凄《すさ》まじい勢《いきお》いで鼻から牛乳《ぎゅうにゅう》が出た。ブシャーっと。

「ごめんごめん、お待たせー」

キラキラする英字プリント入りショッキングピンクのTシャツに真《ま》っ白《しろ》なショートパンツ、そんでもって今日はキャップとスニーカーがヒョウ柄《がら》だよ。

なんか、あっ気にとられちゃってボーっと見てたら、

「うちって、そんなに見とれるほどかわいい？」とか言って腰《こし》と耳の後ろ辺りに手を当て、モデルみたいな決めポーズをとってる。

「困《こま》るわ〜、惚《ほ》れたらあかんでー、どないしよう、もう」

「ばーか」と宗佑《そうすけ》が突《つ》っ込《こ》むと、「けど嬉《うれ》しいわー、ほんま、ありがとう」ってエレナが両手で握手《あくしゅ》を求めてくる。

「忙《いそが》しい中、他人の宿題に手を貸《か》してくれるなんて、中身も男前《おとこまえ》やな燈馬《とうま》くんは」

「宿題？」

話が見えず聞き返すと、エレナは「えっ」と小さく驚《おどろ》いたように手を離し、「何やあんた、まだ言うてへんの？」って宗佑《そうすけ》を睨《にら》んでる。

「誘《さそ》うんやったら、ちゃんと事情を説明した上でお願《ねが》いせなあかんでって言うたやろ」

すると宗佑《そうすけ》は、「別に隠《かく》すつもりはなかったんだけどさ」って頭をかきながら「実はこれ、学

校の自由研究なんだ」と、ばつが悪《わる》そうに苦笑《にがわら》いしてみせた。

話によると、夏休みの課題に班《はん》単位での自由研究があるらしく、宗佑《そうすけ》たち三班《ぱん》は化石を題材に、それらの時代背景などを調べることにしたのだという。

もともと、考古学《こうこがく》好《ず》きの史也《ふみや》が提案し、『化石の研究』として発表しようと決まったのだが、その史也《ふみや》は言い出しっぺのくせに有名塾《ゆうめいじゅく》の夏期講習と合宿で二週間くらい帰って来ないらしく、副班長《ふくはんちょう》の圭太《けいた》はスポ少《しょう》（野球）の練習と遠征《えんせい》が重なり、ほとんど参加は無理。

もう一人の女子であるミキはミキで、ホームステイするとかで終業式の日から海外旅行に出発し、始業式まで帰って来ないという。

残った二人だけで、しかもできるだけ多くの化石を探し出さなきゃならないということで、オレが駆《か》り出《だ》されるハメになったようだ。

「そういうわけで、燈馬《とうま》くんに協力《きょうりょく》してもらえたら、ほんま助かるんやけど……」

昨日《きのう》より確実に低い位置から、エレナが真《ま》っ直《す》ぐな上目遣《うわめづか》いで訴《うった》えてくる。

何でこんなに必死なんだろうと少し疑問《ぎもん》に思いつつ、「いいよ、オレなら大丈夫」って即答《そくとう》したんだ。事情がどうであれ、そのつもりで来たんだし。

そしたら、「ほんまおおきに、ありがとう、ありがとう」って、また大袈裟《おおげさ》に両手で握手《あくしゅ》を求められちゃって、すごく照《て》れくさかった。

とまあ、こんな流れで、「ほな行こか！」「おう！」と早速石階段を下り始めた二人を追って、橋のたもとまで来た時だ。

ふと向こう側から、同い年くらいの男女五人のグループが、何か話しながら橋を渡《わた》って来るのが見えた。

何となく足早《あしばや》に二人のところへ向かうと、

「あれあれあれえ、宗佑《そうすけ》くんじゃないですかあ！」

グループのうち、やたらと背《せ》の高い男子が、橋の上から身を乗り出し、大声を張《は》り上《あ》げた。

すると、振《ふ》り返《かえ》った宗佑《そうすけ》の顔が、カメムシの臭《にお》いでも嗅《か》いだかのようにムッとしている。

その長身男子は、軽快《けいかい》に石階段を駆《か》け下《お》り、一人こちらへ近付いて来ると、ニタニタと薄《うす》ら笑《わら》いを浮《う》かべながら、「へー、今日は河原《かわら》でギャルとデートかい」と言った。「もてる男は忙《いそが》しいねえ」

「デートじゃねえよ」と、宗佑《そうすけ》が不機嫌《ふきげん》そうに言い返す。「自由研究で化石を探すんだ」

「おっと、偶然《ぐうぜん》だねえ、僕《ぼく》らも化石の研究なんだ。もっともこっちは、真面目《まじめ》で健全な活動だけどね」

「どういう意味だよ、准悟《じゅんご》」

「真っ昼間から女子とイチャイチャすんなってことだよ。ただでさえ暑《あつ》いんだからさあ」

「なんだと！」

食ってかかろうとする宗佑《そうすけ》を、「やめとき」とエレナが制《せい》すと、准悟《じゅんご》と呼《よ》ばれたその長身男子は、ふんと鼻で笑って、

「ま、お互《たが》い邪魔《じゃま》にならないように気ぃ付けようや」

見下したような、大人びた口調《くちょう》でそう吐《は》き捨《す》てた。

後から石階段を下りてきた四人が、俯《うつむ》いたまま、すぐ横をしずしずと通り過ぎていく。

准悟《じゅんご》もその子らに伴《ともな》い、オレたちの先を行くかたちで河原《かわら》を探索《たんさく》し始めた。

「なんなの、あいつ」

ひょろ長い後ろ姿《すがた》を見送りながら、宗佑《そうすけ》に話《はな》し掛《か》けると、

「どうもむかつくんだよな、准悟《じゅんご》のやつ」

周りから頭ひとつ突《つ》き出《で》たその背中《せなか》を恨《うら》めしそうに見つめながら、険《けわ》しい横顔がボソッと呟《つぶや》く。

訊《き》けば、准悟《じゅんご》は四年生まで同じクラスで、仲のいいグループの一人だったらしい。

「昔《むかし》はあんなやつじゃなかったのに」

拾い上げた小石を、宗佑《そうすけ》がふてくされた顔で川に放《ほう》り投げると、「あんなん、相手にせんほうがええよ。時間の無駄《むだ》や」とエレナが宥《なだ》める。

「さあ、化石、化石！　誰《だれ》が一番最初に見つけられるか競争やで！」

何事《なにごと》もなかったかのように、さっそくしゃがみ込《こ》んで石を漁《あさ》り出したエレナに倣《なら》い、オレも足元から取り掛《か》かる。

すると一呼吸《ひとこきゅう》あって、宗佑《そうすけ》もその場にしゃがんで探し始めたようだった。

だけど、その後エレナが冗談話《じょうだんばなし》をふっても、宗佑《そうすけ》からは気のない返事しか聞こえてこなかった。

第二章

消えたポニーテール

1

丸井理容室《まるいりようしつ》の赤、白、青のクルクル回るやつを過ぎたところで、「じゃあ、また明日」と宗佑《そうすけ》は手を挙げた。

「おう、またなー」「ほななー」

T字路《ティーじろ》の角を曲がり、小走りで帰っていく後ろ姿《すがた》に、エレナと二人で手を振《ふ》る。

あの道沿《みちぞ》いに建《た》ってる家から、確か三軒目《さんげんめ》が蓑田家《みのだけ》だ。

と言っても、隣《となり》の家との間に庭やら畑やら空き地やらを挟《はさ》んでの三軒目《さんげんめ》だから、うちの町内とはスケールが違う、ちょっと遠い三軒目《さんげんめ》だけど。

家も広いんだよなぁ……なんてことを思い起こしつつ歩き出すと、「燈馬《とうま》、ちょっと待った！」という声が後ろから追いかけてきた。

振《ふ》り返《かえ》るなり、「夜は？　今日の夜、ひま？」って訊《き》かれたから、「ああ、うん、たぶん」と答えると、

「分かった、じゃあまた後で！」

ウシシシシと、宗佑《そうすけ》は一人で笑いながら駆《か》けていく。

思わず「変なやつ」って呟《つぶや》いたら、

「やっと、いつもの宗佑《そうすけ》くんに戻《もど》ってくれたな」

ふう、と隣《となり》でエレナが深く息をついた。

「明日からもずっとあんなんやったらどないしよう思たで。うち、ああいう辛気《しんき》くさい雰囲気《ふんいき》、苦手《にがて》やねん」

あの後暫《しばら》く、宗佑《そうすけ》はテンションが低いまま、エレナが何を言っても話に乗ってこなかった。

帰る頃《ころ》になって少しずつ口数《くちかず》が増え、ようやく笑った顔を見せたのはついさっきのことだ。

別に、だからってわけじゃないけど、坂下《さかした》さんの話題を切り出すタイミングを掴《つか》めず、そのまま帰る時間を迎《むか》えちゃった感じで。

言うまでもなく、化石を見つけることもできず、明日はもっと上流に向かおうということで、今日のところはお開きになった。

「けど、燈馬《とうま》くんにはめっちゃ感謝してんねんで」

エレナは無造作《むぞうさ》にヒョウ柄《がら》キャップを脱《ぬ》ぐと、ハンカチで額《ひたい》の汗《あせ》を拭《ふ》きながら、「今日は来てくれて、ありがとうね」とはにかんだ。

「ほんま助かったわー」

深く被《かぶ》り直《なお》した帽子《ぼうし》の影《かげ》から、ちらっと八重歯《やえば》が覗《のぞ》いている。

「花火大会まで、あと二週間。この時期に周りから妙《みょう》な噂《うわさ》でもたてられたらヤバいやろ」

宗佑《そうすけ》がこれから意中の女子『サリカ』に告白する予定でいるのに、自分といつも二人きりでいるのは都合が悪い、とエレナは言う。

「ほら、昼間に会《お》うたみたいなんもおるしな」

たぶん、あの『セータカノッポ』のことを言っているのだろう。相当感《かん》じ悪《わる》いやつだったからな。

「てか、あいつ、何であんなに偉《えら》そうなの？」

「知らん。三組の学級委員長やねんけど、スポーツ万能で結構《けっこう》モテるみたいやから、いい気になってるんとちゃう？」

「あー、なるほどね」

「ほんま、ああいうんにちょくちょく冷やかされたら、かなんわ」

と、そんな会話をしながら歩いていたら、お婆《ばあ》ちゃんちはもうすぐそこだ。

するとエレナは、

「そういうわけやから」

急にオレの行く手を阻《はば》むように目の前に立って、「燈馬《とうま》くん、どうか明日からも宜《よろ》しく頼《たの》みます～」と、『蛍《ほたる》の光《ひかり》』が流れ始めた時のデパートの人みたいに深々《ふかぶか》と頭を下げた。

と思ったら、「ほなね！」って、もう駆《か》け出《だ》してる。

「うちの家、公園の向こうやねん。また明日！」

「おう、また明日ねー！」と慌《あわ》てて手を振《ふ》り返《かえ》せば、またこっちを向いて、後ろ歩きしながら大きく両手を振《ふ》ってくれてる。

更には、その手を一旦口元《いったんくちもと》に持っていき、ジャンプしながらパーッと広げて投げキッスまで……って、あーあーバランス崩《くず》してコケそうになって自分で笑《わら》い転《ころ》げてるし。

――「あれで俺《おれ》なんかよりよっぽど成績がいいんだから、まいっちゃうよ」

そう言っていた宗佑《そうすけ》の顔を思い出したら余計《よけい》におかしくて、オレも吹《ふ》き出《だ》してしまった。

「バイバーイ！」

お互《たが》い、笑いながら、もう一度手を振《ふ》り合《あ》う。

夕暮《ゆうぐ》れ前の眩《まぶ》しさの中で、とみやま公園の葉桜並木《はざくらなみき》は金色に光《ひか》り輝《かがや》いていて。

その木々に影《かげ》を映《うつ》し映《うつ》し走り去るピンクのTシャツが、オレンジっぽく溶《と》けながらどんどん小さくなっていく。

オレは家の前で、その後ろ姿《すがた》を暫《しばら》くの間見送ってから、勢《いきお》いよく「ただいまー！」と玄関《げんかん》のドアを開けた。

夕飯《ゆうはん》は、いつも帰省《きせい》二日目の晩《ばん》に必ず出る、恒例《こうれい》のカレーライスだった。

うちの家では、オレもそろそろ大人の仲間入りってことで、実は去年から中辛《ちゅうから》のカレーに昇格《しょうかく》してたりするんだけど。

でも、お婆《ばあ》ちゃんが作る、小さい頃《ころ》から変わらないこの甘口《あまくち》のカレーは、すこぶるまろやかで食べやすく、そして懐《なつ》かしい味がした。

「いい食べっぷりだねえ、男の子はこうでなくちゃ」

そんなふうに褒《ほ》められたのが嬉《うれ》しくて、本日三回目のお代《か》わりコールをしつつ、「あ、あと牛《ぎゅう》乳《にゅう》も！」って追加したら、

「カレー温め直すから、ちょっと待っててねー」

ニコニコしながら、お婆《ばあ》ちゃんは空いたお皿を手に席を立った。

それから一分もしないうちに、

「ごめんくださーい」

玄関《げんかん》に誰《だれ》か訪《たず》ねてきた。

「はーい」と台所でお婆《ばあ》ちゃんが返事をして、「悪《わる》いけど出てくれるー？」って言うから、茶《ちゃ》の間《ま》から顔を出したんだ。

そしたら、三分の一くらい開けたドアの隙間《すきま》から、三、四年生くらいの女の子が二人、顔を寄せ合ってこちらを覗《のぞ》いているではないか。

一瞬《いっしゅん》固まっちゃったんだけど、とりあえず靴《くつ》を脱《ぬ》ぐところまで出てったら、「あのー」と、おかっぱヘアの子が、かしこまったように口を開いた。

「とうまくんって人、いますか」

「燈馬《とうま》はオレだけど」と返すと、今度は三《み》つ編《あ》みにしてるほうの子が、いきなりノートとマジックを差し出して、「サインくださいー！」って。

「サ、サイン⁉」

「ある人に頼《たの》まれたんです。ここにサインしてくださいっ！」

さすがにどういうリアクションをしていいのか分かんなくて、再び固まってしまった。

だけど戸惑《とまど》うオレをよそに、二人とも「お願《ねが》いします！」の一点張《いってんば》りで。

「まいったなぁ……」とか言いつつ、何となくちょっと崩《くず》した感じにささっとペンを走らせ、手《て》渡《わた》すと、

「どうもありがとうございました！」

その子らは一礼《いちれい》して、逃《に》げるように帰って行った。

それから三〇分くらい経って、今度は宗佑《そうすけ》から電話が来たんだ。「今から出て来れるか」って。

「いやー、ルーシーがお前に会いたがってるんだよな」

「るうしい？」

誰《だれ》のことかと尋《たず》ねれば、この辺じゃちょっと有名なハーフの子なのだという。

「なるほど、ハーフね」

「そうそう、一応雑誌《ざっし》なんかにも載《の》ったことがあるらしいよ。ええと……」

言いかけてから、電話を手で塞《ふさ》ぐか何かしたのだろうか、一旦《いったん》受話器の向こうの音が遮《さえぎ》られた後、

「もうすぐ一〇歳だって言ってる。とにかく、会ったら、かわいすぎて驚《おどろ》くぜ、きっと」

公民館《こうみんかん》で待ってるから早く来い。お婆《ばあ》ちゃんには子ども会の集まりだと言えばいい。

矢継《やつ》ぎ早《ばや》にそう続けて、宗佑《そうすけ》は一方的に電話を切った。

時計を見たら、もうすぐ七時になるところだったけど、言われたとおりを告げると、お婆《ばあ》ちゃんは「いってらっしゃい」と笑顔で送り出してくれた。

外に出ると、もう随分《ずいぶん》空高く月が昇っていた。ちょうどアルファベットの『D』みたいな形をしている。

すっかり薄暗《うすぐら》くなった道を歩きながらオレは、さっきの玄関《げんかん》でのやり取りについて考えていた。

あの後、お婆《ばあ》ちゃんに「あの子たちは何の用だったの?」って訊《き》かれたんだけど、「よく分かんない」としか答えられなかった。

だって、あまりにも一方的で、本当にわけが分からなかったし。

だいたいさ、「知らない子からサインを求められたんだよねー」なんて、こっぱずかしくて言えるかっての。

あーあ、心の準備《じゅんび》ができていなかったとは言え、ただ漢字《かんじ》で普通《ふつう》に名前を書きなぐっただけなんだよなぁ。

こんなことになるんなら、芸能人《げいのうじん》やスポーツ選手ばりの、恰好《かっこう》いいローマ字デザインでも考えておけばよかった。

それにしても、有名人でも何でもないオレなんかのサインをもらって、いったいどうするつもりなんだろう。

そもそもあの子たちは、誰《だれ》に頼《たの》まれてきたのだろうか。

待てよ。オレに会いたがっているというルーシーなる子とさっきの子らとは、同い年くらいだ。ってことは、もしかして……

なんてことを思いめぐらせつつ、多少なりとも浮《うわ》ついた気持ちで出向いたわけなんだけど。

公民館《こうみんかん》に着いた途端《とたん》、何やら嫌《いや》な予感がしたのは、以前にもここで似《に》たような光景《こうけい》を見た気がしたからだ。

そう。明々《あかあか》とした光がもれる建物の入り口付近に、大人と子供の入り混《いま》じった小さな人だかりができていて。

その中には、恐《おそ》らく同じ下之沢《しものさわ》地区に住んでいるのであろう、さっき訪《たず》ねてきた女の子二人組みの姿《すがた》もあった。

行事があれば、地区の子らが集まるのは当然だから、それだけなら別に何とも思わない。でも何だろう、この雰囲気《ふんいき》。普通《ふつう》じゃないのだ。特に低学年の子たちが、妙《みょう》にソワソワしているように見える。

まるで、今から始まる望んでいない何かを、無理やりに待たされているかのような——

「あっ、来た来た！」

その子らの輪《わ》の中から、宗佑《そうすけ》がひょっこり顔を上げ、「早く早く！」と手招《てまね》きをしている。

ちょっと緊張《きんちょう》しながら近付いていくと、「燈馬《とうま》、紹介《しょうかい》するよ」と満面の笑《え》みを浮《う》かべて、ヤツは言った。

「この子がルーシーだ、かわいいだろ？」

「⁉」

それは、予想だにしない衝撃的《しょうげきてき》な出会いだった。

驚愕《きょうがく》の事実と、そのあまりのかわいらしさに、オレは言葉を失《うしな》った。

「ルーシー、こいつが幼馴染《おさななじみ》の燈馬《とうま》だぞ」

宗佑《そうすけ》は、彼女を胸元《むなもと》に抱《だ》き寄《よ》せると、愛《いと》おしそうに頭を撫《な》でながら、「ほら、挨拶《あいさつ》は？」と言った。

するとルーシーは、愛くるしい眼差《まなざ》しでじっとオレを見つめ、甘《あま》えたような声で「ミャ――オ」と小さく鳴《な》いてみせた。

「ちきしょう」

この薄気味悪《うすきみわる》い夜道を歩き出してから、いったい何度そう口にしただろう。

誰《だれ》に腹《はら》を立ててるのかって？　自分だよ、オレ自身にだ。

もちろん、オレが嫌《いや》がるのを知ってるくせして、強引に肝《きも》だめしをさせようと企《たくら》んだ宗佑《そうすけ》にも腹《はら》が立つ。

そうとは告げずに呼《よ》び出すという、あの小ズルいやり方は、友達として、いや、人間的にどうなんだコノヤロと責《せ》めたい気分だ。

だけどヤツの言葉の中に、少なくとも嘘《うそ》はなかった。

この夏、五年生の山本《やまもと》くん宅にやって来た子猫《こねこ》のルーシーは、アメリカンショートヘアとロシアンブルーとの混血種《こんけつしゅ》――つまり、人間で言えばアメリカ人とロシア人のハーフみたいなものらしい。

それで、お披露目《ひろめ》に連れて来たそのルーシーのことを、宗佑《そうすけ》は電話で『ハーフ猫《ねこ》』だと紹介《しょうかい》したところ、オレが『ハーフの子』だと思《おも》い込《こ》んでしまったのだ。

猫好《ねこず》きの人が読む雑誌《ざっし》に、写真が大きく掲載《けいさい》されるだけあって、ルーシーは本当に驚《おどろ》くほどかわいかった。

白とグレーの虎模様《とらもよう》に大きな三角の耳がピンと立ち、真ん丸で綺麗《きれい》なエメラルドグリーンの目をしていて。

まだ生後約半年という幼《おさな》さではあるものの、なるほど人間の年齢《ねんれい》に換算《かんさん》すればもうすぐ一〇歳ですか、ああそうですか。

「ったく、ちきしょうだ」

あの二人組みの女の子たちも、当然宗佑《そうすけ》の差《さ》し金《がね》によるものだ。

オレが直前まで肝《きも》だめしだと気付かないように、ヤツは得意の悪知恵《わるぢえ》を働かせ、わざわざあいう回りくどい手を使ったのだろう。

「あ、お前の直筆《じきひつ》サイン、缶《かん》ジュースの代《か》わりに、さっき祠《ほこら》に置いて来てもらったからさウシシシ」って、そこまでしてオレを怖《こわ》がらせたいのかあいつは。

こんな酷《ひど》い仕打ちをされながら、面《めん》と向かって文句《もんく》の一つも言えなかったのは、ここまでの行動すべてがオレ自身の勝手な勘違《かんちが》いによるものだったからだ。

ああそうさ、「サインをください」と言われた時、どこかでオレを見かけてファンになった下級生の子がいるんじゃないかって、密《ひそ》かに心の中で思ったさ。

その子が実はハーフのとびきり美少女で、自分では照《て》れくさいから宗佑《そうすけ》を通して交流を求めてきたんじゃないかって、わりとマジで思ったりしたさ。

くそ、本当に恥《は》ずかしくて情けなくて、つくづく自分がイヤになるよ。

しかも、肝《きも》だめしの順番を決めるくじでは、よりにもよってトップバッターを引き当てる始末。

「オレはまだルート確認《かくにん》をしてないぞ」と言えば、「毎年同じだから大丈夫だろ？」って、そりゃ道は分かるけどさ、そういう問題じゃないんだよ。

「何でこうなるんだ、ちきしょう」

夏休みのたび、お婆《ばあ》ちゃんちに遊びに来るようになったのは小学校に入ってからだから、オレは今年で五回目の参加になる。

防犯上《ぼうはんじょう》、一年生から四年生までは、必ず高学年女子を含《ふく》めた五人一組みとなるよう振《ふ》り分けられ、一昨年《おととし》まではオレも、グループで固まって行動していた。

だけど今年は違う。

まったく、五・六年生男子は一人ずつで挑戦《ちょうせん》しなきゃいけないなんて鬼《おに》のようなルール、いったい誰《だれ》が決めたんだよ。

「ちきしょう、怖《こわ》くない、全っっっ然怖《こわ》くなんかないぞ」

夢《ゆめ》も希望《きぼう》もない闇《やみ》の世界を一人、怒涛《どとう》の超早歩《ちょうはやある》きで突《つ》き進《すす》む。

腹《はら》は立つわ鳥肌《とりはだ》は立つわで、気が付けば、いつの間にかあの幽霊屋敷《ゆうれいやしき》の広い庭の前に差《さ》し掛《か》かっていた。

こうなったら、さっさと取るもの取ってとっとと終わらせてやる。ここからはもう脇目《わきめ》も振《ふ》らず祠《ほこら》まで一気に突《つ》っ走《ぱし》ろう――

半《なか》ばヤケクソになって、そう心に決めた時だ。

「！」

覚束《おぼつか》ない視界《しかい》の端《はし》に、それは鮮《あざ》やかに飛《と》び込《こ》んできた。

「まさか……」

僅《わず》かな月明かりに浮《う》かび上《あ》がる、荒《あ》れ果《は》てた庭。

その片隅《かたすみ》に、あのポニーテールがいた。

2

あの日。

目が覚《さ》めると、オレはいつの間にか病室のベッドの上にいた。

お父さんとお母さんに、

「あの子はどうなったの？」

そう訊《き》いたら、二人は怪訝《けげん》そうに顔を見合わせた後、やさしく微笑《ほほえ》んだ。

話によれば、オレは熱に浮《う》かされ、丸二日間も眠《ねむ》っていたのだという。

つまり、あの肝《きも》だめしの一件《いっけん》は夢《ゆめ》の中の出来事《できごと》であり、アサミという少女は現実には存在《そんざい》しない——今日までそう思ってきた。

だけど。

やっぱりあれは、夢《ゆめ》なんかじゃなかったのではないか。

そこにいる子こそが、あの『アサミ』ではないのか……。

意を決して有刺鉄線《ゆうしてっせん》を飛《と》び越《こ》え、庭へと足を踏《ふ》み入《い》れる。

いくらか冷静でいられるのは、あの時と違って、少女に切羽詰《せっぱつま》った様子が感じられないからだけど。

そこだけを除《のぞ》けば、Tシャツに短《たん》パンという姿《すがた》かたちだけでなく、時間帯やシチュエーションまでもがまったく同じ条件《じょうけん》ときてる。

「今度こそ間違いない」

オレは逸《はや》る気持ちを抑《おさ》え、敷石《しきいし》の隙間《すきま》や段差に注意しながら、躓《つまず》かないようにゆっくりと歩《ほ》を進めた。

しかし、近付いていくにつれ、その確信は脆《もろ》くも崩《くず》れ始めた。

だんだんと顕《あらわ》になってきた足元のそれが、見覚えのあるスニーカーだったからだ。

昨日《きのう》、橋ですれ違った『坂下《さかした》さん』という子は（確か水色のTシャツと膝丈《ひざたけ》のジーンズという服装に）、くるぶしが隠《かく》れるくらい高さのある、あの真《ま》っ白《しろ》なハイカットを履《は》いていたはず。

はっきりと印象に残っているそのハイカットスニーカーが、まるでアサミでないことを主張するかのごとく、暗《くら》がりの中で仄白《ほのじろ》く浮《う》かび上《あ》がっている。

「なんだよ、またか……」

さすがにガックリきた。

が、その時ふと、チヒャロットの顔が頭をよぎった。

そうだ、オレには任務《にんむ》があるんだった。そもそも時空統括管理局《じくうとうかつかんりきょく》の調査対象《ちょうさたいしょう》は、あの坂下《さかした》さん当人なわけだし。

気を取り直し、更に歩《ほ》を進めていくと、少女はやはりあの時のアサミと同じように、古井戸《ふるいど》のすぐ側《そば》で佇《たたず》んでいるようだった。

周囲の薄闇《うすやみ》よりもひと際暗《きわくら》い、そこだけ絵の具の『くろ』を水で溶《と》かずに塗《ぬ》ったような暗黒《あんこく》の中を、時々覗《のぞ》き込《こ》んでいる。

オレは、井戸周りに配された置き石群《ぐん》の手前で足を止めると、一度大きく深呼吸《しんこきゅう》してから、

「あの、坂下《さかした》さん」

思い切って声をかけた。

それなりの距離《きょり》をとった上に、ごく控《ひか》えめなトーンで話《はな》し掛《か》けたつもりだったのだが、「ひいっ」という、息を呑《の》むような呼吸音《こきゅうおん》が微《かす》かに聞こえてきた。

「ごめん、怪《あや》しい者じゃないから安心して」

すぐにそう付け加えたものの、少女は胸《むね》に手を当て、全速力で走った後みたいに肩《かた》で息をしながら、「なによ、なんなのよ」と睨《にら》みつけてきた。

「あ、いや、オレはただ、きみとちょっと話がしたいと思って……」

そこまで言いかけてから、オレはもの凄《すご》く重大なことに気が付いた。

そう。この子がアサミでないのなら、お互《たが》いに共通する話題が何も見当たらないということに。

それなのに、どんなことをどのように話し始めればいいのか、まったく考えずに声をかけてしまって。

「えっと、だからその、つまり……」

何か話さなきゃと思えば思うほど、頭の中が限《かぎ》りなく真《ま》っ白《しろ》に近い状態《じょうたい》になっていく。

女子の前で挙動不審《きょどうふしん》っぽくなってる自分が情けなくてイヤで、とにかく一刻《いっこく》も早く会話を始めようとした結果、

「きみは本当は、アサミっていう名前じゃないのか」

咄嗟《とっさ》に口を衝《つ》いて出た言葉が、それだった。

すると少女は、まるで会話そのものを拒絶《きょぜつ》するかのように、ぶんぶんと激《はげ》しくかぶりを振《ふ》った。

そして顔を背《そむ》けたまま、「誰《だれ》だか知らないけど、こんなところへ何しに来たのよ」と冷たく言《い》い放《はな》ったかと思うと、

「私に構わないで！」

次の瞬間《しゅんかん》、いきなり駆《か》け出《だ》したではないか。

「ちょ、ちょっと待ってよ！」

後を追おうとして、ぐっと踏《ふ》みとどまる。

敷地《しきち》の外じゃなく、庭の更に奥へと向かうなんて、いったいどういうつもりなのか。

少女は躊躇《ためら》う素振《そぶ》りもなく母屋《おもや》の角を曲がると、屋敷《やしき》の陰《かげ》へと姿《すがた》を消した。

オレは少し迷《まよ》った末、どうしても気になって、少女が逃《に》げ込《こ》んだ角の向こう側を、恐《おそ》る恐《おそ》る遠巻きに覗《のぞ》いてみた。

だけどその先は行き止まりのようで、闇色《やみいろ》の空間が不気味《ぶきみ》に静まり返っているだけだった。

「あー疲《つか》れた」

風呂《ふろ》から上がって部屋に戻《もど》ると、既《すで》に布団《ふとん》が敷《し》いてあった。

お母さんやお父さんと一緒《いっしょ》に泊《と》まった時は、いつも畳《たた》むのも敷《し》くのも全部自分でやってるんだけど。

きっと、くたくたになって帰って来たオレを見かねて、お婆《ばあ》ちゃんが気遣《きづか》ってくれたのだろう。

しわや弛《たる》みの一つもない、ぴしっと整えられた真《ま》っ白《しろ》なシーツ。

その気持ちよさそうな敷布団《しきぶとん》の上にどさっと座《すわ》り込《こ》み、大きくあくびを一つ。

「しかし、まいったなぁ……」

もともとが、大座敷《おおざしき》を真ん中から襖《ふすま》で仕切っただけの寝泊《ねと》まり専用部屋であるため、椅子《いす》やテーブルはなく、この布団《ふとん》の上がオレの居場所《いばしょ》みたいになってる。

横になろうものなら、すぐにでも眠気《ねむけ》が襲《おそ》ってきそうだから、こうやって胡坐《あぐら》をかき、腕組《うでぐ》みをして眉間《みけん》に力を込《こ》めてと。

「どうすればいいんだろ……」

うーんと唸《うな》りながら、また頭を捻《ひね》る。

あの後オレは、猛烈《もうれつ》な恐怖《きょうふ》感に襲《おそ》われ、一目散《いちもくさん》に庭から脱出《だっしゅつ》した。

今の今まで言葉を交わしていた少女が、行き止まりで煙《けむり》のように忽然《こつぜん》と消えてしまったのだ。

場所が場所だけに、ひょっとしたらひょっとするのではないか——そう思ったら、背筋《せすじ》のゾワゾワが止まらなくなって。

その勢《いきお》いのまま猛《もう》ダッシュで浄水場《じょうすいじょう》まで上りつめ、祠《ほこら》からサイン入りノートをふんだくると、再び猛《もう》スピードで公民館《こうみんかん》に戻《もど》った。

下之沢《しものさわ》地区肝《きも》だめし大会史上、最速クリア記録を樹立《じゅりつ》したのは言うまでもない。

本来なら、前の子がスタートしてから一五分くらい空けて次の子がスタートする手筈《てはず》になってるんだけど、オレが戻《もど》った時点で、まだ二番目の子がスタンバってる状態《じょうたい》だったもんな。

あまりにも早いもんだから、不正したんじゃないかって、持ち帰ったノートを念入りにチェックされたほどだ。

宗佑《そうすけ》が変なライバル意識を燃《も》やし、はりきってスタートダッシュしてたけど、帰って来た時はバテバテの様子で、オレの記録には到底及《とうていおよ》ばなかった。

そりゃそうだよ、『火事場の馬鹿力《かじばのばかぢから》』で全力疾走《ぜんりょくしっそう》を貫《つらぬ》いたオレに敵《かな》うわけがないじゃんか。

心の底《そこ》から恐怖《きょうふ》にかられた人間に、疲《つか》れを感じる余裕《よゆう》なんてないんだから。

今になって冷静に考えてみれば、あの子にはちゃんと足があったわけだし、幽霊《ゆうれい》が自ら「私に構わないで！」なんて逃《に》げ出すのもおかしな話だ。

ただ、あそこからどうやって姿《すがた》を消したのか、あれからずっと考えているのだが、ちっとも答えが見つからない。

いや、答えが見つからないのはそのことだけじゃなく、ほかにもあるんだけど。

てか、むしろそっちの問題のほうが深刻《しんこく》というか、かなり悩《なや》ましいというか……

「こんばんは、トーマス」

びくっとして振《ふ》り返《かえ》ると、すぐ後ろに、すらりとした艶々《つやつや》の真《ま》っ赤《か》な脚《あし》があった。

「難《むずか》しい顔をして、何か問題でも？」

「うん、まぁ……」

向き直ってため息をつくと、チヒャロットはすっとこちらに回《まわ》り込《こ》んできて、

「きっと力になれると思うわ」

そう言って、ふわりと目の前にしゃがんだ。

「さあ、何でも言ってみて」

ふとその顔に、どことなく昔《むかし》から知っている人であるかのような親しみを感じて、不思議《ふしぎ》に思う。

それは、昨日《きのう》初めて会った時からそうだった。

もしも別の誰《だれ》かに、未来から来たという話をされたとしても、あんなに簡単《かんたん》には信用しなかったかもしれない。

その微笑《ほほえ》みには妙《みょう》な説得力があり、見ていると気持ちが和《やわ》らぐというか、言われたことを素直《すなお》に受け入れたくなるような、そういう雰囲気《ふんいき》がチヒャロットにはあった。

「あの……笑わない？」

「ええ」

「ほんとにほんとに、笑わない？」

「笑ったりしないわ」

「じゃあ言う。実は今日、さっそくあの子に会うことができたんだ。でもオレ、何を話したらいいのか分かんなくて――」

オレはチヒャロットに不安を打ち明けた。

仲良くなる以前に、女子との接し方がオレにはよく分からない。

学校でもそうなんだ。女子と話すと緊張《きんちょう》するっていうか、自分がどう思われてるのかが気になって、まともに喋《しゃべ》れなくなってしまう。

だから話《はな》し掛《か》けられても、つい素《そ》っ気《け》ない返事になっちゃうし、オレから話《はな》し掛《か》けることもめったになくなって。

いつからだろう、こんなふうになったのは。

四年生くらいまでは仲のいい子も結構《けっこう》いたし、男子と同じように普通《ふつう》にお喋《しゃべ》りもできてたんだけどな。

「こんなんじゃさ、友達になるどころか、逆《ぎゃく》に嫌《きら》われそうな気がするよ。現《げん》に今日も何だか怒《おこ》らせちゃったみたいで」

口に出したら少しは楽になるかと思ったんだけど、睨《にら》まれたことを思い出したら余計《よけい》に気が滅《め》入《い》ってきた。

項垂《うなだ》れて、再びため息をつくと、

「なるほど、そういうことね」とチヒャロットは言った。

「あなたくらいの年頃《としごろ》なら、異性《いせい》を意識し始めるのはごく自然なことだわ。でも偉《えら》いじゃない、思い切って話《はな》し掛《か》けることができたんだもの。そうやって少しずつ慣《な》れていって、みんな大人になるのよ」

「大人に……」

エレナと楽しそうに話す宗佑《そうすけ》の顔が、フッと頭の中に浮《う》かんで消えた。

「こんなオレでも、大人になったら、女子と付き合ったりできるのかな」

「大丈夫よ。ちゃんとお付き合いできるようになるわ」

「そうかなぁ……。うーん、自信ないなオレ。なんかこの調子だと、一生無理のような気がしてきた」

「心配はいりませんよ」

「えっ」

またチヒャロットの声が後ろから聞こえた気がして振《ふ》り返《かえ》ると、今度は艶々《つやつや》の青い脚《あし》がそこにいた。

「現《げん》に未来のあなたは、ちゃんと結婚《けっこん》していますもの」

例によって、霞《かすみ》がかかったみたいに少し色の薄《うす》いユリカポが、チヒャロットと同じ顔で微笑《ほほえ》みかけてくれてる。

「ほんとかなぁ……」

膝《ひざ》の上に頬杖《ほおづえ》をついて、「全然現実味がないよ」って言いながらあくびをしたら、

「どうでしょう、彼に少しだけ未来をお見せするというのは」と言って、ユリカポがチヒャロットの隣《となり》に立った。

「そうね」

チヒャロットは頷《うなず》いて、

「それじゃあ特別に。ただし時空法《じくうほう》の問題があるから、制限付きでね」

そう付け加えると、昨日《きのう》やったみたいに左腕《ひだりうで》をグッと胸《むね》の前に構え、あの金属製《きんぞくせい》っぽいリスト

バンドに人差し指を軽く触《ふ》れた。

すると急に、部屋全体が真昼の陽射《ひざ》しのごとく眩《まばゆ》い光に包まれたではないか。

と思ったら、いつの間にか広々《ひろびろ》とした宮殿《きゅうでん》みたいな場所に、オレは立っていた。

「ちょっ……どうなってんだよこれ」

見渡《みわた》す限《かぎ》りの壁《かべ》、足元から柱に至《いた》るまでが、ベージュを基調《きちょう》とした、光沢《こうたく》のある大理石《だいりせき》みたいな質感で統一《とういつ》されている。

高い天井《てんじょう》の上からは豪華《ごうか》なシャンデリアがぶら下がり、曇《くも》り一つないその鏡《かがみ》のような床に、いくつものきらびやかな光の粒《つぶ》を落としていた。

やはり壁《かべ》や床と同じ色をした、大きなカウンターらしき仕切りの向こう側に、茶色っぽい制服《せいふく》姿《すがた》の人たちがいる。

その脇《わき》のほうに四つ並《なら》んだ金色の扉《とびら》みたいなのは、どうやらエレベーターのようだ。

ようやく、どこかのホテルの中っぽい、ということが分かってきたところで、

「あちらに腰掛《こしか》けているのが、この時代のあなたです」

左耳のすぐ後ろから、ユリカポの声がした。

聞こえてきた方向に視線《しせん》を移《うつ》すと、ロビーの奥に重厚感《じゅうこうかん》のある大きな黒いソファーがあって。そのど真ん中で、新聞を掲《かか》げるようにがばっと広げ、高々《たかだか》と脚《あし》を組んだ人が真っ先に目に付いた。

「あれのことかな」

あの新聞紙の向こうに、未来の自分がいったいどんな顔をして座《すわ》っているのか。

オレはよく親戚《しんせき》のおばさんから、「お父さんの子供の頃《ころ》にそっくりねぇ」って言われる。

だから何の疑《うたが》いもなくお父さん似《に》の顔を思《おも》い浮《う》かべつつ、ちょっとドキドキしながらロビーに向かったんだ。

しかし――

「えっ……」

やがて新聞を畳《たた》み、のっそり腰《こし》を上げたその人を目《ま》の当《あ》たりにして、オレは愕然《がくぜん》とした。

それは、身長が二メートル近くはあるだろうか、坊主頭《ぼうずあたま》にサングラスをかけた、お父さんとは似《に》ても似《に》つかない、いかにも厳《いか》つい感じの大男《おおおとこ》だった。

3

「あ、あれがオレ!?」

その黒シャツ黒ズボン姿《すがた》の大男《おおおとこ》は、立ち上がるなり、真《ま》っ直《す》ぐこちらに向かって歩き出した。

はだけた胸元《むなもと》には、ロープみたいなぶっとい金色のネックレスがはり付いていて。

ガムでも噛《か》んでいるのだろうか、口をクチャクチャさせながら、眉間《みけん》に縦《たて》じわを刻《きざ》んだサングラス顔で、ずんずんとこちらに近付いて来る。

怖《こわ》くなって後退《あとずさ》りしたら、大男《おおおとこ》はすぐそこのラックに新聞を戻《もど》し、ポケットから薄《うす》っぺらいカードのようなものを抜《ぬ》き出した。

そして、ぐいと肘《ひじ》を張《は》ってそれを耳に当てると、怒鳴《どな》るような荒《あら》っぽい口調《くちょう》で何か話しながら、大またで立ち去って行く。

「オレ、あんなふうになっちゃうの……」

ホテルを後にするごつい背中《せなか》を、半《なか》ば泣きそうになりながら見送っていると、

「その人ではなく、あちらの男性です」と、またユリカポの声が聞こえた。

「それと、彼らにあなたの姿《すがた》は見えていないのでご心配なく」

再び声の方向に視線《しせん》を移《うつ》すと、さっきの黒いソファーの後ろ脇《わき》に、テーブル席があることに気付いた。

そこに、向かい合って座《すわ》る若い男の人と女の人の横顔が見える。

テーブルの側《そば》まで駆《か》け寄《よ》って、なるほど間違いなくオレはお父さんの子供なんだなと納得《なっとく》しつつ、ホッと一安心《ひとあんしん》。

相手の女の人は、ふわっとしたショートヘアが似合う、清潔感《せいけつかん》のある綺麗《きれい》なお姉さんだ。

二人して、はにかみながら楽しそうにお喋《しゃべ》りしてるから、

「この人、彼女さん？」

そうだといいな、という期待を込《こ》めて訊《き》いたら、「いいえ、二人はまだ出会ったばかりですから」と、ユリカポの声が今度は頭上から聞こえた。

「ここから、お二人の新たな歴史が始まるのです」

次の瞬間《しゅんかん》、また眩《まばゆ》い光に包まれるや否《いな》や、いきなりスクランブル交差点のど真ん中に、オレはいた。

待ち合わせだろうか、さっきのショートヘアのお姉さんが、駅前広場に立ってるこの時代のオレを目がけ、手を振《ふ》りながら駆《か》け寄《よ》っていくのが見える。

そうかと思えば、周りの景色《けしき》が暗《くら》くなったり明るくなったりしながら、真《ま》っ青《さお》な空と海、白い砂浜が目の前に現れた。

同じように、次は一面黄色《きいろ》で覆《おお》いつくされた銀杏並木《いちょうなみき》の下、その次はチカチカ光る巨大《きょだい》なクリスマスツリーの前、更には小さなこたつの上にご馳走《ちそう》が並《なら》ぶ、アパートみたいな狭《せま》い部屋、という具合《ぐあい》に時間と場所が目まぐるしく変化していく。

その後も留《とど》まることなく、小雪のちらつく夜の神社だったり、桜《さくら》が満開の公園や雨の街《まち》、図書館、花火が打ち上がる河川敷《かせんしき》……。

もの凄《すご》い速さで移《うつ》り変わる季節と、次から次へと切り替《か》わっていく風景《ふうけい》の中、それらのどの場面にも二人は一緒《いっしょ》にいた。

時々聞こえてくる会話から、未来のオレはショートヘアのお姉さんのことを、「りな」と呼《よ》んでいるようだということも確認《かくにん》できた。

そして。

「おめでとう！」

カラン　カランカン　カラン　カランカン

教会の鐘《かね》が、甲高《かんだか》く軽やかに鳴《な》り響《ひび》き、たくさんの笑顔と紙吹雪《かみふぶき》が舞《ま》い上《あ》がって——

「今はここまでが限界《げんかい》よ」

チヒャロットの声で、はっと我《われ》に返る。

気が付けば、そこは元通り部屋の中で、オレは布団《ふとん》の上に胡坐《あぐら》をかいて座《すわ》っていた。

ユリカポも、さっきまでと同じように、チヒャロットの隣《となり》に立って微笑《ほほえ》んでいる。

「いかがでしたか」

「本当にあれが、オレの未来なの？」

「ええ、そうですよ」

もの凄《すご》くリアルな夢《ゆめ》を見たような気分だ。

確かに未来のオレは、女の人と普通《ふつう》に話したりデートしたりできるみたいだし、ちゃんと結婚《けっこん》もするらしい。

しかも相手は、明るい感じの、結構《けっこう》な美人ときてる。

苦手《にがて》意識を持ったまま大人になってなくて、本当によかったな……と、一息《ひといき》ついたところで、「ん？」

急に、妙《みょう》な感覚に見舞《みま》われた。

「おかしいな、どうしたんだろう」

今の今までしっかりと記憶《きおく》にあった未来の出来事《できごと》が、みるみる薄《うす》れ、おぼろげになっていくではないか。

「あれ、女の人の名前も何て言ったっけ⁉」

天井《てんじょう》を見上げながら首を捻《ひね》っていたら、「さっそくだけど、個人情報の詳細《しょうさい》は消去したわ」とチヒャロットは言った。

「一般人が必要以上に未来を知ることは、時空法《じくうほう》で禁《きん》じられているから」

なるほど、そういうことか。

「でも、これで少しは安心しました？」

そう言って、ユリカポもふわりと目の前にしゃがむ。

「安心したし、ちょっと自信もついたよ」

「それはよかったですね。今夜は疲《つか》れたでしょう、ゆっくりお休みください」

「うん、ありがとうユリカポ」

「明日からまた、しっかり情報収集しなくちゃね」

「分かってる。チヒャロットもありがとう。オレ頑張《がんば》るよ」

「それじゃあ、またね、トーマス」

「うん、おやすみ」

オレは横になると、二人の微笑《ほほえ》みに心地《ここち》いい安らぎを覚えながら、吸《す》い込《こ》まれるように眠《ねむ》りについた。


翌日の午後、約束どおりオレたち三人は、河原《かわら》の昨日《きのう》切り上げた場所に現地集合した。

目印《めじるし》は、河原《かわら》に沿《そ》って続いていた石垣《いしがき》の堤防《ていぼう》が、雑草《ざっそう》の生《お》い茂《しげ》る土手（というかほとんど崖《がけ》みたいな感じだけど）へと変わる地点だ。

川辺にゴツゴツした大きめの石が目立ってくるこの先は、周りも林に囲《かこ》まれ、一気に山の中っぽい景色《けしき》になってくる。

だから昨日《きのう》よりはいくらか涼《すず》しそうに思えたんだけど、なんだ、実際《じっさい》はそうでもないな。

さてと。暑《あつ》いけど、今日もテンション上げていくか。

「なあ宗佑《そうすけ》。どうせ探すんなら、アンモナイトとか三葉虫《さんようちゅう》とか、大物を狙《ねら》いたいよな！」

「大物と言ったら、やっぱ恐竜《きょうりゅう》じゃね？　でっかいの丸ごと見つけちゃったらどうする⁉」

「しかもそれが新種やったら歴史的快挙《かいきょ》や！　その恐竜《きょうりゅう》に、第一発見者の名前が付くねんで‼」

「うおッ、まじか⁉　よし、俺《おれ》が最初に発見して『ミノダサウルス』か『ティラノソウスケ』って名付けてやるぞ!!」

おいおい、何だか競馬《けいば》の馬とかにいそうな名前だな。と突《つ》っ込《こ》む間もなく、

「いーや! 絶対絶対《ぜったいぜったい》絶っ対《たい》、うちが一番に見つけたんねん!!」

そう豪語《ごうご》する本日のエレナは、帽子《ぼうし》、ポロシャツ、短《たん》パンからスニーカーに至《いた》るまで、すべてがヒョウ柄《がら》という、この上なくワイルドな出《い》で立《た》ちで。

「素早《すばや》く獲物《えもの》を仕留《しと》めるには、肉食獣《にくしょくじゅう》モード全開でいかなあかんやろ」

というヤル気が、ファッションに表れているようなのだが、

「逆《ぎゃく》にお前がハンターに仕留《しと》められそうじゃね?」

宗佑《そうすけ》のナイスな突《つ》っ込《こ》みに、オレが吹《ふ》き出《だ》すと、

「悔《くや》しいけど、今のちょっとおもろかったわ」

エレナもけらけら笑って、超《ちょう》ウケまくってる。

そう言えば昨夜《ゆうべ》の肝《きも》だめしには来ていなかったから、何か用事でもあったのかと尋《たず》ねたら、

「うちの家、富山《とみやま》一区やねん」って。

とみやま公園を境《さかい》に、こちら側は下之沢《しものさわ》地区、向こう側は富山《とみやま》地区。ついでに、幽霊屋敷《ゆうれいやしき》の辺りから向こうは上之沢《かみのさわ》地区だと宗佑《そうすけ》に言われ、確かにそうだったかもしれないと思い出した。

それで、富山《とみやま》地区は団地とかがあって人が多いから、一区と二区に分かれているというのも、小さい頃《ころ》に何となく聞いた覚えがある。

「ほんま富山《とみやま》でよかったわー。肝《きも》だめしなんて、ようやらんで」

各々屈《おのおのかが》んだまま足元の石ころを拾い漁《あさ》りながら、暫《しばら》くの間そんな感じでお喋《しゃべ》りしていたら、

「おーい」

不意《ふい》に後ろから、誰《だれ》かを呼《よ》ぶような声がした。

振《ふ》り返《かえ》ると、男子三人と女子二人の一団が、小走りでこちらへ向かって来ていて。

宗佑《そうすけ》は立ち上がって「おー！」と手を挙げ、エレナも「やっほー！」と嬉《うれ》しそうに手を振《ふ》ってる。

「今からー？」

エレナが叫《さけ》ぶと、「うん今からー」と向こうの女子の声も返ってきた。

内心ホッとして、再び石ころを漁《あさ》り始《はじ》めたところへ、

「エレナちゃんそれかわいいー」

そう言いながら駆《か》け寄《よ》ってきた女子連中の声に、「聞いたぜ宗佑《そうすけ》」という男子の声が重なって聞こえてきた。

「お前、ついに誘《さそ》ったんだって～!?」

「俺《おれ》らには、狙《ねら》ってるなんて一言《ひとこと》も言わなかったくせによ～」

「って言うか、一対一ってのは本当か？　あのサリカがよくOKしたよなー!?」

三人とも、口々に声を弾《はず》ませてる。

どうやら宗佑《そうすけ》が美少女サリカを花火大会に誘《さそ》ったという噂《うわさ》は、既《すで》に有名な話であるらしい。

そこへ、「いいよね～」と声をハモらせた女子二人が、「あたしも誘《さそ》われてみたーい」「ねぇね

え、当日こっそり見にいっちゃおっか〜？」「いいねー、行こ行こ！」などと盛り上がりをみせれば、

「じゃあ俺《おれ》も行く！」「俺《おれ》も俺《おれ》も！」「だったら二班《はん》全員で行こうぜ！」

すかさず男子連中も乗ってくる。

さぞかし当人はデレデレした顔で照《て》れまくっているんだろうなと、また足元の石ころを手に取りながらオレは思った。

そしてそれをまた放《ほう》りながら、周りから脚光《きゃっこう》を浴びる幼馴染《おさななじみ》の幸《しあわ》せぶりを、正直《しょうじき》少し羨《うらや》ましく思っていたのだが。

「おいおい、みんな勘弁《かんべん》してくれよ。今からすげえ緊張《きんちょう》してんだからさー」

その声色《こわいろ》に、心なしかいつもの元気が感じられず、オレはふっと宗佑《そうすけ》の顔を見上げた。

そしたら、笑ってはいるものの、口元《くちもと》が微妙《びみょう》に引きつってて、表情がどうも不自然だ。

たぶん、エレナも同じことを感じたんじゃないかな、「しっかし分からんわー」と怪訝《けげん》そうな顔してる。

「ずっと不思議《ふしぎ》に思とってんけど、今更何でそんなに緊張《きんちょう》するん？　もう誘《さそ》いには応じてくれたんやし、あとはうちらと喋《しゃべ》るように普段《ふだん》どおりでええやん」

すると宗佑《そうすけ》は、一瞬《いっしゅん》言葉を詰《つ》まらせた後、急に「バーカ」と偉《えら》ぶって腕組《うでぐ》みをした。

「あいつの前で、かっこ悪《わる》いとこ見せられねえから緊張《きんちょう》してんだろ」

「バカとはなんや」

エレナも腕《うで》を組み、正面切って応酬《おうしゅう》する。

「人付き合いいうんはな、ありのままの自分を見せていかな疲《つか》れるだけやで？　かっこつけてどないすんねんアホ」

「お前、何にも分かってないな」と反論《はんろん》を開始するアホ。あ、いや宗佑《そうすけ》。

「あいつはその辺の女子とは違うんだよ、バーカ」

「アホやな、サリカちゃんかて同じ人間や。お腹《なか》もすけばトイレもするんやで」

「バカ言うな！　あいつはトイレなんか行かないはずだ！　行くわけがない！」

「アホかあんた。トイレに行かへんかったら、しょっちゅうオモラシで大変なことになるやろ」

「そういう意味じゃねえだろバカ！　あいつは俺《おれ》たちと違ってションベンもウンコもしないの！」

「あかん。かわいそうに、この人ほんまもんのアホやわ。人類から突然変異《とつぜんへんい》したアホ・サピエンスや」

「アホアホ言うな、このバカー！」

「そっちこそバカバカ言いなや、このアホー！」

のどかな昼下がりの河原《かわら》に、爆笑《ばくしょう》の渦《うず》が巻《ま》き起《お》こる。

尚《なお》も繰《く》り広《ひろ》げられる漫才《まんざい》みたいな言い合いのお蔭《かげ》で、合流した子たちにオレが紹介《しょうかい》されたのは、それから暫《しばら》く後のことだ。

この五人組は、宗佑《そうすけ》やエレナと同じクラスの二班《はん》の子たちで、サンショウウオを研究材料にしているらしく、これからもっと上流を目指《めざ》すところだという。

男子はそれぞれ、小柄《こがら》なマッシュルーム頭が班長《はんちょう》の『蓮《れん》くん』、太っちょの黒縁《くろぶち》メガネが『白井《しらい》ごん』、ボロいヤンキースの帽子《ぼうし》を被《かぶ》ってる子は『池《いけ》ちゃん』と呼《よ》ばれていて。

女子はええと、『ミノリン』ってのが背《せ》が低い子のほうで、背《せ》の高いほうが『ナッコ』ね、了解《りょうかい》。

とにかく五人ともノリがよく、楽しそうな連中だ。

話の中で蓮《れん》くんが、

「化石に飽《あ》きたらさ、こっちに来ればいいじゃん」

とぼけ顔でそう言ってきたから、オレも冗談《じょうだん》ぽく、「じゃあ、もうそっちに行っちゃおうかな」って返したら、

「おいッ！」

宗佑《そうすけ》とエレナにダブルで思いっきり突《つ》っ込《こ》まれ、またみんなで笑い合ったりして面白《おもしろ》かった。

ところが、そんな和気藹々《わきあいあい》とした雰囲気《ふんいき》に包まれている最中《さなか》、

「きゃッ！　なにこれ!?」

一番川のほとり側にいたミノリンが、いきなり跳《は》び上《あ》がったではないか。

見ればその子のすぐ前を、黒っぽいトカゲみたいなのが、身体をくねらせながらペタペタと這《は》っている。

すかさずナッコが、「えっ、これサンショウウオ？　サンショウウオ!?」と騒《さわ》ぎ立《た》てると、蓮《れん》くんが、「違う！　イモリだイモリ!!」と叫《さけ》んだ。

「捕《つか》まえろ！」

「え〜やだあ怖《こわ》い〜」

じたばたと足踏《あしぶ》みするミノリンの足元へ、二班《はん》の男子連中が一斉《いっせい》に飛びかかる。

「あっ、そっち行った！」「え、どこどこ？」「そこ！　そこの石の下！」

跳《と》び箱《ばこ》の一段目ほどもある大きな石の陰《かげ》に、するすると潜《もぐ》り込《こ》むのを確かにオレも見た。

オレたち三人も急いで駆《か》け寄《よ》り、その石をどかすべく「せーの！」と力を合わせる。

しかし、僅《わず》かに動いたかと思った次の瞬間《しゅんかん》、「ああ〜ッ！」というどよめきと共に、その黒い生き物は悠々《ゆうゆう》と川の中へと姿《すがた》をくらました。

「くっそう」「逃《に》げられたかぁ！」

悔《くや》しがる二班《はん》の男子たちに、ミノリンが「ごめーん」と手を合わせると、「サンショウウオじゃないからいいじゃん」とナッコが慰《なぐさ》める。

すると宗佑《そうすけ》が、

「けど蓮《れん》は、パッと見ただけでよく分かるよなー」

感心したように、そう呟《つぶや》いた。

「俺《おれ》なんて、イモリもヤモリもさっぱり区別がつかないよ。どこがどう違うんだろ……」

それは単に、宗佑《そうすけ》の素朴《そぼく》な疑問《ぎもん》だったのだと思う。きっと、ただの独《ひと》り言《ごと》みたいなものだったに違いない。

だから、まさかその何気《なにげ》ない一言《ひとこと》がキッカケで、あんなことをするハメになろうとは、この時のオレには予想できるはずもなかった。

4

「どうする？」

「やめたほうがいいって」

「でも、昼だから大丈夫だろ」

「いや、そういう問題じゃなくてさ」

錆《さ》びてチョコミントみたいになってる、ボロい金網《かなあみ》フェンス。

その前でコソコソと屈《かが》みこむ、怪《あや》しげな少年たち。

「だって、こんな機会めったいにないぜ」

「そうだよ、みんなで行けば怖《こわ》くない」

「でもなぁ、一応ひとんちだし無断《むだん》では……」

幾分《いくぶん》長めのスポーツ刈《が》りとマッシュルーム頭、それに黒縁《くろぶち》メガネとヤンキースの帽子《ぼうし》。

それぞれが額《ひたい》を寄せ合い、ヒソヒソと盛《さか》んに意見を交わしている横で、一人黙《だま》って頭を抱《かか》えているオレ。

何でこんなことをしてるのかって？

知らないよ、イモリとヤモリに訊《き》いてくれって感じ。

そう。事の発端《ほったん》は、このよく似《に》た二種類の生き物たちだ。

そこにいる男女八名全員が、それらの名前には十分聞き覚えがあって。

いや、もちろん名前だけじゃなく、

「確かイモリは、腹《はら》の部分が赤いはずや」

というくらいのことは、男子全員が知っていたし、

「あとは……せや、イモリが両生類《りょうせいるい》なのに対して、ヤモリは爬虫類《はちゅうるい》やねん」

という決定的な違いも、学年トップクラスを誇《ほこ》るエレナの知識によって明らかになった。

更には、以前にイモリを飼《か》っていたらしき蓮《れん》くんが、

「見慣《みな》れれば、ひっくり返さなくても、すぐイモリだって分かるようになるよ」

ということで、宗佑《そうすけ》の疑問《ぎもん》はおおよそ解消《かいしょう》されたかに思われた。

がしかし、今度はその蓮《れん》くんが、

「けど、言われてみればヤモリって分かんないことだらけだ。捕《つか》まえたこともないし、ほとんど見かけない気がする。そもそも、どういうところにいるんだろう」

そんなことを言い出して。

実際《じっさい》オレも、姿《すがた》かたちのイメージはあるものの、今までヤモリについて深く考えたことなんてない。


ほかの子らも似《に》たような状況《じょうきょう》なのだろう、みんなで首を傾《かし》げ合《あ》っていると、

「しゃーないな」

エレナがケータイを開いて、指で何か操作《そうさ》し始めた。

それから、ものの数分で、ヤモリは川辺でも草原でもなく、なんと民家周辺に生息しているらしい、という情報をつきとめるに至《いた》ったわけなんだけど。

「え、まじで、そんな身近なところに⁉」や、「ケータイってすげぇな、こんなことも調べられるのか⁉」などと、驚《おどろ》きの声が上がってるうちはよかったんだ。

そこへタイミングよくというか悪《わる》くというか、宗佑《そうすけ》が林の向こうに瓦屋根《かわらやね》を見つけちゃったもんだから、さあ大変。

「ほら、あそこに家あるじゃん家！」とくれば当然、「ヤモリを探させてくださいってお願《ねが》いしようぜ！」という流れになり、「よし、みんな行くぞ！」ってな具合《ぐあい》にトントン拍子《びょうし》でことが運んでしまって。

ブーブー文句《もんく》を言う女子連中にはお構いなしで、男子はみんな我先《われさき》にと急斜面《きゅうしゃめん》をよじ上りはじめる始末。

ところが、一気に林を駆《か》け上《あ》がったオレたち男子五名は、そこで思わぬ事態《じたい》に直面した。

そう。今まで河原側《かわらがわ》から見ることなんてなかったから、誰《だれ》もそれとは気付かなかったんだ。

まさかその瓦屋根《かわらやね》が、よりにもよって、あの坂の上り口に建《た》っている廃屋《はいおく》の大きな一軒家《いっけんや》、通称《つうしょう》『幽霊屋敷《ゆうれいやしき》』のものだったとは——

「だから、もうずっと誰《だれ》も住んでないんだって」

「そうだけど、立ち入り禁止区域《きんしくいき》だし……」

「ヤモリがいるかどうか、ちょっと見てくるだけだから」

「うーん……」

四人はまだ押《お》し問答《もんどう》を繰《く》り返《かえ》している。

言っとくけど、オレはこういう冒険っぽいの自体は嫌《きら》いじゃない。

ただ、そこはイワクツキの家だもの、「行きたいか行きたくないか」と訊《き》かれれば、そりゃ「行きたくない」ってのが本音《ほんね》だ。

だけど、ビビッてると思われるのは絶対《ぜったい》にいやだし、かと言って「行こうぜ」なんて強がってみせる気にもなれない。

話は今のところ、『行ってみよう派』の蓮《れん》くん・宗佑組《そうすけぐみ》と、『やめたほうがいい派』の白井《しらい》ごん・池《いけ》ちゃん組《ぐみ》とで、二対二に分かれているようではある。

でも感触《かんしょく》から言って、『行ってみよう派』が優勢《ゆうせい》なのは明らかだ。

いずれにせよ、宗佑《そうすけ》がオレに意見を求めてくるのは、もはや時間の問題だろう。

ああ、どうしよう。困《こま》ったな。

まったく、まさかイモリとヤモリがキッカケで、こんな面倒《めんどう》なことになるなんて……

「……な、燈馬《とうま》」

宗佑《そうすけ》の声に、はっとなる。

「お前も行くよな」

気が付けば、八つの目に見つめられていた。

すべてを悟《さと》り、ごくり、と唾《つば》を呑《の》み込《こ》む。

「な？　あん時のリベンジだし、行くだろ当然」

「お、おう、もちろん」

白井《しらい》ごんと池《いけ》ちゃんも、ついに観念したらしい。

答えは一つしかないって、最初から分かってたさ。

それでも、腰《こし》を上げて金網《かなあみ》に手を掛《か》けたら、心臓《しんぞう》がまるで別の生き物であるかのようにバクバク暴《あば》れ出《だ》す。

胸《むね》の高さほどのフェンスを前に五人、徒競走《ときょうそう》の時みたく横一列に、オレたちは並《なら》んだ。

「いくぞ」

こちらを振《ふ》り向《む》いた蓮《れん》くんと宗佑《そうすけ》に無言《むごん》で頷《うなず》き、オレも同じように右隣《みぎどなり》を振《ふ》り返《かえ》る。

白井《しらい》ごんと池《いけ》ちゃんの真剣《しんけん》な顔と頷《うなず》き合《あ》って、また左に顔を向ける。

「よし」と蓮《れん》くんが頷《うなず》いたのを合図《あいず》に、オレたちは一斉《いっせい》に金網《かなあみ》のフェンスを飛《と》び越《こ》えた。

マッシュルーム頭を先頭に、宗佑《そうすけ》、オレ、白井《しらい》ごん、池《いけ》ちゃんと続き、背丈《せたけ》くらいもある細長《ほそなが》い葉っぱの群《む》れをわさわさとかき分け、突《つ》き進《すす》む。

ようやく抜《ぬ》けたかと思ったら、今度は目の前に、やはり背《せ》の高い、しかし葉形の違う『草の壁《かべ》』が立ちはだかった。

よく見ると、葉と葉の隙間《すきま》に、竹のような棒《ぼう》が何本も等間隔《とうかんかく》に立っていて、ところどころにトマトらしき赤や緑の実がなっているようだ。

ちょっと不思議《ふしぎ》に思いつつ、雑草群《ざっそうぐん》との間にできた路地みたいな狭《せま》い道を、カニ歩きですり抜《ぬ》ける。

すると『草の壁《かべ》』の向こうに、見覚えのある板張《いたば》りの古びた小屋が現れた。

ひっくり返したように立《た》て掛《か》けてある、錆色《さびいろ》のでっかいリヤカーもそのまんまだ。

案《あん》の定《じょう》、宗佑《そうすけ》は急にこちらを振《ふ》り返《かえ》り、「おい、ほらあれ」と突《つ》っつくように指差しながら、嬉《うれ》しそうな顔してる。

幼《おさな》い頃《ころ》、一緒《いっしょ》にここへ忍《しの》び込《こ》んだ時、「あの小屋は怪《あや》しい秘密基地《ひみつきち》っぽいから潜入《せんにゅう》しようぜ」みたいな話になって興奮《こうふん》したっけ。

だけど結局、通りすがりのおじさんに見つかって注意され、そこまで辿《たど》り着《つ》く前に、あえなく探検ごっこを断念したんだよな。

それにしても、見る角度が変わると随分雰囲気《ずいぶんふんいき》が違うもんだなと思う。

今の今まで、屋敷《やしき》の後ろにこんな広い裏庭《うらにわ》みたいな空間があるなんて、想像もつかなかったし。

昨夜《ゆうべ》はマジで動揺《どうよう》したけど、恐《おそ》らくあの『草の壁《かべ》』が、行き止まりに見えてしまっただけなのだろう。

オレたちは、今度は小屋の前にコソコソと屈《かが》み込《こ》み、手分けしてヤモリを探そうと話し合った。

ジャンケンの結果、蓮《れん》くんと宗佑《そうすけ》とオレの三人は母屋《おもや》の周りを、後の二人は裏庭《うらにわ》と小屋の周辺を担当《たんとう》することに。

「じゃあ、後で」

「おう」

探し終わったら再びここに集合する、ということで、二人とは一旦《いったん》別れた。

ミ――ンミンミンジ――……　ミ――ンミンミンミンミンジ――

セミたちが、盛《さか》んに賑《にぎ》わう夏空の下、ひっそりと佇《たたず》む廃屋《はいおく》の一軒家《いっけんや》。

「こっちから回ろうぜ」

先頭を切る蓮《れん》くんについて母屋《おもや》の表側へ足を向けると、軒下《のきした》に割れた瓦《かわら》が散乱《さんらん》していて。

見上げれば、屋敷《やしき》の上半分を覆《おお》う白壁《しらかべ》はところどころ剥《は》がれ落《お》ち、下半分を占める格子状《こうしじょう》の板《いた》壁《かべ》も灰色《はいいろ》に色褪《いろあ》せ、朽《く》ちかけている。

初めて間近に見るその姿《すがた》は、住む人がいなくなってから今日までの長い年月を、より克明《こくめい》に物語っていた。

そんな絵に描《か》いたような幽霊屋敷《ゆうれいやしき》でも、夜じゃなく、みんなと一緒《いっしょ》だからなのか、最初はさほど不気味《ぶきみ》な感じがしなかったんだ。

だけど、その天井板《てんじょういた》みたいな下の壁《かべ》のあちこちに、人の目のような模様《もよう》があることに気付いちゃって。

見ているうちに、何だか屋敷《やしき》そのものに監視《かんし》されてるような気がしてきて、急いで宗佑《そうすけ》のすぐ後ろにくっついた。

「確かに、ヤモリってこういうところにいそうな感じはするよな」

「うん、するする」

楽しそうな二人に倣《なら》って縁《えん》の下《した》に顔を突《つ》き入《い》れてみれば、中の暗《くら》がりには、木の棒《ぼう》っきれやら植木鉢《うえきばち》やら何かの茶色い小瓶《こびん》やらが、無造作《むぞうさ》に転がっている。

中腰《ちゅうごし》になったり、しゃがみ歩きをしたりしながら、三人で壁伝《かべづた》いに進んでいくと、角を曲がったところで、あの古井戸《ふるいど》の縁《ふち》が視界《しかい》に入ってきた。

宗佑《そうすけ》が「おい」と蓮《れん》くんの肩《かた》を叩《たた》き、庭先を指差す。

「あそこに、でっかい井戸があるんだぜ。あの辺にもいそうじゃね？」

「おう、行ってみよう」

オレとしては、できれば近付きたくなかったんだけど、単独行動《たんどくこうどう》をする勇気なんて当然なく、しぶしぶ後に続いた。

「うわ、深そう」

「井戸って、なんかこえーよな」

昨夜《ゆうべ》、坂下《さかした》さんが立っていた辺りで、二人が興奮気味《こうふんぎみ》に話してる。

オレは覗《のぞ》き込《こ》む気にもなれず、少し距離《きょり》をとって、辺りをきょろきょろと見回した。

あちこち野花《のばな》が彩《いろど》る、夏の原っぱと化した広い庭。

そこいら中に堂々と居座《いすわ》る、さまざまな置石《おきいし》たち。

岩のように自然な形をしたものもあれば、いつか神社で見かけたような灯籠《とうろう》みたいなのもある。

その手前に埋《う》め込《こ》まれてる白っぽい石畳《いしだたみ》は、好き放題に生《お》い茂《しげ》った庭木や置石《おきいし》の間を緩《ゆる》やかに蛇行《だこう》しながら、細い一本道を形作っていて。

それは、表のほうから屋敷《やしき》の玄関先《げんかんさき》まで、案内するかのように続いているわけなんだけど、

「ん？」

導《みちび》かれるままに、何気《なにげ》なく目で辿《たど》ったその先を、オレは思わず凝視《ぎょうし》した。

「……坂下《さかした》？」

屋根瓦《やねがわら》がぐっと突《つ》き出《で》た、大きな玄関《げんかん》。

その煤《すす》けたガラス戸の脇《わき》に掛《か》けられた表札《ひょうさつ》に、習字みたいな黒い筆文字《ふでもじ》で【坂下《さかした》】と、はっきりそう書いてある。

「どういうことだ……」

首を傾《かし》げていると、

「どうかしたのか」

ふっと、宗佑《そうすけ》がこちらを振《ふ》り向《む》いた。

「あ、いや……何でもない」

ヤモリとは全然関係のないことだし、わざわざ今話題にすべき内容じゃないと思ったんだ。だけど、

「なんだよ、気になるだろ」

宗佑《そうすけ》がそう言うから、「じゃあ訊《き》くけど、あそこの表札《ひょうさつ》に」まで言いかけた時だった。

「しッ！」

突然《とつぜん》、蓮《れん》くんがくちびるの前で人差し指を立て、きゅッと眉根《まゆね》を寄せた。

「今、何か聞こえなかったか」

慌《あわ》てて耳を澄《す》ますものの、さっきまでと変わらず、ひっきりなしにセミが鳴《な》いているだけだ。

少しの間、時間が止まったみたいに、三人で顔を見合わせていると、

「いてッ」

ふくらはぎに、何か硬《かた》いものがぶつかる感触《かんしょく》があった。

と思ったら、足元の横を、一個、また一個と、続けざまに小石が転がっていくではないか。

振《ふ》り返《かえ》ると、母屋《おもや》の角の向こうで、池《いけ》ちゃんと白井《しらい》ごんが、激《はげ》しく手招《てまね》きする仕草《しぐさ》を繰《く》り返《かえ》している。

「ヤモリか？　いたのか!?」

蓮《れん》くんがそう呼《よ》びかけると、二人は更に激《はげ》しく、何やらジェスチャーゲームばりの身振《みぶ》り手振《てぶ》りを交えながら、ついにはピョンピョン飛《と》び跳《は》ね出《だ》した。

宗佑《そうすけ》がそれを指差して、「何やってんだあいつら。しょんべん漏《も》れそうなの？」などと薄《うす》ら笑《わら》

いを浮《う》かべるか浮《う》かべないかのうちに、

「違う」

蓮《れん》くんが顔色を変えた。

「誰《だれ》か来たのかもしれない」

「え、まじで」

慌《あわ》てて二人のもとへ向かうと、池《いけ》ちゃんが屋敷《やしき》の斜《なな》め上《うえ》を指差しながら、「さっき、あっちの林のほうに変な人がいてさ」と、声を押《お》し殺《ころ》して言う。

「全身真《ま》っ黒《くろ》の、宇宙服《うちゅうふく》みたいなのを着てるんだ」

「宇宙服《うちゅうふく》!?」

蓮《れん》くんも小声で返すと、

「いや、宇宙服《うちゅうふく》じゃない」

白井《しらい》ごんが、片手《かたて》で毟《むし》り取《と》るようにメガネを外して、

「あれは確か、どこか外国の特殊部隊《とくしゅぶたい》の服だよ。前にああいう恰好《かっこう》をテレビで見たことがある」

と、袖《そで》で顔の汗《あせ》を拭《ぬぐ》いながら表情を強張《こわば》らせた。

「テロとか凶悪犯罪《きょうあくはんざい》の時に派遣《はけん》される部隊なんだ、これはただ事じゃないよ絶対《ぜったい》!」

「とにかく、あれは普通《ふつう》の人じゃないよ。俺《おれ》たち、事件《じけん》に巻《ま》き込《こ》まれたらどうする!?」

ひそひそトーンで、必死に訴《うった》える二人。

すると、それまで黙《だま》って聞いていた宗佑《そうすけ》が、「蓮《れん》、もう引き上げようぜ」と神妙《しんみょう》な顔で言った。

蓮《れん》くんが頷《うなず》くのとほぼ同時に、誰《だれ》からともなくそそくさと、元来た『草の壁《かべ》』のほうへ足を向ける。


もしも二人の話が本当なら、命に関わる危険《きけん》が迫《せま》っているかもしれない。

そう思うと、さっきまでとは別の変な汗《あせ》が、首筋《くびすじ》やTシャツの中を冷たく伝っていく。

ただ、ここで一目散《いちもくさん》に走って逃《に》げるのは、かえって危険《きけん》な気がした。

たぶんほかの四人も同じ考えだったに違いない。みんな気が急《せ》いているはずなのに、誰《だれ》も駆《か》け出《だ》そうとはしなかったから。

今のうちに。そう、変に騒《さわ》ぎ立《た》てず、今のうちにこっそりと引き返せば大丈夫。

オレたちは、できるだけ目立たないよう背中《せなか》を丸め、祈《いの》るような気持ちで帰りの道を急いだ。

しかし。

小屋に立《た》て掛《か》けてあるリヤカーの前を、足早《あしばや》に通り過ぎようとした、まさにその時だった。

「アバヤッ！」

突然《とつぜん》、横から耳慣《みみな》れない言語が飛《と》び込《こ》んできて、心臓《しんぞう》が止まりそうになった。

咄嗟《とっさ》に振《ふ》り向《む》くと、そこには……

「ハッダゲ・チョサエネガラナッ！」

そこに現れたのは、ギラリと光る大きな鎌《かま》を携《たずさ》えた、得体《えたい》の知れない黒装束《くろしょうぞく》の怪人《かいじん》だった。

5

もしも相手がヒグマだったなら、オレたちは間違いなく恰好《かっこう》の餌食《えじき》となってしまっただろう。目を合わせたままゆっくり後退《あとずさ》りするでもなく、ましてや死んだふりをするでもなく、そもそもそんな落ち着いた行動をとる余裕《よゆう》なんかあるはずもなく。

結局は、「ぅぅうぅわあああああ────ッ!!」と思いっきり叫《さけ》び散《ち》らしながら、我先《われさき》にと駆《か》け出《だ》してしまったのだから。

もみくちゃになりながら『草の壁《かべ》』の脇《わき》をすり抜《ぬ》け、背《せ》の高い細長葉《ほそなが》っぱ軍団との大乱闘《だいらんとう》を何とか切《き》り抜《ぬ》け、なだれ込《こ》むように金網《かなあみ》フェンスを飛《と》び越《こ》えたオレたちは、死《し》にもの狂《ぐる》いで林を駆《か》け下《お》り、崖《がけ》のところでのん気にお喋《しゃべ》りしていた女子連中には、「逃《に》げろおおおお────ッ!!」と声の限《かぎ》り叫《さけ》び、河原《かわら》に下り立ってからも後ろを振《ふ》り返《かえ》ることなく、あのトンネル状のレトロな石橋の下まで一気に全力ダッシュで逃《に》げまくった。ふう……疲《つか》れた。

「もう大丈夫だよな」と、息を切らしながらお互《たが》いに周囲の安全を確認《かくにん》し合《あ》い、たもとの石階段に五人、崩《くず》れ落《お》ちるように座《すわ》り込《こ》む。

疲《つか》れきって、ぐったり項垂《うなだ》れていると、

「ちょうっ！　なんなん？」

少し遅《おく》れて、キンキンした甲高《かんだか》い声が追いかけてきた。

エレナに続き、ミノリン、ナッコも到着《とうちゃく》し、「暑《あつ》いー！」とその場にしゃがみ込《こ》む。

「何で逃《に》げなあかんねん」

脱《ぬ》いだヒョウ柄《がら》キャップで顔を仰《あお》ぎながら、エレナがむすっとして「わけ分からんわ、もう」と呟《つぶや》くと、すかさず宗佑《そうすけ》が「仕方ねえだろ」と返す。

「逃《に》げなきゃ、殺《ころ》されたかもしれないんだぞ」

「はあ？　どういうこと⁉」

「俺《おれ》たち、でっかい鎌《かま》を持った怪《あや》しいやつに、襲《おそ》われそうになったんだ！」

口に手を当て、目をまん丸くする女子連中を相手に、いかにヤバい状況《じょうきょう》を切《き》り抜《ぬ》けてきたのか、男子全員で競うように発表し合う。

それはもう、まるで打ち合わせでもしたかのごとく見事な掛《か》け合《あ》いで、ただ逃《に》げてきただけのことが、ちょっとした武勇伝《ぶゆうでん》に早変わりだ。

だけど、あの怪人《かいじん》が何者なのか、という辺りからどうも話が噛《か》み合《あ》わなくなり、いつの間にか討論会《とうろんかい》みたいなのが始まっちゃって。

この暑《あつ》い中、全身真《ま》っ黒《くろ》というだけでも十分怪《あや》しいのに、表情を一切明かさない、あの黒光《くろびか》りするのっぺりとした不気味《ぶきみ》な仮面《かめん》のお蔭《かげ》で、実に様々な憶測《おくそく》が飛び交う。

池《いけ》ちゃんが、「どこか別の惑星《わくせい》からきた宇宙人《うちゅうじん》だと思う」と言うのに対し、「いーや、海外から極秘《ごくひ》に派遣《はけん》された特殊部隊《とくしゅぶたい》だ」と絶対《ぜったい》に譲《ゆず》らない白井《しらい》ごん。

しかし宇宙人《うちゅうじん》や特殊部隊《とくしゅぶたい》なら、光線銃《こうせんじゅう》やマシンガンなどの飛び道具を持っていてもよさそうなのに、武器《ぶき》が鎌《かま》というのはおかしいってことで、「現実的に、指名手配中《しめいてはいちゅう》の殺人鬼《さつじんき》じゃないかな」と蓮《れん》くんは言う。

そうかと思えば、「まてまて、鎌《かま》と言ったら死神《しにがみ》だろ？　あれは未来の世界から来た死神型《しにがみがた》ロボットだよ！」と豪語《ごうご》する宗佑《そうすけ》。

「って、なんかその死神《しにがみ》、どら焼《や》きが好きでネズミは苦手《にがて》そうだな」

そこにオレがいつもの調子で突《つ》っ込《こ》んだら、意外にウケて、ちょっと嬉《うれ》しかった。

でも確かに、どこかロボットを思わせる、無機質《むきしつ》で近未来的な仮面《かめん》だったから、

「前にテレビで見た映画《えいが》のサイボーグっぽかったな、警官《けいかん》がロボットになったやつ」

オレがそう言うと、四人ともみんな「あ〜分かる分かる」って。

そしたら、

「ねえねえ」

急にミノリンが、「その人、全身真《ま》っ黒《くろ》だったんだよね？」と訊《き》いてきた。

「それで、意味の分からない言葉を話すんでしょ？」

「ああ、そうだけど」

蓮《れん》くんが答えると、今度はナッコが、「それ、もしかして女の人の声だったんじゃない？」って、なぜか口元《くちもと》を歪めてる。

「言われてみれば、おじさんの声というよりは、おばさんっぽかったかな……」

ボソッと宗佑《そうすけ》が呟《つぶや》くと、さっきからしきりにケータイをいじってたエレナが、「正体、突《つ》き止《と》めたったでー」と、その画面をこちらに向けた。

「あんたらが見たんは、これやろ」

男子全員で、どやどやとエレナの前に押《お》しかける。女子二人も、横から割《わ》り込《こ》んできた。

すると、なんと画面にしっかりと、あの不気味《ぶきみ》な仮面《かめん》が映《うつ》っているではないか。

「あ、これだ……」

オレたちがあっ気にとられていると、

「やっぱりー！」

パッと顔を見合わせたミノリンとナッコが、堪《こら》えきれずと言わんばかりに「キャハハハハ!!」と笑い声を上げた。

「それ絶対《ぜったい》、ジェンヌさんだよー！」

ミノリンによれば、黒装束《くろしょうぞく》の正体は、あの幽霊屋敷《ゆうれいやしき》の隣《となり》（位置的には上の林の向こうらしい）に住んでいるおばさんだろうと言う。

色白で髪《かみ》が短く、目鼻立《めばなだ》ちがくっきりで姿勢《しせい》もいい、「まるで宝塚《たからづか》のスターのような、かっこいいおばさん」なんだって。

それで、タカラジェンヌを略《りゃく》して、お母さんたちが勝手にそう呼《よ》んでいると。

外出する時に黒っぽい服ばかり着ているのも、近所ではわりと有名なのだという。

それにしてもなぜ、あんなに異様《いよう》な『仮面《かめん》』まで身に着けているのか、オレたちがブツブツ言ってると、

「フルフェイス・サンバイザー言うらしいで。顔も首元《くびもと》もガッチリＵＶガード！　て書いてあるわ。要するに紫外線対策《しがいせんたいさく》やろ」

エレナはタンッと勢《いきお》いよくケータイを閉じ、また帽子《ぼうし》をパタパタさせながら、「大阪《おおさか》には、チャリに乗ったこういうおばちゃんが、めっちゃおるけどな」と涼《すず》しそうな顔で言う。

「その『ジェンヌさん』も、草刈《くさか》りか何かのために被《かぶ》っとったんちゃう？」

男子全員、苦笑《にがわら》いで引きつった顔を見合わせる。

あの意味不明な言語についても、理由が明らかになった。

その『ジェンヌさん』は、元々この辺の出身ではないらしく、時々方言《ほうげん》がきつくて、何を言っているのか分からないことがあるのだという。

「容姿《ようし》に似合わず、すっごく訛《なま》ってるんだよねー」

そう言って笑い合う二人に、「ミノリンもナッコも随分《ずいぶん》と詳《くわ》しいなぁ？」とエレナが言うと、

「だってあたし、一応同じ上之沢《かみのさわ》地区だし」「私もモエちゃんと一緒《いっしょ》に、子ども会のお知らせに行ったことがあるから」

「ねー」って、また笑ってる。

「え、何で『子ども会』なん？」

「それがね、あの家に六年生の子がいるらしいの。ジェンヌさんの孫《まご》だって、お母さんが言ってて

た」

ミノリンの受け答えに、「そうそう」とナッコも加わる。

「一組の転校生なんだよね、坂下《さかした》さんって子」

「坂下《さかした》さん⁉」

オレの声とエレナの声とが見事に重なり、同時に目も合った。

だけど何となく気まずくて、オレのほうからすぐに逸《そ》らしてしまった。

「でもあたし、一度もその子の顔を見たことがないんだよねー」

「私も私も。だって、学校にも来てないって、モエちゃんが言ってたもん」

モエちゃんてのは、恐《おそ》らく一組の子なのだろうが、そんなことより、

「何で、同じ苗字《みょうじ》なんだろう」

ぽろりとこぼれ出たオレの疑問《ぎもん》に、いつの間にかみんなの視線《しせん》が集まってて。

「あーいや、さっき見た屋敷《やしき》の表札《ひょうさつ》にも、『坂下《さかした》』って書いてあったから……」

慌《あわ》てて取《と》り繕《つくろ》うと、

「ああ、ジェンヌさんの家とあそこの家とは、親戚《しんせき》関係だったたって聞いたよ」とナッコ。

続けてミノリンが、「そうそう、お母さんが言ってたんだけど」と前置きしてから、いろいろ教えてくれた。

話によると、『坂下《さかした》』と言えば、その昔《むかし》この辺では有名な大地主《おおじぬし》の家系《かけい》で、あの辺り一帯は全部、坂下家《さかしたけ》の土地だったらしい。

その土地の一部に、仲の良かった兄弟が隣《とな》り合《あ》わせに家を建《た》て、下の広い敷地《しきち》が兄の住む本家で、一段上の敷地《しきち》が弟の割り当て分——つまり、そこが今、ジェンヌさんの住んでいる家なのだという。

「でもね、本家は随分《ずいぶん》前に、誰《だれ》も住む人が居《い》なくなっちゃったんだって」

「知ってるぞ！　呪《のろ》われて、全員死んじゃったんだろ？」

横から宗佑《そうすけ》が、ここぞとばかりに口を挟《はさ》むと、ナッコが、「えーッ？　誰《だれ》がそんなこと言ったの⁉」って。

「私は『子供さんが誰《だれ》も帰ってこないから』って聞いたよ。みんな独立《どくりつ》して、アメリカに住んでる人もいるって」

「なんだ……そうなのかよ」

宗佑《そうすけ》は少しガッカリしたみたいだったけど。

一連の噂《うわさ》はただの作り話だったことが分かり、改《あらた》めてホッとした。ほら見ろ、幽霊《ゆうれい》なんてこの世にいないんだよ。

その後も、ミノリンとナッコのお喋《しゃべ》りは続いた。

幸運《こううん》にも、エレナが首尾《しゅび》よく話を促《うなが》してくれるお蔭《かげ》で、坂下《さかした》さん本人についての情報も少し得ることができた。

まず、東北地方《とうほくちほう》から転校して来たらしいこと。両親がいないようだということ。それから、不登校であることも分かった。

何よりも、住んでいるところがはっきりしたのは大きな一歩だ。

あの幽霊屋敷《ゆうれいやしき》の上に民家があること自体、今まで全然気が付かなかったもの。

そして、

「あとね、モエちゃんが塾《じゅく》に行く時、上之沢《かみのさわ》公園で何度か坂下《さかした》さんを見かけたって言ってた」

ふむふむ、この近所の公園に出没《しゅつぼつ》することがあるんだな。

更には、

「そうそう、下の家のお庭でじっと俯《うつむ》いてるのを見たって子も、何人かいるみたい」

なるほど、あそこにいたのも昨夜《ゆうべ》だけに限《かぎ》ったことではないらしい。これも貴重《きちょう》な目撃情報《もくげきじょうほう》だ。

「考えてみれば、顔も分からない子のことなのに、あたしたちよく知ってるよねー」

「だよねー！」

キャハハハと楽しげに笑い合う。

そんな二人の声を遠くに聞きながら、オレは密《ひそ》かに、一年前の、あの出来事《できごと》を思い出していた。

と言うより、思い出さずにはいられない気分だったんだ。

あの時の思《おも》い詰《つ》めたようなアサミの顔は、今でもはっきりと覚えている。

その光景《こうけい》と、昨夜《ゆうべ》の光景《こうけい》とが重なり、鼓動《こどう》が加速していく。

坂下《さかした》さんは、いつもあんなふうに、あの古井戸《ふるいど》を覗《のぞ》き込《こ》んでいるのだろうか。

まさか、あの子も自殺《じさつ》を考えているわけじゃないだろうな。

もしもそうなら、そうだとしたら……

一刻《いっこく》も早く手を打たなければならないな、と思った。


丸井理容室《まるいりようしつ》の赤、白、青のクルクル回るやつを過ぎたところで、

「あっ、そう言えば、今度の日曜日の化石探しは休みだから！」

宗佑《そうすけ》は唐突《とうとつ》にそう切り出したかと思うと、「じゃあ、また明日！」と手を挙げた。

一旦《いったん》、エレナと小首を傾《かし》げた顔を見合わせつつ、

「またなー」「ほななー」

小走りで帰っていく後ろ姿《すがた》に二人で手を振《ふ》る。

結局今日は、あのまま二班《はん》の子たちと遊んでしまい、化石探しの「か」の字もやらずに終わった。

「しっかし、頭数《あたまかず》も少ない上にこんなペースでやっとって、休む余裕《よゆう》なんてあるんやろか。ほんま、先が思いやられるわー」

そう言うエレナも、ほかの子らと同様に、かなり楽しそうだったけど。

もちろんオレも、いつの間にかすっかりクラスメイトみたいに溶《と》け込《こ》んじゃって。

しかも、それなりに坂下《さかした》さんの情報を聞き出すことができ、調査隊《ちょうさたい》としても順調《じゅんちょう》な滑《すべ》り出《だ》しだ。

ただ、この先について考えると、正直《しょうじき》頭が痛《いた》い。

オレの任務《にんむ》は、あの子と仲良くなることだと、チヒャロットは言う。そのために、まずは相手を知る必要があると。

だけど、いくら情報を集めたところで、友達になれる保証《ほしょう》はどこにもないのだ。

ああ、これから、いったいどうすればいいのか……

「なあ、燈馬《とうま》くん」

考え事をしていたら、エレナが急にオレの行く手を阻《はば》むように、目の前に立った。

そうか、お婆《ばあ》ちゃんちはもうすぐそこだ。

じゃあ、また明日。そう言おうとしたら、

「悩《なや》み事《ごと》があるんやったら、遠慮《えんりょ》せんと何でも言うてな。相談のるで」

ヒョウ柄《がら》キャップの下から覗《のぞ》き込《こ》むようにして、そんなことを言う。

「燈馬《とうま》くんには、ほんまに感謝しとんねん。せやから、力になりたいねん。何かうちにできることない？　例えば――」

言いかけて腕組《うでぐ》みし、そこから人差し指を顎《あご》に当てるエレナ。

「例えば、坂下《さかした》さんと仲良うなりたい、とか」

「なっ……」

ドキッとした。

なぜに任務《にんむ》のことを知っているのかと、パニクっていたら、

「やっぱり。その顔は相当気になっとるな、あの子のこと」って、何度も大きく頷《うなず》いてる。

「分かるわー、かわいい子やったもんな」

「えっ、ちょっ、別にオレは」

「もう、うちには隠《かく》さんでもええねんで。気になるもんは気になる。それでええやん」

「いや、だからこれは……」

どうやら単に誤解《ごかい》しているだけのようだから、すぐさま反論《はんろん》しかけたんだけど、ちょっと待てよと。

もしかしたら、これは願《ねが》ってもないチャンスなのかもしれないぞ。

理由がどうであれ、坂下《さかした》さんと仲良くなりたいという目的に変わりはないわけで。

それに、このオレが自分だけの力で、そうそう上手《うま》く女子と打《う》ち解《と》けられるとも思えないし。

だいたい、恰好《かっこう》つけてる余裕《よゆう》なんてないじゃないか。

そう思い直し、

「あの、実はオレ、女子と話すのが、ちょっと苦手《にがて》でさ」

すごく恥《は》ずかしかったんだけど、正直《しょうじき》に打ち明け、

「でも、どうしてもあの子と友達になりたいから、協力《きょうりょく》してもらえないかな」

思い切ってお願《ねが》いすると、

「任しときッ！」と、ラジオ体操第二《たいそうだいに》ばりのガッツポーズでおどけながら、エレナはニヒヒヒと八重歯《やえば》を見せた。

「ありがとう。マジ心強いよ」

思いがけず、かなり頼《たよ》れそうな肉食獣《にくしょくじゅう》モード全開女子が味方についたのだ。

何だかホッとして、「ほんと、きみは話しやすくて助かる」って言ったら、

「ま、それが長所であり短所やねんけどな」

エレナはそう呟《つぶや》いて、なぜか少し寂《さび》しそうに笑った。

第三章

坂下《さかした》さんの秘密《ひみつ》

1

丸井理容室《まるいりようしつ》の前を通り過ぎ、青々《あおあお》とした長い垣根《かきね》の道を行く。

十字路《じゅうじろ》を渡《わた》ると、少し道幅《みちはば》が広くなり、今度は右手に背《せ》の高いブロック塀《べい》が続く。

そこから先は、昔《むかし》から決まって道路の左端へ寄るようにしている。

ブロック塀《べい》を眺《なが》めながら歩いていくと、時々途切《とぎ》れては、その向こうに様々な世界が広がっていて。

前庭がカラフルな鉢花《はちばな》でいっぱいの家もあれば、盆栽《ぼんさい》ばっかの渋《しぶ》い玄関口《げんかんぐち》の家もあり。

リサイクルショップ並《なみ》にモノで溢《あふ》れた家先もあれば、逆《ぎゃく》に何にも飾《かざ》り気のない殺風景《さっぷうけい》な家周りのところもある。

その隣《となり》の、三輪車《さんりんしゃ》やら赤いバケツやら黄色《きいろ》い長靴《ながぐつ》やらで賑《にぎ》わう庭先では、すっぽんぽんの小さい子たちが、ビニールプールで大はしゃぎしていたり。

そのまた隣《となり》の家の前を、少し身構えながら通り過ぎると、いつもは猛烈《もうれつ》に吠《ほ》えまくる犬が、小屋から顔を出してぐったりと寝《ね》そべっていた。

「ふう……」

今日も暑《あつ》い。

頭上に遮《さえぎ》るものなんてないから、陽射《ひざ》しと蝉時雨《せみしぐれ》にずっと降《ふ》り注《そそ》がれっぱなし。

そんな中、わざわざ早めに家を出たのはほかでもない、任務遂行《にんむすいこう》のためだ。

今朝も全力で布団《ふとん》をたたんでいると、例のごとくいきなり、艶々《つやつや》の真《ま》っ赤《か》なボディースーツが現れて。

例によって視線《しせん》を天井《てんじょう》に逸《そ》らしつつ、昨日《きのう》の成果を報告すると、

「やるじゃないトーマス。期待どおりだわ。でもここからが本番、その調子でお願《ねが》いね」

チヒャロットはそう言って、新たな指示《しじ》を出してくれた。

指示《しじ》の内容をまとめると、

①当然ながら、まずは坂下《さかした》さんと直接コンタクトをとること。
②接触《せっしょく》に成功したなら、しっかりとコミュニケーションを図り、できるだけ仲良くなること。
③頃《ころ》合いを見計らって、オレ自身の身分（時空統括管理局《じくうとうかつかんりきょく》の調査隊《ちょうさたい》であること）を明かし、
④最終的には、「きみの問題はもうすぐ解決するから、もう少し待っていて」そう伝言すること。

以上が、オレに与えられた使命だ。

その伝言にどういう意味があるのかは、トウキョクの機密事項《きみつじこう》だか何だかで、ちっとも教えてもらえなかったけど。

いずれにしても、こちらから出向かなければ始まらないし、わざわざ会いに行くからには、それ相応《そうおう》の理由も必要だ。

そこで思いついたのが、「オレたち化石を探してるんだけど、人手が足りないから手を貸《か》してくれないかな」と誘《さそ》い出《だ》す作戦。

クラスは違うようだけど、学校には全然行ってないみたいだし、その辺は『誘《さそ》ったもん勝ち』ってことで問題ないよな。

実際《じっさい》、本来なら五〜六人で手分けして探すところを、オレたちはたったの三人でやろうとしているわけで、参加者が増えるとすごく助かる。

何より、これなら常にエレナの協力《きょうりょく》を得られる万全《ばんぜん》の態勢《たいせい》となり、言うことなしの一石二鳥《いっせきにちょう》、我《われ》ながら完璧《かんぺき》なアイディアだ。

住宅地を抜《ぬ》け、公民館《こうみんかん》のある川沿《かわぞ》いの道に出ると、目の前にバーンと山が立ちはだかる。

ナッコの話だと、浄水場《じょうすいじょう》へと続く坂を上がって少し行くと、左側に横道が現れるから、「そこを道なりに歩いていけばすぐに分かるよ」ということだった。

公民館《こうみんかん》よりこっちには、それこそ肝《きも》だめし大会の時以外はめったに足を運ぶことなんてなかったけど、確かに坂の途中《とちゅう》から細い砂利道《じゃりみち》が枝分《えだわ》かれしていた覚えはあって。

どんどん迫《せま》りくる深緑《しんりょく》に圧倒されながら、一応幽霊屋敷《ゆうれいやしき》の庭に坂下《さかした》さんの姿《すがた》がないことを確認《かくにん》しつつ、いよいよその坂に差《さ》し掛《か》かろうかという時だった。

「ん？」

ふと、セミの声に交じって、男子の歓声のようなものが耳を掠《かす》めた。

辺りを見回せば、左には林、前は上り坂、右の茂《しげ》みには【第二浄水場案内板《だいにじょうすいじょうあんないばん》】と書かれたでっかいパネルが立っているだけだ。

ほら、また聞こえた。茂《しげ》みのほうからだろうか、確実に何人かの声がする。

不思議《ふしぎ》に思い、そのパネルの後ろ側を覗《のぞ》くと、雑草《ざっそう》が踏《ふ》み固《かた》められてできたような道の先に、丸太《まるた》が埋《う》め込《こ》まれただけの簡素《かんそ》な下り階段が見える。

こんなところにこんなものがあったのかと、ガードレールの切れ間から草むらに足を踏《ふ》み入《い》れると、階段の先に小さな公園らしき広場があり、そこに三人の男子がいるのを見つけた。

バスケットボールだろうか、鉄棒《てつぼう》と滑《すべ》り台《だい》の間のスペースで、しきりにボールを弾《はず》ませている。

「あれ、あいつは確か……」

三人のうちの一人には、見覚えがあった。

周りから頭ひとつ突《つ》き出《で》た、ひょろ長い背中《せなか》。あの准悟《じゅんご》とかいう、偉《えら》そうな三組の学級委員長だ。

まあ、たとえそいつがいたところで、オレにはどうでもよくて。むしろ関わりたくない種類のやつだし。

それよりも、もしやと道路に戻《もど》って案内板の簡易地図《かんいちず》を見ると、どうやらこの下の広場が上之《かみの》沢《さわ》公園らしいことも分かり、小さくガッツポーズ。

見たところ、坂下《さかした》さんの姿《すがた》はなかったから、今なら家にいる可能性《かのうせい》が高い。

「よし、行くぞ」

未舗装《みほそう》の横道に入り、少し急な上りカーブを道なりに進んでいくと、ナッコの言うとおり、上のほうに民家が見えてきた。

幽霊屋敷《ゆうれいやしき》に比べれば、かなり小ぢんまりとしてはいるものの、やはり玄関《げんかん》に重厚《じゅうこう》な屋根瓦《やねがわら》が突《つ》き出《で》た、二階建ての古そうな家だ。

表札《ひょうさつ》に【坂下《さかした》】とあるのを遠目から確認《かくにん》し、意を決して敷地《しきち》内へ。

ドキドキしながら砂利《じゃり》敷きの前庭を通り、インターホンを押《お》す。

ピンポーン

家の中で鳴《な》っている音が、外まで聞こえてくる。

気配《けはい》を探ろうと耳をそばだてるも、一向に反応《はんのう》がないから、もう一度ボタンを押《お》してみる。

だけど、結果は同じだった。

「出掛《でか》けてるのかな……」

オレは大きく息をついて、踵《きびす》を返した。

が、振《ふ》り返《かえ》りざま、視界《しかい》にすっと人影《ひとかげ》が飛《と》び込《こ》んできてギョッとなった。

見れば縁側《えんがわ》に、白髪頭《しらがあたま》で口髭《くちひげ》を蓄《たくわ》えたお爺《じい》さんが、腕組《うでぐ》みをして腰掛《こしか》けているではないか。

ずっとそこにいたのだろうか。玄関口《げんかんぐち》と縁側《えんがわ》は目と鼻の先なのに、さっきはまったく気が付かなかった。

ともかく、ここは小学生らしく元気に、ちゃんと挨拶《あいさつ》すべきだろうと思った。怪《あや》しまれても困《こま》るし。

だけど目が合うや否《いな》や、さっそく不審《ふしん》そうな眼光《がんこう》でギロッと睨《にら》まれたもんだから、すっかり縮《ちぢ》み上《あ》がっちゃって。

結局、つんのめったみたいに軽く会釈《えしゃく》だけして、逃《に》げるようにその場を後にした。

それにしても、顔つきから何から、すごく威厳《いげん》のある怖《こわ》そうなお爺《じい》さんだったなと、顔の汗《あせ》を拭《ぬぐ》いながら来た道を下る。

そう言えば、あの改《あらた》まった感じの格好《かっこう》には、かなり見覚えがあるんだけど、どこで見たんだったかな。

そうだ、いとこの紗妃姉《さきねえ》ちゃんの結婚式《けっこんしき》だ。

新郎《しんろう》の人や伯父《おじ》さんが、同じような和服（確か『モンツキハカマ』とかいうやつ）を着ていた気がする。

ってことは、そうか。ひょっとしてあのお爺《じい》さんも、これから結婚式《けっこんしき》に向かう予定だったんじゃないのか。

もしもそうなら、坂下《さかした》さんやジェンヌさんが家にいないのも、おおよそ頷《うなず》ける。

こういう時、女の人は美容院《びよういん》に行ったりして準備《じゅんび》にやたら時間がかかるからな。

あのお爺《じい》さんも、恐《おそ》らく痺《しび》れを切らしていたのだろう。だからあんなに怖《こわ》い顔だったに違いない。

「結婚式《けっこんしき》に行くんじゃ、しょうがないよな」

たまたま今日は間《ま》が悪《わる》かったのだ。まずは家の場所が分かっただけでもよしとするか……。

オレはそう自分に言い聞かせながら、「明日また来よう」と何気《なにげ》なく後ろを振《ふ》り返《かえ》った。

そしたら、

「あっ……」

なんと二階の窓《まど》に、あのポニーテールがいるではないか。

だけど目が合った途端《とたん》、サッと、オレンジ色のカーテンがその姿《すがた》を遮《さえぎ》った。


その日の化石探しは、引き続き、昨日《きのう》集合した地点からスタートした。

途中《とちゅう》、ほかのクラスの子らや、また二班《はん》の連中とも行き会ったりしたけど、さすがに今日はお互《たが》い挨拶《あいさつ》程度で済《す》ませ、昨日《きのう》の遅《おく》れを取《と》り戻《もど》すかのように、三人とも真剣《しんけん》に石ころと向き合った。

それでも全然手応《てごた》えなしで、今日も手ぶらの帰り道。

「なかなか見つからないもんだな、化石って」

昼間の坂下《さかした》さんのことといい、空振《からぶ》り続きで気が滅入《めい》ってきて。

大きくため息をついたら、「そのうち見つかるよ」と宗佑《そうすけ》に慰《なぐさ》められた。

「それより燈馬《とうま》、美乃島《みのしま》行こうな、美乃島《みのしま》」

美乃島《みのしま》というのは、ここから電車で四〇分くらいのところにある、この辺りとは対照的《たいしょうてき》な海辺の町のことだ。

そうか、明後日《あさって》は子ども会恒例《こうれい》の海水浴か。

昔《むかし》から地区の枠《わく》は関係なく、仲良しを誘《さそ》い合わせて行くのが下之沢《しものさわ》の伝統《でんとう》らしく、オレも小さい頃《ころ》から参加させてもらっている。

なるほど。日曜日の化石探しが「休み」だと言ったのは、それが理由だったわけか。

「なんだよ、海に行くんなら行くって最初からそう言ってくれればよかったのに」

「え、言わなかったっけ。ちなみに次の次の月曜日は鷹頭山《たかずやま》のハイキングもあるぞ」

「それも初耳《はつみみ》」

「で、日曜日は何か予定でもあるのか？」

「いや、宿題が山ほどあるからさ、そろそろやり始めないとヤバいかなって、ちょうど思ってたところだったから」

「そんなのどうにかなるって。夏休みはまだまだ始まったばっかだぜ？」

「うわ、出た宗佑《そうすけ》の名ゼリフ！　お前のその超楽天的《ちょうらくてんてき》な心構えのせいで、いつも最終日は泣きそうになりながら机《つくえ》に向かってんだからな！」

「はい、燈馬《とうま》は不参加っと」

「おい、誰《だれ》がそんなこと言った。オレだって海くらい行きたいぞ」

「だって、宿題が気になるみたいだし」

「大丈夫だよ。あんなの、いざとなったら三日くらい徹夜《てつや》すれば何とかなるだろ」

「うわ、出た燈馬《とうま》の名ゼリフ！　毎年俺《おれ》の宿題が終わらないのは、お前のそのテキトーな超無謀《ちょうむぼう》スケジュールの影響《えいきょう》だぞ！」

「あんたら、どっちもどっちやな」

とまあ、三人でこんなやり取りをしながら、エレナも参加するってことで話はまとまって。

いつものように宗佑《そうすけ》と手を振《ふ》り合《あ》って別れると、

「そいで、どうやったん？」

さっそくエレナが『続き』を訊《き》いてきた。

昼間、先に集合地点に来ていたエレナに、坂下《さかした》さんを化石探しに誘《さそ》おうと家を訪《たず》ねた、というところまでは告げていて。

話の途中《とちゅう》で宗佑《そうすけ》が現れたから、続きはまた後でってことにしてたんだ。

「それがさ、どうも居留守《いるす》を使われちゃったみたいで」

ちゃんと二階にいたのに、インターホンを押《お》しても出て来ないなんて。

あれはちょっとショックだった。

「なんかオレ、嫌《きら》われてるのかな」

「いきなり知らん男の子が訪《たず》ねてきて、警戒《けいかい》しとるだけやろ」

「そうかなぁ……」

オレがうーんと唸《うな》ると、エレナは「よっしゃ」と胸《むね》を叩《たた》いて、「ほな、明日はうちが行ってみるわ」と微笑《ほほえ》んでみせた。

その夜、チヒャロットたちは現れなかった。

現れたところで報告することもないから、別にいいんだけど。

次の日の朝も、とうとう現れなかった。

もしかしたら未来の特殊《とくしゅ》な機能で、予《あらかじ》め何も進展《しんてん》がないことを感知できるような、そういう仕組みになっているのかもしれない。

午後、今日は報告できるかな、と期待しながら、少し早めに河原《かわら》へと向かう。

昨日《きのう》引き上げた辺りでソワソワしながら待っていると、ヒョウ柄《がら》キャップが浮《う》かない顔をしてトボトボやって来た。

そして開口一番《かいこういちばん》、

「ごめん、あかんかった」

そう言うとエレナは、「うちが行ったんは逆効果《ぎゃくこうか》やったかもしれん」と、がっくり項垂《うなだ》れた。

話によると、一緒《いっしょ》に美乃島《みのしま》へ海水浴に行こうと誘《さそ》ったらしいのだが、

「一応、ちゃんと本人が出て来てくれたんやけど、『海に行かへん？』言うたら途端《とたん》にごっつい怖《こわ》い顔で、『海なんか大嫌《だいきら》い、絶対《ぜったい》に行かない』て、そっぽ向かれてん」

あの様子だと、たぶん関西弁《かんさいべん》に対して嫌悪感《けんおかん》があるのではないか、とエレナは言う。

だとすれば、自分が仲を取り持つのは相当難《むずか》しいかもしれないと。

「けど、話し方が気に入らないとかで、そんな態度《たいど》になるもんかな……」

「どっちにしても、あんな顔されたら、さすがにへこむわ～」

力なくしゃがみ込《こ》み、珍《めずら》しくため息なんかついてる。

今日もエレナは、恰好《かっこう》こそワイルドな肉食獣《にくしょくじゅう》だけど。

小さく蹲《うずくま》るその姿《すがた》は、まるで雨に打たれた捨《す》て猫《ねこ》みたいに、弱々しく思えた。

2

トタンの庇《ひさし》が、障子《しょうじ》の向こうでバラバラと音を立てている。

布団《ふとん》から身体を起こし、半開きの目をこすりつつ大あくびを一つ。

「今日も雨かよ……」

一昨日《おととい》の化石探しの途中《とちゅう》から、急に雲行きが怪《あや》しくなり、帰る頃《ころ》には小雨が降《ふ》り出して。

軒下《のきした》に吊《つ》るしたティッシュ製《せい》てるてる坊主《ぼうず》のおまじないも虚《むな》しく、翌日は朝から本降《ほんぶ》りで、海水浴はあえなく中止になってしまった。

花火大会に次《つ》ぐビッグイベントだし、かなり楽しみだったんだけど、引率《いんそつ》の大人たちの都合《つごう》もあって、端《はし》から延期《えんき》という選択肢《せんたくし》はなかったらしい。

残念だとは思いつつ、一昨日《おととい》のエレナの落《お》ち込《こ》みようを考えると、実は中止になって少しホッとしている部分もある。

別れ際、『任しとき』言うときながら、ほんまごめんなぁ」なんてしんみり言うから、別にエレナは悪《わる》くないよって慰《なぐさ》めたんだ。

それでも「なんかショックやわぁ……」って塞《ふさ》ぎ込《こ》む姿《すがた》に、どういう言葉を掛《か》けていいのか分からず、そのまま手を振《ふ》って別れた。

オレがあんなことを頼《たの》まなければ、いやな思いもせずにすんだわけで、エレナには本当に気《き》の毒《どく》なことをしてしまった。

お互《たが》い、こんな状況《じょうきょう》では手放《てばな》しで海水浴を楽しめそうになく、この雨はタイミング的にちょうどよかったのかもしれない。

「くぅ……っあー！」

吹《ふ》っ切《き》るように大きく伸《の》びをしつつ部屋の中を見回せば、毎朝のことながら、どうしても壁《かべ》にかかったあの写真に目がいってしまう。

木製《もくせい》の大きな額《がく》に入れられた、ＳＬ機関車がもくもくと煙《けむり》を吐《は》きながら迫《せま》ってくる白黒の写真。

さすがにもう見慣《みな》れたけど、この部屋にはあの富士山《ふじさん》のカラー写真のほうが合ってるなと、今でも思う。

幼《おさな》い頃《ころ》からあった部屋の一部。朝、目覚めてあの写真を見ると、「あー夏休みなんだなー」といつも実感できたっけ。

当時のことを思い出しつつ、これまた幼《おさな》い頃《ころ》から馴染《なじ》みのある、柱の大きな日めくりカレンダーに目をやる。

教科書くらいのスペースに、これでもかというくらいでかでかとした太字で『30』と日付が書いてあり、その下に中くらいの字で【月曜日】とある。

今日は、二〇一二年七月三〇日の月曜日。

まだまだ夏休みは始まったばかりだというあの感覚に、今もまったく変わりはないけど。

中の横線が二本しかない、この『月』という文字にだけは、やっぱりすごく違和感《いわかん》があるんだよな……。

ちょうど朝《あさ》ご飯《はん》を食べ終わった頃《ころ》、宗佑《そうすけ》から電話があった。

「午後は家に遊びに来い」というお誘《さそ》いの電話だ。

エレナは家の用事がある（昨日《きのう》もそう言って来なかった）らしいから、たぶん、またオレと二人で『あれ』の対戦をするつもりなのだろう。

『あれ』というのは、ええと……何だっけ、ど忘《わす》れしちゃった。まあいいや。

昨日《きのう》は結局一日中、宗佑《そうすけ》んちにお邪魔《じゃま》していたのだが、『あれ』は思いがけず楽しい遊びだった。

居間《いま》で二人、ずっとゲームをしていたら、

「たまにはこういうアナログな遊びはどうだ」

宗佑《そうすけ》のお父さんが、クッキーか何か入ってそうな、しかし見るからに使い古しっぽいブリキの箱を持ってきたんだ。

蓋《ふた》を開けると、ほのかに甘《あま》い匂《にお》いがして、中にはゴム製《せい》らしき色とりどりのミニカー（？）が、たくさん入っていた。

一目で自動車のミニチュアであることは分かるものの、どれもこれも見慣《みな》れない感じの、平べったい形の車ばかりで。

もの珍《めずら》しくて眺《なが》めていると、

「これな、『カー消《け》し』って言って、俺《おれ》が小学生だった頃《ころ》、学校で流行《はや》ってたんだよ」

おじさんはそれらを無造作《むぞうさ》に鷲《わし》づかみして、バラバラとオレたちの目の前に置いた。

「カーケシ？」

「『スーパーカー消《け》しゴム』のことさ。ま、消しゴムっつったって、実際《じっさい》には使えないただのオモチャなんだけどさ。ほら、おもちゃ屋とかの店先《みせさき》にあって、回すとカプセルが出てくるあれ、分かるだろ？　そうそう、お金を入れてガチャッ、ガチャッて回すやつな。昔《むかし》は二〇円握《にぎ》り締《し》めて、よくやりに行ったもんだよ……え？　そうさ、十円玉を二枚重ねて入れるんだ。今日は何色のどんなスーパーカーが当たるかってワクワクしながらな」

ちなみにスーパーカーってのは、超速《ちょうはや》くて超高級《ちょうこうきゅう》なスポーツカーのことだよと嬉《うれ》しそうに付け加え、おじさんはテーブルの上のお菓子《かし》やジュースを片付《かたづ》け始《はじ》めた。

「ランボルギーニミウラに、幻のイオタ。カウンタックLP400に500、マセラッティにランチャストラトス。どれも恰好《かっこう》いいんだよなぁ、あ〜懐《なつ》かしい」

そしてオレたちに、これらの中からどれか一つ、好きな『マイカー』を選べと言う。

すると宗佑《そうすけ》が、「おい、お父さん」と呆《あき》れたように口を挟《はさ》んだ。

「俺《おれ》たちもう六年だぞ。今更『クルマごっこ』とかやりたくないって」

それでも「いいから選べ」って言うから、オレはパッと目に付いた赤いのを手に取った。

宗佑《そうすけ》も渋々《しぶしぶ》、青いやつを三つ掌《てのひら》に載《の》せてから、二つを缶《かん》に戻《もど》した。

「どれどれ。おっ、燈馬《とうま》くんはポルシェだな。宗佑《そうすけ》はフェラーリか。じゃあ俺《おれ》はこれ、トヨタ2000GT」

いつの間に選んだのだろうか、おじさんの掌《てのひら》の上には薄《うす》い緑色のが載《の》っている。

それぞれの『カー消《け》し』を、言われたとおりテーブルの端《はし》から一〇センチほどの位置で横一列に並《なら》べると、おじさんはシャツの胸《むね》ポケットから黒いボールペンを三本取り出した。

その中から、「ええと」と言いながら選んだ二本を、それぞれオレたちによこす。

そして、カチッと芯《しん》を出すよう促《うなが》してから、

「そんで、これをここにこうやる」

そう言って、薄緑色《うすみどりいろ》の『カー消《け》し』の後ろに、ボールペンのカチカチさせる部分をピッタリ寄せる形でセットした。

オレたちも倣《なら》って、『マイカー』の後ろにボールペンを宛《あて》がうと、

「いいか、今からレースするぞ。向《む》こう端《はし》がゴールだ」

とおじさんは言った。

「ポッ、ポッ、ポッ、ポーンで、このオレンジ色の部分を押《お》してスタートな。さあ、誰《だれ》が一番先にゴールできるか勝負だ。いくぞ」

有無《うむ》を言わさず、一一七に電話すると聞こえてくる時報みたいな、口まねのカウントダウンが始まる。

最後の「ポーン」を合図《あいず》にカチッと押《お》すと、『カー消《け》し』は勢《いきお》いよく弾《はじ》かれ――

「!?」

目を疑《うたが》った。

いや、このオレンジ色の小さな突起《とっき》を押《お》せば、当然バネの反動でカチカチ部分が『カー消《け》し』を前に押《お》し出すだろうなとは思ったよ。

それを何回か繰《く》り返《かえ》して、誰《だれ》のが一番早くテーブルの向《む》こう端《はし》まで辿《たど》り着《つ》けるか、という競争なんだろうと。

実際《じっさい》、おおよその予測どおりオレの赤は二〇センチくらい進んだし、宗佑《そうすけ》の青はそこから更に車体一台分ほどリードする位置に着け、なかなかいい勝負だ。

ところが、おじさんの薄緑号《うすみどりごう》だけはレベルが違った。

「はいゴ――――ル！　俺《おれ》の優勝!!」

なんと、今のたった一発で向《む》こう端《はし》まで一気にぶっ飛び、そのままテーブルからダイブしたではないか。

「え、何で何で――ッ!?」

目を丸くしているオレたちに、

「どうだ、すげえだろう！」

手に持ったボールペンをカチカチさせながら、おじさんは得意顔でニコニコしてる。

そこからの昔話《むかしばなし》には、オレも宗佑《そうすけ》も夢中《むちゅう》になった。

このボールペンを使った遊びのことを、おじさんたちは当時『カチペン』と呼《よ》んでいたらしい。

そう、それだ、『カチペン』だよ。ようやく思い出した。

その『カチペン』は、今やったようなレースはもとより、車同士をぶつけて机《つくえ》から落とし合う、相撲形式《すもうけいしき》の対戦もあったようなのだが、

「どっちにしても、勝てば相手のカー消《け》しをゲットできるけど、負ければ自分の『愛車《あいしゃ》』を失《うしな》うことになるわけだ。そりゃもう本気の真剣《しんけん》勝負だったよ」

だから、どうすれば勝てるか、みんな知恵《ちえ》を絞《しぼ》っていろんな改造を試《こころ》みたのだという。

ボールペンを分解して中のバネを伸《の》ばしたり、ほかのボールペンから取ったバネと合わせて二重にしたりと、弾《はじ》く力を強化するのはもはや常識で。

車体の裏《うら》にロウソクを擦《こす》りつけたり接着剤《せっちゃくざい》を塗《ぬ》ったり、すべりをよくして更なるパワーアップを図ったりもしたらしい。

「そして辿《たど》り着《つ》いた究極《きゅうきょく》のチューンアップが、これさ」

おじさんは床に落ちた薄緑号《うすみどりごう》を拾い上げ、「この違いが分かるか？」とオレたちの赤いやつと青いやつの間《あいだ》にそれを置いた。

比べると、薄緑号《うすみどりごう》は一回り小さいように見える。

「手に持ってみな」

言われるがままに摘《つま》み上《あ》げた宗佑《そうすけ》が、「何これ、硬《かた》っ！」と見開いた目をこちらに向ける。

オレも触《さわ》らせてもらったら、まるでプラスチックのような質感だ。

「これな、昔《むかし》住んでた家の近所にマサヒロくんていうプラモデル名人の兄ちゃんがいてさ。その人から直々《じきじき》に伝授《でんじゅ》された必殺《ひっさつ》の裏技《うらわざ》なんだよなあ」

おじさんが遠くを見るような目で、にんまりしてる。

話によれば、プラモデルの塗装《とそう》に使う『薄《うす》め液《えき》』という液体に一晩《ひとばん》漬《つ》け込《こ》むと、こんなふうに縮《ちぢ》んでカチカチに硬《かた》くなるんだって。

その結果、飛躍的《ひやくてき》に滑《すべ》りがよくなり、あんなに驚異的《きょういてき》なパワーが得られるのだという。

「レースじゃ無敵《むてき》で、こいつの右に出るものはいなかったんだ。逆《ぎゃく》に相撲《すもう》の時は、自爆《じばく》が怖《こわ》くて使えなかったけどな」

その後も、放課後の教室に廊下《ろうか》まではみ出るほどでっかいコースを作って『耐久《たいきゅう》レース』をしたことや、大勢で落とし合う『バトルロイヤル』に勝って一度に八個もゲットしたことなどなど。宗佑《そうすけ》のお母さんが、「ちょっとー、片付《かたづ》けサボって何してるのよもう」って呼《よ》びにくるまで、次から次へとおじさんは『カチペン』の思い出を話してくれたのだった――


そんなこんなで、昨日《きのう》は久々に宗佑《そうすけ》と二人っきりで遊んだ。

たぶん今日も同じように、家にこもって過ごすことになるだろう。

小さい頃《ころ》から、夏休みの間中、宗佑《そうすけ》とはいつも一緒《いっしょ》だった。

二人でつるんで、いろいろと悪《わる》いこともやったし、絡《から》んできた上級生軍団を、あの手この手でやり込《こ》めた武勇伝《ぶゆうでん》もある。

あの頃《ころ》は、二人でいると無敵《むてき》になったような気がしてたっけ……

というようなことを思い出しながら昼《ひる》ご飯《はん》を食べた後、オレは宗佑《そうすけ》んちに行く前に、再び坂下《さかした》さんの家を訪《おとず》れた。

エレナの一件《いっけん》で気が引けちゃって、昨日《きのう》は足が向かなかったけど、調査隊《ちょうさたい》としてはそうも言ってられない。

それに、こんな雨の日ならどこにも出掛《でか》けたりせず、家にいるのは確実だろう、と思ったのだ。

しかし、泥《どろ》だらけの靴《くつ》も、湿《しめ》った靴下《くつした》の不快感《ふかいかん》も、結局報《むく》われることはなかった。

翌朝は、賑《にぎ》やかなスズメたちの鳴《な》き声《ごえ》で目が覚《さ》めた。障子《しょうじ》が真《ま》っ白《しろ》く光を放《はな》っている。

外はかなりいい天気になったみたいだけど、気分のほうはどうにも晴《は》れてくれない。

言うまでもなく、ちっとも任務《にんむ》が思いどおりにならないからだ。

あれから一向に現れないチヒャロットたちには、逆《ぎゃく》に急き立《せた》てられているかのようなプレッシャーすら感じていて。

今日からまた化石探しだけど、もうエレナには頼《たの》めそうもないし、自分で何とかしなきゃと腹《はら》をくくり、早めに家を出る。

幽霊屋敷《ゆうれいやしき》を横目に通り過ぎ、例の案内板の後ろから階段の下を覗《のぞ》いてみると、公園にはまたあの『セータカノッポ』の姿《すがた》があった。

この前と同じように男子三人、バスケットボールで遊んでいる。

「よし」

たぶん坂下《さかした》さんは、今日も家の中にいるにはいるのだろう。

エレナが言うように、見知らぬオレのことを警戒《けいかい》して出て来ないのなら、その警戒心《けいかいしん》がなくなるまで通い続けるしかない。

とにかく、顔だけでも見せてくれればいい。何なら声だけでもいいんだ。

そう祈《いの》るような気持ちで玄関口《げんかんぐち》に立ち、インターホンを押《お》す。

更に、三〇秒おきくらいの間隔《かんかく》で、合計四回も押《お》してやった。

だけどその都度《つど》、家の中から、ただ呼《よ》び出《だ》し音《おん》が虚《むな》しく返ってくるだけだった。

「今日もだめか……」

暑《あつ》いやら疲《つか》れるやら、思い出したようにどっと汗《あせ》が噴《ふ》き出《だ》してくる。

オレはため息と共に身体の力が抜《ぬ》けていくのを感じながら、だめ押《お》しで最後にもう一回だけ、とインターホンに手を伸《の》ばした――

その時、

「ちょっといいかね」

不意《ふい》に背後《はいご》から低い声に話しかけられた。

ビクッとして振《ふ》り返《かえ》ると、すぐ後ろに、あの眼光鋭《がんこうするど》い『モンツキハカマ』のお爺《じい》さんが、腕組《うでぐ》みをして立っていた。

3

「す、すいません、ごめんなさい！」

咄嗟《とっさ》に頭を下げて謝った。

きっと、何度もしつこくピンポンピンポンされたから、怒《おこ》って注意しに来たに違いない。

「あの、イタズラとかじゃないんです、本当です」

こんなことになるんなら、変にねばったりするんじゃなかった。

せめて三回くらいでやめておけば……と心底後悔《しんそここうかい》していると、

「あの子を訪《たず》ねて来《き》たのだな」

お爺《じい》さんはしわがれた声で、「だが、あいにく留守でね」と表情も変えずに言った。

顔は厳《いか》めしい感じだけど、別段怒《おこ》っている口調《くちょう》でもない。

少しホッとしつつ、

「何時頃《なんじごろ》に、帰って来ますか」

思いきって訊《き》いてみたら、

「いや」

短く切《き》り揃《そろ》えた白髪頭《しらがあたま》を、ゆっくり左右に振《ふ》ってる。

「家の中にいないわけではない。ただ、心が不在《ふざい》だと言っておる」

「……こころ？」

「気持ちの準備《じゅんび》が、まだできておらんという意味じゃよ」

「はぁ……」

いま一つ呑《の》み込《こ》めず、ポカーンとしていると、

「わしは、あの子のことが心配でならん。あの日以来、すっかり心を閉ざしてしまってな」

お爺《じい》さんはおもむろに背中《せなか》を向け、「失礼する」と玄関先《げんかんさき》にどっかり胡坐《あぐら》をかいた。

「立ち話もなんじゃ、きみも座《すわ》りなさい」

「え、でも」

「何度か足を運んでくれているじゃろう」

戸惑《とまど》うオレをよそに、お爺《じい》さんは真《ま》っ直《す》ぐ前を向いたまま、

「あの子のことを気にかけてくれているのなら、是非《ぜひ》とも話しておきたいことがある」

そう言ったっきり、また腕組《うでぐ》みをして黙《だま》り込《こ》んでしまった。

何だか妙《みょう》なことになってきたなと頭をかきつつ、恐《おそ》る恐《おそ》る隣《となり》に腰《こし》を下ろすや否《いな》や、

「去年の春、ちょうど桜《さくら》が咲《さ》き始《はじ》めた頃《ころ》じゃったな、あの子がここへ越《こ》してきたのは」

お爺《じい》さんは唐突《とうとつ》にそう切り出した。

「きみも知っておるだろう、あの巨大地震《きょだいじしん》があった翌月じゃよ。住んでいた家が、津波《つなみ》によって流されてしまってな」

津波《つなみ》——

「あの地域《ちいき》は特に被害《ひがい》が大きく、街《まち》そのものが壊滅状態《かいめつじょうたい》になってしまったんじゃ。何より夥《おびただ》しい数の人間が犠牲《ぎせい》となり、あの子も、家族を失《うしな》った」

ハッと吸《す》い込《こ》んだ息を、少しの間、吐《は》き出《だ》すことができなかった。

一度テレビで見て気分が悪《わる》くなって以来、目を背《そむ》けてきたあの映像《えいぞう》が、脳裏《のうり》に甦《よみがえ》る。

と同時に、心臓《しんぞう》がトカトカと速いペースで胸《むね》の内側を叩《たた》き始《はじ》めた。

「気心《きごころ》の知れた仲間と離《はな》れ離《ばな》れになり、独《ひと》り慣《な》れない土地で暮《く》らすこととなったあの子は、心細《こころぼそ》

さ故《ゆえ》、自分の殻《から》に閉じこもってしまった。気持ちは分からんでもない。月日が流れ、季節は巡《めぐ》っても、悲しい事実が変わることはないからのう」

何か悩《なや》み事《ごと》がありそうな感じはしていたけど、まさかそんな事情を抱《かか》えていただなんて。

「だが、いつまでもこのままではいかん。迷《まよ》いを正し、本来のあるべき自分を取《と》り戻《もど》す必要がある。そのためには、いずれきみにも――」

ふと、まるで横から誰《だれ》かに話を遮《さえぎ》られたかのように、お爺《じい》さんは口をつぐんだ。

どうしたんだろうって顔を覗《のぞ》いたら、何やらグッと目を閉じている。

そして間もなく、

「きみのような熱意があれば」

お爺《じい》さんはそう言い直した。

「そのうちあの子も、心を開いてくれるのではないかと、期待しておる」

気のせいだろうか、それはどこか不自然な言い回しに感じられた。

とは言え、オレのことを悪《わる》く思ってはいないっぽかったから、「じゃあ、あの、またここに来ても、いいですか」って確認《かくにん》したら、

「もちろんだとも」

お爺《じい》さんは口髭《くちひげ》の端《はし》を僅《わず》かに上げて、「いつでも歓迎《かんげい》するよ」と言ってくれた。

「負けん気が強いところはあるものの、根は優しい子じゃ。心の傷《きず》が癒《い》えるまで、もう少し時間がかかるかもしれんが、懲《こ》りずにまた来ておくれ」

坂下《さかした》さんちを後にし、意気揚々《いきようよう》と河原《かわら》へ向かうと、集合地点には既《すで》に二人の姿《すがた》があった。

「遅《おそ》くなってごめん」

急いで駆《か》け寄《よ》れば、

「おう」「うちらも今来たとこやでー」

いつもの明るい声が返ってくる。

二日ぶりに会うエレナがどういう顔してるかって、ちょっと気にしてたんだけど、まったく心配いらなかったみたい。

オレはホッとして、さっそく坂下《さかした》さんの事情を打ち明けることにした。

常に行動を共にするであろうこの二人には、何かと知っておいてもらったほうがいいと思ったんだ。

それに、三人揃《そろ》えば、坂下《さかした》さんを上手《うま》く誘《さそ》い出《だ》すいいアイディアも生まれるのではないか、という期待もあった。

ところが、話を切り出した途端《とたん》、

「えーっと、坂下《さかした》さんって、あの坂下《さかした》さんのことか？」

宗佑《そうすけ》がキョトンとした顔で訊《き》いてくる。

「何でお前がいきなり家まで行くの？」

「えっ、あー、それは……」

しまった。こいつはまだ、ここまでの経緯《けいい》を知らないんだった。

別にエレナと二人だけの秘密《ひみつ》にしておきたかったわけではなく、何となく照《て》れくさくて言い出せなかっただけなのだが。

今更どう説明しようかって困《こま》ってたら、

「そんなん決まってるやん」

すかさずエレナが助《たす》け舟《ぶね》を出してくれた。

「燈馬《とうま》くんはなあ、坂下《さかした》さんにも化石探しを手伝ってもらおうと、わざわざ誘《さそ》いに行ってくれてんで」

宗佑《そうすけ》にそう言い聞かせつつ、オレにはこっそり目配《めくば》せしてくる。

「なかなか見つからへんし、人数が多いに越《こ》したことはないやろ」

「んーそれもそうだな。なんか悪《わり》ぃな燈馬《とうま》、サンキューな」

「お、おう……」

「ほんま、うちらのためにサンキューな、燈馬《とうま》くん」

いやいや、サンキューなのはこっちのほうだよ、エレナ。

オレの言いたいことを、実に簡潔《かんけつ》にさらっと代弁してくれるんだもの。

本当にきみは気が利《き》くって言うか機転が利《き》くって言うか、頭のいいやつだなぁ。

お蔭《かげ》で宗佑《そうすけ》に冷やかされることもなく、オレは話の続きを再開した。

お爺《じい》さんから聞いた内容を一通り話し終えると、

「すげぇ地震《じしん》だったもんな……」

宗佑《そうすけ》がいつになくしんみりと、そう呟《つぶや》いた。

途中《とちゅう》からずっと俯《うつむ》きっぱなしのヒョウ柄《がら》キャップからは、小さなため息が聞こえてくる。

「あの時は俺《おれ》、体育館にいたよ。卒業式の練習中でさ」

宗佑《そうすけ》は空を見上げながら、「そんで、早く終わんねえかなぁ、とか思ってたらグラグラ揺《ゆ》れ出《だ》したんだよな」と、眩《まぶ》しそうに顔を顰《しか》めた。

「初めは大したことなくて『うわっ、地震《じしん》だ地震《じしん》だ！』なんて喜《よろこ》んでたんだけど、だんだん笑えなくなってきてさ。その後は全員、上履《うわば》きのまま校庭に避難《ひなん》させられたっけ」

ここもかなり強い地震《じしん》だったということは、お婆《ばあ》ちゃんからも聞いている。

でも、地域《ちいき》が違うからだろうか、オレが体験したそれとは、揺《ゆ》れ方《かた》に差があるようだ。

「オレのところは、ちょうど帰りの会が始まる時だったよ」

席に着いた途端《とたん》、いきなり身体を振《ふ》られるほどの衝撃《しょうげき》が襲《おそ》ってきたんだ。

教室中パニックになり、慌《あわ》てて机《つくえ》の下に隠《かく》れたものの、その机《つくえ》を押《お》さえてないと動いちゃうくらいの揺《ゆ》れが、いつまで経っても収まらなくて。

四階だから余計《よけい》に大きく感じたのか分かんないけど、先生の机《つくえ》の引き出しがガッチャンガッチャン鳴《な》って、床にチョーク箱やら黒板消しやら誰《だれ》かのペンケースやらが音を立てて散らばった。

女子の悲鳴《ひめい》だとか、窓《まど》ガラスの軋《きし》む音だとか、今思い出しても怖《こわ》くなる。

話しながら、その時の光景《こうけい》が鮮明《せんめい》に甦《よみがえ》ってきて、また心臓《しんぞう》がトカトカしてきた。

「やたら長かったよな。余震も続くしさ」と、宗佑《そうすけ》が更に神妙《しんみょう》な顔をする。

「そんで家に帰ったらテレビで津波《つなみ》の中継《ちゅうけい》やってて、なんだこれ!? ってビックリしてさ」

「そうそう、信じられなかったよ。これ、本当に日本で起こってることなのかって」

今でも忘《わす》れられない。

上空から捉《とら》えられた、初めて目にする『津波《つなみ》』は、想像していたものとは全然違った。

ゴミの山みたいな得体《えたい》の知れない蠢《うごめ》きが、まるで生き物のごとく這《は》うようにして、家を、街《まち》を、大地を、どろどろと呑《の》み込《こ》んでいくんだ。

停電《ていでん》になったり、道路にヒビが入ったり、電車が止まったりと、うちの地域《ちいき》もそれなりに被害《ひがい》はあったけど。

そんなのが比べ物にならないほどに、あれはショッキングな映像《えいぞう》だった。

「俺《おれ》なんか、もう恐《おそ》ろしさを通《とお》り越《こ》して、気持ち悪《わる》くなってきちゃってさ」

「オレもオレも。あまりにも強烈《きょうれつ》すぎて、画面を見ていられなかったよ」

それでいて、身の回りが日常を取《と》り戻《もど》していくにしたがい、『あれ』は日に日にオレの記憶《きおく》から薄《うす》れていった。

しまいには、まるでどこか遠い国の出来事《できごと》であったかのようにすら感じていたんだ。

だけど今、振《ふ》り返《かえ》ってみて、改《あらた》めて思う。

自分の生まれ育った町があんなふうになったら、どれだけショックだろうって。

ましてや、住んでいた家が流された挙句《あげく》、家族まで失《うしな》うなんて……

「うち、最低やわ」

不意《ふい》に、ずっと黙《だま》っていたエレナが、下を向いたまま呟《つぶや》いた。

「あの子の気持ちも知らんと、海水浴になんか誘《さそ》ってしもて」

それを聞いた瞬間《しゅんかん》、はっとなった。

今の今まで、そんなふうに考えたことなんて、オレにはなかったから。

「それはでも、知らなかったんだから、仕方ないんじゃね？」

なあ、と宗佑《そうすけ》がこちらを見たから、オレも同意すると、

「確かにな」

エレナは、そこでようやく顔を上げたのだが、

「けど、ちょっと考えたら分かりそうなもんやのに、今まで気が付かんかった自分が、情けない」

そう言って下唇《したくちびる》を噛《か》み、すぐにまた俯《うつむ》いてしまった。

いつもと違う様子に、宗佑《そうすけ》と顔を見合わせる。

それから、セミの声と小川のせせらぎとが一頻《ひとしき》り通り過ぎた後、

「あかんあかん。うちが塞《ふさ》ぎ込《こ》んどる場合ちゃうな」

エレナはヒョウ柄《がら》キャップを脱《ぬ》ぎ、髪《かみ》を無造作《むぞうさ》にくしゃくしゃッとかき上げてから、ぎゅッと再び被《かぶ》り直《なお》した。

「実はな、うちのお母さんも、震災《しんさい》で親亡《な》くしてん」

「え、去年のあの地震《じしん》で？」

思わず訊《き》くと、

「ちゃうちゃう、もうかれこれ一〇年以上昔《むかし》の出来事《できごと》や」

いつもの調子で、軽快《けいかい》な関西弁《かんさいべん》が返ってくる。

「耳にしたことくらいはあるやろうけど、うちらが生まれる五年くらい前に、阪神淡路大震災《はんしんあわじだいしんさい》いうのがあってやな――」

一九九五年。

エレナのお母さんがまだ中学生だった頃《ころ》に、その大地震《だいじしん》は起こったという。

もともと神戸《こうべ》で生まれ育ったエレナのお母さんは、その地震《じしん》で両親と兄を亡《な》くし、その後、県外にいる親戚《しんせき》の家に引き取られたらしい。

ところが、新しい環境《かんきょう》に馴染《なじ》めず、学校も不登校になってしまったというのだ。

「そこでどんなことがあったんか、詳《くわ》しくは知らん。けど、お母さん曰く、『私も家族と一緒《いっしょ》に死んだったらよかったたて、その時は本気で思たわ』ちゅうくらいやから、精神的《せいしんてき》に相当キツかったんやと思う」

そんなこともあり、高校は大阪《おおさか》にある全寮制《ぜんりょうせい》の学校に進学、卒業後すぐに結婚《けっこん》し、「間もなく、うちが生まれたわけや」とエレナは言った。

「毎年一月一七日は、神戸《こうべ》のお寺までお墓参《はかまい》りに行くねん。そいでその時にな、小さい頃《ころ》からいつもお母さん、必ず言うことがあんねん。『ええか。家族がいなくなったら、ほんまに独《ひと》りぼっちゃ。家族ほど大切なものはないんやで』って。せやから坂下《さかした》さんのことも、他人事《ひとごと》とは思えへん」

月明かりに浮《う》かび上《あ》がった、あの青白い横顔を思い出す。

裸足《はだし》のポニーテール少女が、古井戸《ふるいど》の側《そば》で思いつめたように下唇《したくちびる》を噛《か》み、表情をこわばらせていた。

やはりあの時、あの子は独《ひと》りぼっちで悲しみに暮《く》れていたのだろうか。

いや、去年のあれが坂下《さかした》さん当人でないことは分かっている。ただのリアルな夢《ゆめ》かもしれないということも。

それでも、どうしてもダブってしまう。その面影《おもかげ》を、どうしても坂下《さかした》さんに追い求めてしまう。

そして、どうしても気になってしまうのだ。

夢《ゆめ》なら夢《ゆめ》で、目覚めたオレが病院のベッドの上にいたように、一緒《いっしょ》に井戸に落ちた『アサミ』は、あの後どうなってしまったのだろうかと――

「何とか元気づけてあげたいんやけどな」

「そうは思うけど、誘《さそ》っても出て来ないんだろ？」

「問題はそこや。今度のハイキングはもう、うち、気まずうて、よう誘《さそ》われへんわ。どないしたらええんやろ。無理やり連れ出すわけにもいかんしなあ……」

「そりゃそうだ。遊びたくもないのに、つき合わされることほど迷惑《めいわく》なものはねえからな」

「はぁー、こういうん難《むずか》しいわ～」

二人の会話を聞きながら、チヒャロットの指示《しじ》を思《おも》い浮《う》かべる。
①まずは坂下《さかした》さんと直接コンタクトをとること。
②接触《せっしょく》に成功したなら、しっかりとコミュニケーションを図り、できるだけ仲良くなること。
宗佑《そうすけ》もエレナもいいやつだから、坂下《さかした》さんを迎《むか》え入れるにあたっての協力態勢《きょうりょくたいせい》に不安はない。

だけど、いくら②の準備《じゅんび》が十分にできていても、誘《さそ》い出《だ》せなければ何も始まらないわけで。

やはり①については、オレが自分の力で何とかしなければならないということを、今回改《あらた》めて思い知らされたのだった。

4

ミ——ンミンミンミンジ——……ミ——ンミンミンミンミンミンジ——

絶《た》え間《ま》なく、清流の森に響《ひび》き渡《わた》る、真夏の音たち。

お婆《ばあ》ちゃんに頼《たの》まれ、七月のカレンダーをビリビリっと剥《は》ぎ取《と》ってから、はや三日が過ぎようとしている。

てか、今日が土曜日ってことは明日は日曜日だ。

海水浴を予定していた日から、もう一週間になるなんて。

夏休みって、本当に時間が経つのが早いな……。

足元の石ころを選《よ》り分《わ》けながら、そんなことを思っていると、

「おっ！」

突然《とつぜん》立ち上がった宗佑《そうすけ》が、手にした石をまじまじと眺《なが》めてる。

「ついにか!?」と期待を込《こ》めて駆《か》け寄《よ》れば、

「悪《わり》ぃ、違った」って苦笑《にがわら》いしながら、ポイっと川へ放《ほう》り投げる。

「なんだよ、もー」

「今度こそはと思ったんだけどなあ」

ため息をつくオレたちに対し、

「あんたら、いちいち一喜《いっき》一憂《いちゆう》しとったら身が持たんでー」

エレナなんか、もうすっかり慣《な》れっこになっちゃって、ろくに振《ふ》り返《かえ》ろうともしない。

日に日に少しずつ河原《かわら》が狭《せま》くなり、徐々《じょじょ》に渓流《けいりゅう》っぽい景色《けしき》になっていく中、オレたちは依然《いぜん》として化石を発見できずにいた。

ああ、お互《たが》い気分を盛り上げながら無邪気《むじゃき》にはしゃいでいた、初めの頃《ころ》が恨《うら》めしい。

八月に入り、より一層《いっそう》気合を入れて取り組んでるつもりなのに、ちっとも成果が上がらず、心が折《お》れそうだよ。

とは言っても、今月になってから実質今日が二回目の活動であることを思えば、例の任務《にんむ》よりは全然マシかもしれない。

そう。雨が降《ふ》れば基本的に化石探しは『休み』だけど、調査隊《ちょうさたい》は年中無休。

こっちはあれからまるまる五日間、雨の日も欠かさず、ひたすらインターホンを押《お》しに通い詰《つ》めてるってのに。

そこには、「おっ！」とか「ついにか!?」みたいな、ほんの僅《わず》かにでも期待を抱《いだ》かせてくれるような、そういう瞬間《しゅんかん》すらないんだから。

とまあ、こんな感じで、化石探しがあってもなくても、お昼《ひる》ご飯《はん》を食ったら必ず坂下《さかした》さんちに行く、というのが日課になりつつある。

まず幽霊屋敷《ゆうれいやしき》の庭を隈《くま》なく見渡《みわた》した後、案内板の後ろに回り、公園をチェックしてから家に向かう、そんな毎日の繰《く》り返《かえ》しだ。

そう言えば、今日もまた例の男子三人組が上之沢《かみのさわ》公園で遊んでるのを見かけたけど、あいつら、雨の日以外はいつもあそこにいるんだよな。

てか、あれから河原《かわら》で准悟《じゅんご》の姿《すがた》を一度も見ていない気がするのだが、化石探しはどうしたのだろうか。

「なあ、三組の連中は、どの辺を探してるのかな」

気になって、それとなく宗佑《そうすけ》に話《はな》し掛《か》けると、「さあな」って声だけが返って来る。

「今日も追《お》い越《こ》してったから、もうずっと先のほうだろ」

「そっか……」

ちょっと疑問《ぎもん》には思ったものの、宗佑《そうすけ》の前であいつのことを話題にするのはやめといた。

それにしても、こういうのは人数の多さが勝負の決め手だなと、しみじみ思う。

「あ～あ、早く帰って来ねえかな史也《ふみや》。圭太《けいた》もたまにはサボりゃいいのに」

時々ぼやきたくなる宗佑《そうすけ》の気持ちも、よく分かる。

人数が多ければ進むペースが速い上に、見つけられる可能性《かのうせい》も高い。

別に競っているわけではないけど、その点、三組の連中のほうが圧倒的に有利だ。

だから尚《なお》のこと、あの子には是《ぜ》が非《ひ》でも協力《きょうりょく》してもらわないと困《こま》るんだよな。

だいたいさ、一人で家に閉じこもってたら、元気になるものもならないって。

「オレ、また誘《さそ》いに行ってみるからさ、坂下《さかした》さん」

「おう、悪《わり》ぃ。頼《たの》む」

「うちからも頼《たの》むわ。ほんまありがとう、燈馬《とうま》くん」

「いいんだ。化石、早く見つけたいし」

なんてね。毎日誘《さそ》いに行くのは、あくまでも任務遂行《にんむすいこう》のためだけどさ。

とか言いつつ、時々不思議《ふしぎ》に思うことがあるんだ。

頭の中にあの子を思《おも》い浮《う》かべた時の、ちょっと気が急《せ》くようなこの感覚はいったい何だろうと。

いや、抱《かか》えている事情を知った今、同情する気持ちは当然あるし、できるものなら、早く元気づけてあげたいとも思う。

でもこれは、そういうのとは少し違うような……

ピリリリリ　ピリリリリリ

不意《ふい》に、着信音らしき耳慣《みみな》れない音が聞こえてきた。

顔を上げると、

「誰《だれ》やろ」

エレナがケータイの画面を怪訝《けげん》そうに見てから、すっと耳に当てる。

「もしもし……え、誰《だれ》？　分からへん……スズキ？　鈴木《すずき》て……なんや、ビックリさせせんといてよもう！」

一気にトーンの上がった声が、「史也《ふみや》くんやで」と宗佑《そうすけ》を手招《てまね》きする。

「あんなあ、公衆電話《こうしゅうでんわ》から気軽にオレオレ言うたらあかんで、詐欺《さぎ》かと思たわ。今どこ？　うん、うん、そうなんや、大変やなあ。うん、あー、ほんま、忙《いそが》しいとこおおきに、ありがとう。こっちも毎日頑張《がんば》ってたんねんけど、まだなーんも見つからへん。あ、ちょっと待ってな」

ほい、と宗佑《そうすけ》にケータイを手渡《てわた》す。

「おいおい史也《ふみや》、化石なんかどこにもねえぞ。どうすんだよ、もう疲《つか》れたよ〜」

宗佑《そうすけ》がしゃがみ込《こ》んで話し始めると、エレナはこちらへやって来て、「今、遅《おそ》いお昼休みやねんて」と、ホッとしたような顔で笑った。

「気になって連絡《れんらく》してくれたらしいわ。一応、班長《はんちょう》さんやからな」

たぶん、塾《じゅく》の合宿だか講習だかの合間に電話してきたのだろう。

オレなんか宿題ですらしぶしぶやってるというのに、わざわざ泊《と》まり込《こ》んで勉強づくめだなんて考えられないよ。

なんてことを思っていると、

「あ、あ、ちょっと待って」

宗佑《そうすけ》がケータイ片手《かたて》に、慌《あわ》ただしく手招《てまね》きするようなジェスチャーをしてる。

「エレナ、メモ用紙とかある？　あとペンも、早く！」

「そんなん、持ってへんよ」

「じゃあ、二人とも、今から言うのを覚えてくれよ、いいか、まず最低限用意するものは、ええと、ハンマーニタガメ……え？　あ、ハンマーね？　ハンマーに、タガメ。ってタガメ？　ああ、タガネか」

電話の向こうの言葉を、そのまま復唱しているようなのだが、いまいち覚束《おぼつか》ない。

「それでカイセキ……え、何？　ア、カ、サ、タのタ？　タ、イ、セ、キ、ガン？　ってのを探すの？」

ええと、なになに、ハンマーにタガネ。タ、イ、セ、キ、ガン。

ハンマーにタガネ。タ、イ、セ、キ、ガン……

頭の中でそう繰《く》り返《かえ》してるうちに、

「で、そのタイセキガンってのはどんな感じの石……ん？　おい、何だ今のビーって音。あれ、もしもし？　もしもし史也《ふみや》？　もしもーし！」

どうやら電話が切れちゃったらしい。

「くそ、肝心《かんじん》なとこで！」

「タイセキガン、やな」

エレナが、悔《くや》しがる宗佑《そうすけ》からケータイを奪《うば》い取《と》って、サササッと指を動かす。

すると間もなく、

「あったで、堆積岩《たいせきがん》」

そう言って、ヒョウ柄《がら》キャップのつばを日よけに、ケータイの画面を目で追い始める。

やがて、足元をキョロキョロ見回したかと思うと、エレナは横に三歩ぐらい移動したところにヒョイと屈《かが》んだ。

「これやこれや」

拾い上げたそれを、こちらに翳《かざ》してみせる。

「こういうやつを探せばええねんて」

「え、これ？」

駆《か》け寄《よ》って手に取るなり、宗佑《そうすけ》が眉《まゆ》をひそめる。

「おいおい、こんなの今までにもう何十個も拾っては捨《す》ててるぞ⁉　これのどこが『タイセキガン』なんだよ」

見れば確かに、何の変哲《へんてつ》もない石ころの一つとしか思えない。

「どう見ても化石っぽくねえし」

半《なか》ば呆《あき》れ顔で宗佑《そうすけ》が呟《つぶや》くと、

「そらそうやわ」

エレナは得意げにパタンッとケータイを閉じてから、すっくと立ち上がった。

「せやから、そこでハンマーとタガネの登場やねん」

エレナの話によれば、史也《ふみや》の言う『堆積岩《たいせきがん》』にも種類があるのだという。

その中でも、『砂岩《さがん》』と呼《よ》ばれる（名前のとおり砂っぽいザラザラした感じの）石や、『泥岩《でいがん》』という（表面が砂岩《さがん》よりもきめ細かいらしい）石に、化石が含《ふく》まれている可能性《かのうせい》が高いようだ。

しかし、必ずしもそのまま表面に化石が現れるわけではないので、割ってみる必要があると。

ちなみに、タガネというものは、オレも宗佑《そうすけ》もあやふやだったのだが、「こういうやつや」と、エレナがまたケータイの画面を見せてくれたお蔭《かげ》ではっきりした。

鉄《てつ》の棒《ぼう》の先っちょを平べったく潰《つぶ》したような形の道具で、なるほどこれを石に突《つ》き立《た》ててハンマーで叩《たた》けば、上手《うま》く割れそうに思えた。

明日からは各々《おのおの》道具を持ち寄り、改《あらた》めて本気モードで探そうと三人で盛り上がる。

「何とかなりそうやな。史也《ふみや》くんにケータイの番号を教えといてよかったわ～」

携帯電話《けいたいでんわ》というのは、つくづく便利なものだなと思う。

僅《わず》かな手掛かりさえあれば、辞書《じしょ》がなくても何だって調べられるし、先生に訊《き》かなくても、その場で答えを教えてくれる。

何よりも、思い立った瞬間《しゅんかん》に誰《だれ》かと話せたり、連絡《れんらく》がもらえたりするんだもの。

「やっぱ、ケータイってすげえな……」

何気《なにげ》なしにボソッと呟《つぶや》いたら、

「せや。燈馬《とうま》くんにも、後でうちの番号教えたげる」

エレナはそう言って、ニッコリと笑った。


翌日、オレは『発掘道具《はっくつどうぐ》』を手に、いつもより更に早く家を出た。

いつものように公園をチェックすると、天気がいいのに、珍《めずら》しく准悟《じゅんご》たちの姿《すがた》がなかった。

言うまでもなく、坂下《さかした》さんは公園にも庭にもおらず、家も相変《あいか》わらずの無反応状態《むはんのうじょうたい》。

だけど今日は、のん気にため息をついてるひまなんかない。

とにかく『これ』を早く試してみたくて、ウズウズしながら河原《かわら》へと急ぐ。

昨夜《ゆうべ》、その件《けん》でエレナから電話がかかってきたのは、夕ご飯《はん》の後のことだ。

「なあなあ、家にタガネあった？」

いきなりで驚《おどろ》いたんだけど、史也《ふみや》からまた連絡《れんらく》が入ったらしく、

「なかったら、代《か》わりにドライバーでもええ、言うとったで」

という伝言だった。

わざわざ発信履歴《はっしんりれき》から辿《たど》ってかけてくれたようなのだが、帰って来てからすぐ、お婆《ばあ》ちゃんにハンマーとタガネが家にあるかどうか訊《き》いたら、金槌《かなづち》ならあるけどタガネはない、ということだったので、

「マイナスのドライバーでしょ？　ちょうどオレもそのつもりでいたから、心配いらないよ」

そうエレナに告げると、

「さすがに、みんな考えること一緒《いっしょ》やわ」って笑ってる。

「実は、うちもそうしよう思っててん。せやから史也《ふみや》くんに言うたんや、心配いらんて」

一応、宗佑《そうすけ》にも伝えたところ、やはりまったく同じセリフが返ってきたらしい。

「ほな全員準備万端《じゅんびばんたん》やな。史也《ふみや》くんが、『見つけさえしてくれたら、後は僕《ぼく》が責任《せきにん》を持ってノートにまとめるよ』言うてくれたから、何としても見つけなあかんわ。燈馬《とうま》くん、ごめんやけど、もう少しつき合《お》うてな」

「もちろん。こうなったら意地でも見つけてやる。てか、石を割るのとか、すげえ楽しみなんだけどオレ」

「そう言ってもらえると助かるわ～。絶対絶対《ぜったいぜったい》発見しよな！」

昨夜《ゆうべ》はエレナとこんな会話をし、ついでにケータイの番号も教えてもらったのだった。

河原《かわら》に集合すると、それぞれの手には、家から持ってきた金槌《かなづち》とマイナスドライバーが握《にぎ》られている。みんなヤル気十分だ。

まずは、「こんな感じの石」というのをケータイ画像で確認《かくにん》してから、一斉《いっせい》に『堆積岩探《たいせきがんさが》し』を開始する。

初めは三人とも、「これ、どう思う?」やら「似《に》てるけど色が違うかな」などと慎重《しんちょう》に石を選んでたんだけど、すぐに、「取りあえず割ってみればいいんじゃね?」という流れになり、片《かた》っ端《ぱし》から手を付け始めた。

楽しかった。

青みがかったもの、赤茶けたやつ、緑っぽかったり白っぽかったり、丸っこいのとか三角とか四角とかギザギザとかの、いろんな石が無数にあって。

その中から、それっぽいのを拾い上げ、両足で挟《はさ》んだり、大きめの石と石の間に固定したりして、ドライバーを突《つ》き立《た》てる。

柄《え》の部分に金槌《かなづち》を打ち付けるたび、カッ　カッ　カッ　キッ　と小気味《こきみ》いい音が返ってきて、それだけで本格的《ほんかくてき》な発掘作業《はっくつさぎょう》をしてるみたいに思えた。

そのうち、色とは関係なく、まるで歯が立たない石と比較的《ひかくてき》割れやすい石があることに気付き、手に取った時の感触《かんしょく》で、何となく硬《かた》そうとか軟《やわ》らかそうという質感も分かってきた。

こうなると、ますます面白《おもしろ》くなってくる。気分はすっかりベテラン発掘家《はっくつか》だ。

動物や植物が化石になるのには、何万年《なんまんねん》、何億年《なんおくねん》という、気の遠くなるような月日がかかるのだと、前に聞いたことがある。

言わば、オレたち人間が知りえない地球の歴史が、そこには詰《つ》まっているのだ。

そんなすごいものが、この石の中に隠《かく》されているかもしれないと思うと、何時間でも作業に没頭できそうな気さえした。

きっと宗佑《そうすけ》たちもそうに違いなく、今日は二人とも冗談《じょうだん》のキャッチボールなしで、ひたすらもくもくと作業に打ち込《こ》んでいるようだった。


それからどのくらい経っただろう、暫《しばら》くの間、誰《だれ》も話《はな》し掛《か》けてこないし、時々滴《したた》り落《お》ちてくる汗《あせ》も気にならないほど夢中《むちゅう》になっていると、

「ちょう、来て来て！」

不意《ふい》に遠くのほうから、エレナの甲高《かんだか》い声が聞こえてきた。

そこで初めて、宗佑《そうすけ》が結構《けっこう》離れた場所にいて、エレナなんか、いつの間にかずっと先のほうに行ってることに気付いた。

「早《はよ》う早《はよ》う！」って急《せ》かすから、やりかけの石も手に持って走っていくと、

「そこ見て、そこ！」

ヒョウ柄《がら》キャップが興奮《こうふん》気味《ぎみ》に指差す。

しかしその先には、崖《がけ》のように切り立った急斜面《きゅうしゃめん》が、何ら変わらず河原《かわら》に沿《そ》って続いているだ

けだ。

強いて言えば、切れ間なく生《お》い茂《しげ》っていた雑草《ざっそう》が、その一帯だけ疎《まば》らになっているのが目につくことくらいだろうか。

「そこがどうした？」

オレたちが首を傾《かし》げていると、

「ああもう！」

エレナはじれったそうにそこまで足早《あしばや》に歩み寄り、「よう見てみい、地層《ちそう》や地層《ちそう》！」と声を張《は》った。

「ここら一帯、堆積岩《たいせきがん》の固まりや!!」

「え、マジで!?」

宗佑《そうすけ》として駆《か》け寄《よ》ると、『砂岩《さがん》』や『泥岩《でいがん》』と似《に》た岩肌《いわはだ》のそれが、ゴツゴツと、広い範囲《はんい》にわたって露出《ろしゅつ》している。

「すげえ！」「ほんとに固まりだ!!」

「こんな場所を探しとってん。こういう地層《ちそう》から、貝とか植物の化石がよう見つかるて書いてあったで」

改《あらた》めて足元を見回すと、地層《ちそう》のそれに似《に》た質感の、薄《うっす》ら赤みを帯びた石が、下にもたくさん転がっている。

思わぬ大発見に、オレたちは未だかつてないほど、大いに盛り上がった。

だいぶ日が陰《かげ》ってきたため、間もなく帰路には就《つ》いたものの、興奮《こうふん》は冷めない。

だって今日は、宝探しで例えるなら、ついに宝のありかを突《つ》き止《と》めたようなものなのだから。もう焦《あせ》る必要はない。あとはあの場所をじっくりと探せばいいだけだ。

明日、月曜日は子ども会の鷹頭山《たかずやま》ハイキングの日。そして水曜日には花火大会もある。

化石探しは目処《めど》がつきそうだし、楽しい行事は目白押《めじろお》しだしで、いつにも増して賑《にぎ》やかな帰り道だった。

それだけに、まさかその『宝のありか』が、後でとんでもない事件《じけん》を引き起こすきっかけになろうとは、この時は誰《だれ》も想像だにしていなかった。

5

宗佑《そうすけ》から連絡《れんらく》があったのは、昨夜《ゆうべ》の一〇時くらいだった。

「明日、ハイキングは無理だってさ」

「え、何で!?」

深夜から明け方までの降水確率《こうすいかくりつ》が一〇〇パーセントで、降《ふ》る量もすごいらしいとの予報から、たった今、中止が決まったということだったのだが、

「そんなの明日になってみなけりゃ分かんねーじゃんかよなあ？」

「ったく。海ニモイケズ　山ニモイケズ　宮沢賢治《みやざわけんじ》か！」

その時点で雨は降《ふ》っていなかったから、昨夜《ゆうべ》は二人して文句《もんく》ブーブーだった。

だけど今、トタンの庇《ひさし》を打つ激《はげ》しい音で目が覚《さ》め、十分に納得《なっとく》させられたところだ。

「くぅ……っあー！」

大きく伸《の》びをしつつ部屋の中を見回せば、毎朝のことながら、どうしても壁《かべ》にかかったあの写真に目がいってしまう。

木製《もくせい》の大きな額《がく》に入れられた、ＳＬ機関車がもくもくと煙《けむり》を吐《は》きながら迫《せま》ってくる白黒の写真。

毎日が楽しいから、いつもの夏と何も変わらないと言えば変わらないんだけど。

何だか最近は、あの富士山《ふじさん》のカラー写真のことが、懐《なつ》かしく感じられる。

チヒャロットが言う『時空変動《じくうへんどう》』というのが本当にあったのなら、オレの記憶《きおく》の中にあるものたちは、いったいどこにいってしまったんだろう……

寝《ね》ぼけ頭《あたま》でそんなことを考えながら、幼《おさな》い頃《ころ》から馴染《なじ》みのある、柱の大きな日めくりカレンダーに目をやる。

教科書くらいのスペースに、これでもかというくらいでかでかとした太字で『６』と日付が書いてあり、その下に中くらいの字で【月曜日】とある。

今日は、二〇一二年八月六日の月曜日。

まだまだ夏休みはこれからだというあの感覚に、今もまったく変わりはないけど。

中の横線が二本しかない、この『月』という文字にだけは、どうしても違和感《いわかん》があるんだよな……。


ちょうど朝《あさ》ご飯《はん》を食べ終わった頃《ころ》、宗佑《そうすけ》から電話があった。

案《あん》の定《じょう》、「午後は家に遊びに来い」というお誘《さそ》いの電話だったから、二《ふた》つ返事《へんじ》でＯＫを出す。

お昼が過ぎても雨は一向に止む気配《けはい》がなく、いつものように坂下《さかした》さんちを経由したら、靴《くつ》の中がすっかり湿《しめ》ってしまった。

そのまま宗佑《そうすけ》んちに向かったので、さすがに玄関《げんかん》で靴下《くつした》を脱《ぬ》ぎ、濡《ぬ》れていない部分で足を拭《ふ》いてから家に上がる。

「お邪魔《じゃま》しまーす」

「はいよー、どうぞー」

居間《いま》には、宗佑《そうすけ》のお父さんがいた。

ハイキングの引率《いんそつ》のために、わざわざ休みを取っていたらしく、窓側《まどがわ》のイスに座《すわ》って新聞を広げてる。

エレナは今日も家の用事で来られないらしいから、また『カチペン』をしようか、それともゲームをしようかって、宗佑《そうすけ》と話していると、

「おっ、これ斎藤《さいとう》くんじゃないか？」

おじさんが新聞をテーブルの上に置き、「ほらこれ、すごいぞ」って。

「ああ、ほんとだ」

チラッとだけ見て薄《うす》いリアクションをする宗佑《そうすけ》の後ろから、オレもひょいと覗《のぞ》き込《こ》んでみる。

すると、【熱戦　市内３ｏｎ３大会　小六チームが優勝】という見出しの下に、笑顔でＶサインをする男子三人組の写真が載《の》っていた。

バスケットボールを持った真ん中の『セータカノッポ』は明らかにあの准悟《じゅんご》で、両隣《りょうどなり》にいる子らの背格好《せかっこう》も、公園で見かけた二人のそれとよく似《に》ている。

「なになに、決勝戦は両チーム譲《ゆず》らぬ大接戦の末、フリースローの正確さが勝敗を分けた、か。大したもんだ」

おじさんが再び新聞を広げながら、

「そう言や、斎藤《さいとう》くんは全然遊びに来なくなったな。スポ少《しょう》とかで忙《いそが》しいのか」

独《ひと》り言《ごと》みたいに言うと、

「ああ、たぶん」

宗佑《そうすけ》は、また気のない返事をしてから、「ゲームやろうぜゲーム」と言って、さっさとテレビの前に座《すわ》り込《こ》んでしまった。

それから、あっという間に二日が過ぎ、いよいよ花火大会の日を迎《むか》えた。

今日の化石探しは、エレナの都合《つごう》で午前中の予定だ。

集合時間が七時とやたら早いのは、昨日《きのう》のオレたちのテンションが、いかに上がりまくっていたかを物語っている。

とか言いつつ、気合を入れて早起きするつもりが、うっかり寝坊《ねぼう》してしまい、時間ギリギリの到着《とうちゃく》になってしまったけど。

それにしても爽《さわ》やかな朝だ。

風はまだ少し涼《すず》しく、川のせせらぎや小鳥のさえずりはもとより、セミの声までもが清々《すがすが》しく感じられる。

こんなに気分がいいのも、ようやく化石が見つかったお蔭《かげ》で、心に余裕《よゆう》ができたからこそだろう。

何たって、昨日《きのう》の発掘《はっくつ》ラッシュはすごかったからな。

特に宗佑《そうすけ》の目覚ましい活躍《かつやく》は、神がかっているとしか思えないほどだった。

場所が『宝のありか』とは言え、金槌《かなづち》を振《ふ》り下《お》ろし始めてから、五分も経つか経たないかのうちに、

「うぉぉぉぉおおおおお!!」

突然《とつぜん》、宗佑《そうすけ》が雄叫《おたけ》びを上げたんだ。

駆《か》け寄《よ》って見せてもらうと、握《にぎ》りこぶし大ほどの石の断面に、ソフトクリームのような形をし

た、小さな小さな巻《ま》き貝《がい》らしきものが！

続いてエレナが、アサリみたいな貝が埋まってる石を見つけてキャーキャー騒《さわ》いでいるところへ、今度はまた宗佑《そうすけ》が、ホタテ貝っぽい欠片《かけら》の、くっきり浮《う》き出《で》たやつを発見！

オレも負けじと、割った石の中に、シジミのような小さな塊《かたまり》が二個も入ってるものをゲット！

あの瞬間《しゅんかん》はマジで興奮《こうふん》したな。

もう嬉《うれ》しいやら楽しいやら、三組の連中が恨《うら》めしそうな顔で通りかかった時の優越感《ゆうえつかん》といったらなかったよ。

その後も、なんと宗佑《そうすけ》がまたまた、最初のより大きい巻《ま》き貝《がい》の化石を見つけ出し、終わってみれば、一日にして合計六個もの獲物《えもの》を手に入れるという大漁《たいりょう》っぷりだった。

帰り道も大騒《おおさわ》ぎで、

「よし、明日こそはミノダサウルス発掘《はっくつ》してやるぜ！　いや、ティラノソウスケが先か⁉」

なんて、昨日《きのう》は誰《だれ》よりもハイテンションな宗佑《そうすけ》だったのだが――

「やばい、緊張《きんちょう》してきた」

今日は朝からずっとソワソワしっぱなしで、「まいったなぁ……」って、ため息ばっかりついてる。

「変にかっこつけよう思うから緊張《きんちょう》するんやろ。普段《ふだん》どおりでおればええんや。もっと自分に自信持たな！」

エレナに活《かつ》を入れられるも、落ち着きなく立ったり座《すわ》ったりして、とても化石どころじゃないって様子だ。

人生初のデートを前に、ドキドキする気持ちは分からなくもないけど。

そもそも、よくもこんな調子で花火大会になんか、しかも学校で一番人気の美少女を誘《さそ》う勇気があったもんだなと、改《あらた》めて思う。

それはそうと、宗佑《そうすけ》が一緒《いっしょ》じゃない今夜、オレはいったい誰《だれ》と行動したらいいのだろう。

真っ先に思いついたエレナはエレナで、午後に大阪《おおさか》から親戚一同《しんせきいちどう》が遊びに来るらしく、「みんなで花火見んねん。久々に会うから楽しみやわあ」ってはしゃいでるし。

僅《わず》かな望みが絶《た》たれ、どうしようかって考え始めたら、オレも化石どころじゃなくなってきた。

結局、そんな感じで三人とも収穫《しゅうかく》がないままお昼になり、何となく浮《うわ》ついた空気に包まれながら歩く、いつもの帰り道。

丸井理容室《まるいりようしつ》の赤、白、青のクルクル回るやつを過ぎたところで、

「じゃあ、また明日」

いつものように、宗佑《そうすけ》が手を挙げる。

「おう、頑張《がんば》れよー！」

ほんのり冷やかしを含《ふく》んだ声色《こわいろ》で送り出してやると、

「ははは……」

ヤツはぎこちない笑《え》みを残し、いつにも増して、そそくさと帰っていった。

みるみる小さくなっていく背中《せなか》を見送りながら、「ふう」とエレナが短いため息をつく。

「宗佑《そうすけ》くん、あんなんで大丈夫なんかな」

オレが「うーん……」と唸《うな》ったまま、家のほうに向かって歩き出すと、

「ここだけの話やねんけどな。この前、河原《かわら》で会《お》うた、准悟《じゅんご》くんて覚えてる?」

横に並《なら》ぶなり、エレナは唐突《とうとつ》にそう切り出した。

話によれば、去年の花火大会に、准悟《じゅんご》率いるクラスの男子三人と、サリカを含《ふく》む三人の女子とが、グループデートをしたのだという。

そしてその時、准悟《じゅんご》はサリカに告白したものの、見事にフラれたらしい。

「斎藤准悟《さいとうじゅんご》、言うたら、学年で一、二を争うモテモテくんや。背《せ》は高いしスポーツ上手《うま》いし、顔もどっちかと言えばかっこええ部類なんやろな、うちは全然興味《きょうみ》ないけど」

まあ、それは置いといて、と言ってエレナは話を続ける。

「そんな女子ウケがええやつでも、あかんかったわけや。分かる? つまりやな、宗佑《そうすけ》くんみたいな——言うたらごく普通《ふつう》の男の子がちょっとかっこつけたところで、あのサリカちゃんが振《ふ》り向《む》いてくれるとは、到底《とうてい》思えへんねん」

「でもさ、取りあえず誘《さそ》いには乗ってくれたんだから、宗佑《そうすけ》にまったく興味《きょうみ》がないわけじゃないってことだよね?」

「せや。だからこそ、変に気負《けお》わんと自然体で勝負したほうがええ言うてんのに、自分というものを分かってへんねん、あいつは」

「らしくもなくガチガチだったからなー、宗佑《そうすけ》のやつ」

「そのままの宗佑《そうすけ》くんが一番や。意外にイケる思うねんけどな。確かにちょっと頼《たよ》りないけど、あれで男らしいとこもあるし、結構《けっこう》おもろいこと言うし――」

オレたちは、アホでいたずら好きだけど憎《にく》めない蓑田宗佑《みのだそうすけ》という人間について、あれこれ話しながら帰った。

話しながら、エレナは本当にいいやつだなと、しみじみ思う。

こんなに自分のことを理解してくれる女子の友達がいて、宗佑《そうすけ》は幸《しあわ》せ者《もの》だ。

ちょっと羨《うらや》ましさを感じつつ、お婆《ばあ》ちゃんちの前まで来ると、

「ほな、また明日！」

エレナはいつものように手を振《ふ》り、笑顔で帰っていった。

◇

「いってきまーす」

「あんまり遅《おそ》くならないんだよー」

「分かってるー」

夕方、オレは早々《はやばや》と晩《ばん》ご飯《はん》を済《す》ませ、家を出た。

お婆《ばあ》ちゃんには、「宗佑《そうすけ》と花火を見に行ってくる」と告げたものの、当然そんな予定はない。

目指《めざ》すは、あの坂の上り口に建《た》ってる廃屋《はいおく》の大きな一軒家《いっけんや》、言わずと知れた幽霊屋敷《ゆうれいやしき》だ。

別に一人で花火を見てもよかったのだが、今朝、坂下《さかした》さんちに行けなかったことが気になってもいたし。

加えて、きっとこの時間帯なら、という確信めいたものが、河川敷《かせんしき》に向かう人の流れとは逆《ぎゃく》のほうへと、オレを動かした。

予感は的中した。

薄闇《うすやみ》の中、あのポニーテールは、今日もまた荒《あ》れ果《は》てた庭の片隅《かたすみ》で俯《うつむ》いていた。

逸《はや》る気持ちを抑《おさ》えつつ、チヒャロットから言《い》い渡《わた》された使命を思い出す。

しっかりとコミュニケーションを図るには、まずはちゃんと自己紹介《じこしょうかい》をしておいたほうがいいだろうか。

安心させるために、「きみと同じ学校の宗佑《そうすけ》やエレナとは友達なんだ」と説明するのも、有効かもしれない。

それで少し打《う》ち解《と》けてきたら、取りあえず化石探しの話にでも持っていけば……。

オレは前回の失敗を繰《く》り返《かえ》すまいと、頭の中で話す順序《じゅんじょ》を考えながら、慎重《しんちょう》に有刺鉄線《ゆうしてっせん》を乗《の》り越《こ》えた。

そして、いきなり声をかけて驚《おどろ》かせることのないよう、初めからわざと足音を立てて近付いていったのだが――

「誰《だれ》？」

肩《かた》をビクッとさせたかと思うと、坂下《さかした》さんは顔を上げるなり、「またあんた!?」とこちらを睨《にら》みつけた。

「なによ、なんなの！」

静まり返った庭に響《ひび》き渡《わた》る、攻撃的《こうげきてき》な尖《とが》り声《ごえ》。

「こっちに来ないでよ‼」

目の前に鋭《するど》い剣《けん》を突《つ》き立《た》てられたかのようで、足が竦《すく》む。

コミュニケーションを図るとか図らないとか以前の問題であることは、火を見るより明らかだった。

今まで生きてきて、女子から、もちろん男子からだって、これほどあからさまに拒絶《きょぜつ》されたことはない。

完全に嫌《きら》われている――そう思ったら、居《い》たたまれなくなった。

だけど、このチャンスを逃したら、もう後がない気がして、

「あのさ、少しの間でいいから話を聞いてくれないかな」

オレは勇気を振《ふ》り絞《しぼ》り、一歩前に踏《ふ》み出《だ》した。

しかし坂下《さかした》さんは、まさにハエでも追《お》い払《はら》わんとする馬のしっぽのごとく、ポニーテールをぶんと振《ふ》って、

「聞かない！　あんたの話なんか絶っ対に聞かない‼」

もの凄《すご》い剣幕《けんまく》で、そっぽを向くではないか。

その瞬間《しゅんかん》、塞《ふさ》ぎ込《こ》んだあの日のエレナが、ふっと脳裏《のうり》をかすめ、何かがオレの中で燻《くすぶ》り始《はじ》める

のを感じた。

なぜこんなに辛《つら》く当たられなければならないのか。なぜこんなにも毛嫌《けぎら》いされなければならないのか。

そう思ったら、顔と頭が逆立《さかだ》ちした時みたいにカーッと熱くなってきて、

「なんだよ、こっちはせっかく仲良くしてやろうと思ってんのに」

胸《むね》の奥のムカムカが、口をついて飛び出した。

すると坂下《さかした》さんは、ツンと顔を背《そむ》けたまま、

「はあ？　なによそれ、意味分かんないんですけど」

今度は気だるそうに、そう吐《は》き捨《す》てやがった。

もはやケンカ腰《ごし》としか思えないようなその態度《たいど》に、

「意味分かんないのはどっちだよ」

ついにオレの眠《ねむ》れる闘争本能《とうそうほんのう》が、メラメラと炎を上げた。

「だいたいさ、そこで何やってんの、一人で、こんな時間に」

「そんなことあんたに関係ないじゃない。私の勝手でしょ」

「思わせぶりなんだよ、いつもそうやって井戸なんか覗《のぞ》いてさ。どうせ飛《と》び込《こ》む勇気なんてないんだろ」

「変なこと言わないでよ、何も知らないくせに！」

「知ってるよ。お爺《じい》さんから聞いた。だから悲しいのは分かるけど、いいかげん自殺《じさつ》しようなん

て考えはやめろって言ってんだよ」

「はあ⁉」

振《ふ》り向《む》きざま、坂下《さかした》さんは訝《いぶか》しげに眉《まゆ》をひそめると、「ふざけないでよ！」と、より一層《いっそう》声を荒《あら》らげた。

「いったい何なの！　いきなり現れて、勝手に決め付けて！　誰《だれ》が何を言ったのか知らないけど、私は自殺《じさつ》なんかしないよ！　あの時だって、あんたが余計《よけい》なことするから、こんなことになったんじゃない！」

あの時――？

「どうしてくれるのよ、全部あんたのせいなんだからね！」

「え、ちょっと待って。あの時って、やっぱりきみは」

「もう、ほっといて！」

ぶんとポニーテールを翻《ひるがえ》し、また裏庭《うらにわ》のほうへ走り去っていく。

「どういう、ことなんだ……」

頭が混乱《こんらん》して、呼《よ》び止《と》める気力もなかった。

暫《しばら》く茫然《ぼうぜん》と立《た》ち尽《つ》くしていると、
ツドン…　タ、タタン、タン……

遠くから、打ち上がる花火の音が聞こえてきた。

気が付けば、辺りはすっかり濃紺《のうこん》に染《そ》まっている。

思えば、花火大会が始まる時間に、河川敷《かせんしき》とは別の場所にいることなんて、今までなかった。

幽霊屋敷《ゆうれいやしき》を後にし、少し悩《なや》んで、ガードレールの切れ間から案内板の後ろ側に回る。

丸太《まるた》の階段を下り、林のほうを見上げると、真《ま》っ黒《くろ》な木々の隙間《すきま》から、あの二階の部屋の窓《まど》がオレンジ色に小さく見えた。

鉄棒《てつぼう》と滑《すべ》り台《だい》の間を抜《ぬ》け、バスケットゴールのポールで折《お》り返《かえ》し、砂場《すなば》から水飲み場へ、ぐるりと一周だけして公園を出る。

別に上之沢《かみのさわ》公園に用があったわけじゃない。

今から花火を見に行く気にもなれなかったし、早く家に帰れば帰ったで、何かあったのかとお婆《ばあ》ちゃんに心配されるだけだし。

それと、一人になって冷静に考えたくて、なるべく人通りの少ないほうへ少ないほうへ、トボトボとオレは歩いた。

時々建物と建物の間に花開くカラフルな閃光《せんこう》を目印《めじるし》に、お婆《ばあ》ちゃんちから遠ざかりすぎないようにだけ気を付け、回り道をする。

そうやって三、四〇分ほど経った頃《ころ》だろうか、

「あれ……」

いつの間にか、見覚えのある線路沿《せんろぞ》いの道に出た。

内心ホッとしたものの、その先の踏切《ふみきり》を渡《わた》り、葉桜並木《はざくらなみき》に沿《そ》って行けば、間もなくお婆《ばあ》ちゃんちに辿《たど》り着《つ》いてしまう。

花火の音はますます盛《さか》んに響《ひび》き合《あ》い、まだまだ終わる気配《けはい》がない。

オレは少し迷《まよ》った末、自販機《じはんき》でジュースを買い、とみやま公園に向かった。

あそこの公園には、入ってすぐのところにブランコがある。一人で時間を潰《つぶ》すのには、ちょうどいい場所だ。

ところが、いざ園内に足を踏《ふ》み入《い》れてみると、既《すで》に先客がいるではないか。

お団子ヘアにピンクっぽい浴衣《ゆかた》を着た、見るからに若いお姉さんらしき後ろ姿《すがた》だった。

誰《だれ》かを待っているのだろうか、二つ並《なら》んだうち手前側のブランコに、ポツンと腰掛《こしか》けている。


ッダン！　カラカラカラ……


ふと、胸《むね》に響《ひび》くほどの強烈《きょうれつ》な破裂音《はれつおん》につられ顔を上げると、向こうの家の屋根に、大きな金色の枝垂桜《しだれざくら》がキラキラと降《ふ》り落《お》ちてきた。

なるほど。もしかしたら、ここでしめやかに花火を鑑賞《かんしょう》している人なのかもしれない。

仕方なく、向《む》こう端《はし》のベンチを目差し、その横を通り過ぎようとしたのだが、

「ん？」

思わずオレは立ち止まった。

園路灯《えんろとう》に照《て》らされた、明るい茶髪《ちゃぱつ》のお団子ヘア。

浴衣《ゆかた》をよく見れば、細かい同系色の斑点《はんてん》に覆《おお》われた、ピンクのヒョウ柄模様《がらもよう》だ。

そして、花火を見るでもなく、僅《わず》かに揺《ゆ》れながらカキ氷をつつく、見覚えのある横顔。

「え、何でこんなところに……」

それは紛《まぎ》れもなく、いつも明るく元気な、あのエレナだった。

第四章

裸足《はだし》と白いハイカット

1

……ス　…ーマス——


どこかから、ぼんやりと声が聞こえる。

と思ったら、白や黄色《きいろ》、ピンクの小さな花々が一面に広がる草原の中に、オレはいた。

トーマス——

まただ。今度はだいぶはっきりと聞こえた。

声のほうを振《ふ》り返《かえ》ると、霞《かすみ》がかった青いボディースーツが、そこにふんわりと立っている。

「ユリカポか……って、これどうなってるの？」

「睡眠中《すいみんちゅう》のあなたの脳波《のうは》に、直接働きかけています」

「スイミン？」

「だいぶお疲《つか》れのようでしたので、こういう手段を取りました」

「そっか、寝《ね》ちゃったのかオレ。じゃあこれ、夢《ゆめ》の中ってこと？」

「簡単《かんたん》に言えばそういうことになります。尚《なお》、この交信はシータ波《は》を使用しているため、覚醒時《かくせいじ》の記憶《きおく》にもしっかり残りますのでご心配なく」

「よく分かんないけど、こんなこともできちゃうんだ。さすが未来って感じだなぁ」

あの後オレは、こっそり公園から立ち去り、あてもなく近所をブラブラして時間を潰《つぶ》した。

結局家に帰り着いたのは、九時過ぎだったかな。とにかく疲《つか》れた。

エレナに声をかけなかったのは、雰囲気《ふんいき》的に話《はな》し掛《か》けづらかったからだ。

いや、正確にはちょっと違うか。

何となく、話《はな》し掛《か》けてはいけない状況《じょうきょう》に思えたというか、見なかったことにしたほうが、お互《たが》いのためにいいような気がしたんだよな。

それにオレ自身、誰《だれ》かと話したりするより、独《ひと》りで考えることに集中したかった、というのはもちろんある。

とは言うものの、あれからずっと頭をフル回転させてるんだけど、さっぱり分からない。

坂下《さかした》さんとあの『アサミ』が同一人物なら、去年の肝《きも》だめしの一件《いっけん》は、夢《ゆめ》でなく現実だったと証明される。

でもあれが現実ならば、病院のベッドで目覚める前と後で記憶《きおく》が食い違うのは、いったいどういうことなんだろう……。

そんなことを布団《ふとん》の上で考えあぐねているうちに、いつの間にか眠《ねむ》りに落ちてしまったらしい。

「ちょうどよかった。ねえユリカポ、あの子とコミュニケーションを図るなんて、とてもじゃないけどオレには無理だよ」

やっと現れてくれたかと言わんばかりに、次から次へと愚痴《ぐち》が溢《あふ》れ出《で》た。

一頻《ひとしき》り現状を報告した後、不可解な『記憶《きおく》の食い違い』について触《ふ》れると、間髪《かんはつ》を容《い》れず、「分かっています」と返ってくる。

「今日はその件《けん》について、現時点で判明している事実をお伝えするために伺《うかが》いました。それによって、あなたの疑問《ぎもん》もほぼ解消《かいしょう》されるでしょう」

ユリカポはそう言うと、「これは今後の調査《ちょうさ》の進行における、重要な情報でもあります」と前置きしてから話し始めた。

「結論から言いますと、あなた方二人は、ここことは別の世界から来た、言わば訪問者《ほうもんしゃ》という立場なのです」

「別の世界？　それってもしかして……」

「お察《さっ》しのとおり、ここはあなた方がいた世界とそっくりな並行時空《へいこうじくう》、すなわちパラレルワールドです」

「マジでそうなの⁉」

前に読んだＳＦマンガに、こういうのがあったんだ。

ごく普通《ふつう》の少年が、ひょんなことから別の世界に迷《まよ》い込《こ》んでしまう物語。

登場人物が話の中で、その世界のことを『パラレルワールド』と、確かにそう呼《よ》んでいた。

そこは怪物《かいぶつ》や魔物《まもの》がいる異世界《いせかい》とかじゃなく、現実とほとんど区別がつかない、微妙《びみょう》に何かが違うだけの世界だった。

だから、ひょっとしたらオレの場合もそうなんじゃないかって、思わなかったわけでもない。

だけど、

「でもちょっと待って。だとしたら、この世界に元々いるオレって、どこにいったの？　全然見かけないいんだけど」

その点だけが、どうしても腑《ふ》に落ちなかったんだ。

マンガの中では、別の世界の自分とすぐに鉢合《はちあ》わせして、お互《たが》いに驚《おどろ》く場面が面白《おもしろ》おかしく描《えが》かれていたのに。

するとユリカポは、

「残念ながら並行時空間《へいこうじくうかん》において、実質的にそういう現象は起こりえません」

きっぱりとそう言い切った。

「元来、空想上のそれとは仕組みが異《こと》なるのです。これについては、とても難《むずか》しい話になるので、いずれ折《おり》を見て」

「待って待って、すごく興味《きょうみ》あるな。聞かせてよ」

「では、手短に。普段《ふだん》あなた方が見ている夢《ゆめ》というものに例えてご説明しましょう。実はこの世界に来たあなた方は、今まさにその『夢《ゆめ》』を見ているのと同じ状態《じょうたい》なのです」

「夢《ゆめ》？」

「はい。そもそも夢《ゆめ》というのは、眠《ねむ》っている間に意識がパラレルワールド間を交錯《こうさく》している状態《じょうたい》のことである、と未来では考えられています。ところが今回のように、時空変動《じくうへんどう》などの影響《えいきょう》により、睡眠時《すいみんじ》以外にも意識がそれと同じ状態《じょうたい》に陥《おちい》ってしまうケースが稀《まれ》にあるのです」

「じゃあ、元々この世界にいるオレやあの子は、今どうなってるの？」

「あなた方の意識がここへ飛んできた時点から、この世界のお二人は、あなた方そのものになっています。つまり、あなた方の行動は、この世界の彼らからすれば、そうですね、やはり夢《ゆめ》を見ているような感覚になるでしょう。ですから、例えば彼女の意識が元の世界に戻《もど》れば、この世界の彼女は何事《なにごと》もなかったかのように元通りの自分でいる。元の世界に戻《もど》った彼女も同様の感覚になるはずです。そう、ちょうど夢《ゆめ》から覚《さ》めたみたいに」

「ん〜。分かったような分かんないような……」

ユリカポの話によれば、オレたちはこのよく似《に》た別の世界に飛ばされた挙句《あげく》、まるまる一年もの間、この世界の自分に成《な》り代《か》わって生活していたことになる。

だとすれば、身の回りのことが少し違うと感じていたのは、やっぱり記憶障害《きおくしょうがい》とかのせいじゃなかったのだ。

それにしても、まさかパラレルワールドなんてものが本当にあるとは。しかも、まさか自分自身がそこに迷《まよ》い込《こ》んでしまうとは。

「ってことは……そうか、分かったぞ。オレの任務《にんむ》って、あの子を元の世界に連れて帰ることじゃない？　そうでしょ」

「いかにも。今回の調査《ちょうさ》の最終的な目的はそこにあります。ですが、ここで一つ問題が」

「問題って？」

「彼女はあなたと違い、ここへ来た経緯《けいい》が複雑化《ふくざつか》していることが分かったのです。そのため、元の世界に戻《もど》るのが困難《こんなん》な状態《じょうたい》にあります」

「ええと、オレと違うってどういう意味？　二人ともあの井戸に落っこちてからこうなったわけだよね。同じじゃん」

「確かに、あなた方が共にこの世界へ来たのは事実です。しかしトーマス、あなたと彼女は同じ世界の住人ではありません」

「……どういうこと？」

「パラレルワールドは無数にあるのです。今いるこの時空間《じくうかん》と並行《へいこう》する世界は、ほかにもたくさん存在《そんざい》します。仮《かり》にあなたのいた元の世界を『A世界』、ここを『B世界』としましょう。彼女はそのどちらでもない、『C世界』の住人なのです」

「ええっ!?　じゃあ、去年会った時には既《すで》に、あの子はその『C世界』から来てたってこと？」

「そうです。まず、時空変動《じくうへんどう》によって彼女は元の『C世界』から、あなたのいる『A世界』に飛ばされた。その後、あなたと共に『A世界』から、さらにここ『B世界』へと飛ばされてしまった」

「もしかして、あの井戸に落ちるたびにそうなっちゃうとか？」

「決してそういうわけではありません。しかし、時空変動《じくうへんどう》が発生したことを踏《ふ》まえれば、あの井戸はパラレルワールド間を結ぶワームホール出現の位置とタイミングが、極めて合致《がっち》しやすい場所だったと言えるでしょう」

「あのさ、あの子が最初に落ちた時って、その、どういうふうに……何で落ちちゃったのかとか、そういうの、分かる？」

「少々難《むずか》しい話になりますが、ワームホール内における素粒子《そりゅうし》の遷移状況《せんいじょうきょう》から、本人の意思とは関係なく落ちてしまったことが窺《うかが》えます。最初の落下時には、非常に凄《すさ》まじい乱時流《らんじりゅう》が観測《かんそく》されました。恐《おそ》らくそれによって、井戸の中へ吸《す》い込《こ》まれてしまったのではないかと」

ふと、あの子の怪訝《けげん》そうな顔を思い出す。

「彼女は、どうにか元の世界に戻《もど》ろうとしていたのでしょう。そこへ偶然《ぐうぜん》、あなたが通りかかったのです」

そしてオレたちは一緒《いっしょ》に、誤《あやま》って井戸の中へ転落してしまう。

すると今度は、更に別のパラレルワールドであるこの世界に飛ばされてしまった、ということらしい。

「本当に、自殺《じさつ》しようとしてたわけじゃなかったんだ……」

オレがなぜ『選ばれし者』になったのか、何となく理由が分かったような気がした。

「以上が、現時点で判明している事実です。彼女を無事に元の世界へと送り届けられるよう、こちらも調査《ちょうさ》を進めますので、引き続きご協力願《きょうりょくねが》います。ほかにも質問があれば、どうぞ」

「じゃあ、もう一つ。今の話からすると、去年会った子と今この世界にいるあの子は、当然同一人物ってことになるよね？」

「ええ、もちろんそうです」

「でもあの子、オレの記憶《きおく》にある名前と違うんだけど、これはどういう……」

「当局《とうきょく》のデータでは、あなたも彼女も、本件《ほんけん》において固有名詞《こゆうめいし》への影響《えいきょう》は確認《かくにん》されておりませんが」

「おかしいなぁ。確かに『アサミ』って呼《よ》び名《な》に反応《はんのう》してたんだけど。本当に『坂下《さかした》ヒナコ』っていう名前で間違いない？」

「その件《けん》について、こちらではこれ以上は分かりかねます。明日にでも、直接本人に確かめてみてはいかがでしょう」

「だから、それができないから苦労してるんじゃん。とにかく、まともに話せる状態《じょうたい》じゃないんだから」

　思わずため息をつくと、

「承知《しょうち》しました。では、こちらで調整しましょう」

　ユリカポはそう言って、チヒャロットがやるように左腕《ひだりうで》をグッと胸《むね》の前に構えた。

　そしてあの金属製《きんぞくせい》っぽいリストバンドの、小さく発光する数字部分をピコ、ピコピコっと何箇《なんか》所《しょ》か軽く触《ふ》れてから、「認証完了《にんしょう》」と呟《つぶや》いた。

「それでは明朝、七時二〇分までに彼女宅を訪《たず》ねてください」

何か得策《とくさく》を授《さず》けられるのではないか、と期待していたものの、やっぱり家に足を運ぶしか方法はないらしい。

「くれぐれも時間厳守《じかんげんしゅ》です。トーマス、あなたの活躍《かつやく》に期待しています。頑張《がんば》って」


翌朝オレは、余裕《よゆう》をもって六時半に家を出た。

ユリカポは、「七時二〇分までに」と言った。早く着く分には問題ないだろう。

いつものように坂の途中《とちゅう》から未舗装《みほそう》の横道に入り、少し急な上りカーブを道なりに進んでいく。

徐々《じょじょ》に姿《すがた》を現す、重厚《じゅうこう》な瓦屋根《かわらやね》の家。二階の窓《まど》は既《すで》にカーテンが開いているようだ。

「よし、今日こそは」

意を決して門をくぐると、いつもはがらんとしている前庭にワインレッドの小さな車が停まっていた。

車体に映《は》える黄色《きいろ》いナンバープレートを横目に、いつものように玄関《げんかん》の前で深呼吸《しんこきゅう》してからインターホンを押《お》す。

ピンポーン

すると、そのすぐ後に、「はーい」という声が連なって聞こえてくるではないか。

驚《おどろ》いた。ここへ来て、こんなにもあっさりと反応《はんのう》が得られるだなんて。これもユリカポの言う『調整』のお陰《かげ》なのだろうか。

やがて、曇《くも》りガラスの向こうに人影《ひとかげ》が現れたかと思うと、ガラガラっと戸が開いた。

「あらあ、どなだ？」

そこには、色白で目鼻立《めばなだ》ちのくっきりとした、噂《うわさ》どおりの『かっこいいおばさん』が立っていた。

ビシッと後ろに撫《な》でつけた短めの髪《かみ》に、キリッと直線的な眉毛《まゆげ》と切れ長の大きな目、そして黒シャツ黒ズボン姿《すがた》。

その凛《りん》とした佇《たたず》まいは、確かに男装《だんそう》した宝塚歌劇団《たからづかかげきだん》のスターを思わせる、まさしく『ジェンヌさん』だった。

「あの、僕《ぼく》、不二代燈馬《ふじしろとうま》っていいます。坂下《さかした》さんに、ちょっと用があって……」

オレが言い終わるか言い終わらないかのうちに、

「あばやっ、珍《めずら》すごどもあるもんだな」

ジェンヌさんは独特《どくとく》のイントネーションでそう呟《つぶや》くと、いきなり家の中に向かって、「ヒーナー、ヒナッコー！」と叫《さけ》んだ。

「ふずすろくんっておどごのこのおどもだぢきたよー！」

たぶん、不二代《ふじしろ》くんという男の子のお友達が来たよと言ってくれたのだろう。

ミノリンとナッコの言うとおり、見た目からは想像もつかない訛《なま》りようだ。

あっ気に取られていると、正面にある階段の上から、あのポニーテールがチラッと顔を覗《のぞ》かせるのが見えた。

が、目が合った途端《とたん》、すっと隠《かく》れたから、

「坂下《さかした》さん、昨日《きのう》はごめん！」

オレは咄嗟《とっさ》に叫《さけ》んだ。

「勘違《かんちが》いしてたんだ。本当にごめん！」

今度会ったら謝ろうとか、前もってそういう心の準備《じゅんび》をしてきたわけじゃなかったのに、自然と深く頭が下がった。

改《あらた》めてあの子の顔を見たら、オレのせいでこうなってしまったんだから何とかしなくちゃって、心底《しんそこ》そう思えたんだ。

とにかく許《ゆる》してもらえるまでこうしている覚悟《かくご》で、暫《しばら》くぎゅッと目を閉じていたら、

「まんず、あがってあがって」

雨上がりに射《さ》す陽《ひ》の光のような声が、やんわりとオレの頭上に降《ふ》り注《そそ》いだ。

顔を上げると、

「部屋、上だがら、ねまっていってけれぇ」

ジェンヌさんがニコニコしながら階段のほうへ目配《めくば》せしてくれてる。

「あ、はい。でも……」

恐《おそ》らくお邪魔《じゃま》することを許可《きょか》してくれてるんだろうけど、勝手に上がっていったら、あの子をまた怒《おこ》らせるかもしれない。

どうしようかって、俯《うつむ》いてもじもじしていたら、「おっかねえのが？」って、凛々《りり》しい顔が下から覗《のぞ》き込《こ》んでくる。

そして、「あえ、めんけ顔して、きかねがらな、ワッハッハ」と豪快《ごうかい》に笑うと、「んでも大丈夫。本当はとってもいい子だがら。ほれ、あべさ」

ジェンヌさんはにっこり目を細め、ぽんぽんとやさしくオレの肩《かた》に手を置いた。

2

二階の畳部屋《たたみべや》に通されると、あの子は勉強机《べんきょうづくえ》のヘリに寄りかかって窓《まど》の外を眺《なが》めていた。

片側《かたがわ》の窓《まど》は少し開いていて、セミの声を織り交《おま》ぜたそよ風が、ふわり、ふわりと、端《はし》に寄ったレースのカーテンを頻《しき》りに膨《ふく》らませている。

オレの寝泊《ねと》まりしてる座敷《ざしき》より、だいぶ狭《せま》いだろうか。

いや、重厚《じゅうこう》な色をした古めかしい木の本棚《ほんだな》やらタンスやらクローゼットやらが四方の壁《かべ》から張《は》り出《だ》しているから、そう感じるだけかもしれない。

ジェンヌさんに促《うなが》され、オレはタンスを背《せ》にしてちょうど部屋の真ん中より少しドア寄りの位置に、恐《おそ》る恐《おそ》る正座《せいざ》した。

半《なか》ば強引に押《お》しかけたようなものだ。また辛《つら》く当たられるのは目に見えているし、その覚悟《かくご》はできている。

ところが、ポニーテールはまったくの無反応《むはんのう》で、黙《だま》り込《こ》んだまま振《ふ》り向《む》く気配《けはい》すらない。

オレの存在《そんざい》を完全に無視《むし》する態勢《たいせい》なのか、ジェンヌさんが一旦《いったん》出ていって戻《もど》ってくる間も身動き一つせず、まるでこの部屋の時間だけが止まってしまったかのようだった。

いい加減《かげん》、重苦しい空気に押《お》し潰《つぶ》されそうになっているところへ、

「さあさ、大したもんねげど」

ジュースやお菓子《かし》の載《の》ったお盆《ぼん》に笑顔を添《そ》えて、再び救いの神が手を差《さ》し伸《の》べてくれる。

「ほれ遠慮《えんりょ》さねで」

「あ、はい、どうも」

そう言えば喉《のど》がカラカラだ。

手渡《てわた》されたジュースをいざ口にしたら、ゴクゴクと喉《のど》を鳴《な》らして半分くらい一気に飲んでしまった。

しかし、一息《ひといき》ついたのも束《つか》の間《ま》、

「へば、ばあちゃんお仕事《すごど》さ行ぐがら、後《あど》お願いね」

ジェンヌさんはポニーテールの背中《せなか》に早口でそう告げると、オレには「ゆっくりしてってけれ」と微笑《ほほえ》んで、慌《あわ》ただしく部屋を出ていったではないか。

間もなく、バン！　と車のドアが閉まる音に続き、キャルルルルブウォン！　とエンジンが唸《うな》る。

砂利《じゃり》を踏《ふ》みしめるタイヤの音が次第《しだい》に遠ざかっていくのを聞きながら、ふと壁《かべ》の四角い掛《か》け時計《どけい》に目をやると、針《はり》が七時二五分を回ろうとしていた。

ミーンミンミンミンミ――……

風と共に入《はい》り込《こ》んでくるセミの声が、再び部屋に緊迫《きんぱく》した静けさをもたらす。

どうにか家に上《あ》がり込《こ》むことはできたものの、とても気安く話《はな》し掛《か》けられるような雰囲気《ふんいき》ではない。

かと言って、いつまでもこうしてお互《たが》いに黙《だま》りこくっていては、らちが明かない。

オレは残りのジュースをガブガブ飲《の》み干《ほ》し、その勢《いきお》いのまま「あのさ」と、思い切って沈黙《ちんもく》を打《う》ち破《やぶ》った。

するとほぼ同じタイミングで、

「それで」

不意《ふい》にポニーテールが、窓《まど》のほうを向いたまま口を利《き》いた。

「ここへ何しに来たの。私をどうするつもり」

「いや、どうって……」

即座《そくざ》に昨夜《ゆうべ》の言い合いが頭をよぎり、不安に駆《か》られたのだが、

「あんたいったい何者？　私はもう逃《に》げも隠《かく》れもしない。なぜこんな目に遭《あ》わせるのか、その理由を聞かせて」

毅然《きぜん》とした口調《くちょう》ではあるものの、そこに、もはやとげとげしさは感じられない。

少しホッとして、

「こんなことになってしまって、すまないとは思ってる」

ごめん、と一先《ひとま》ず頭を下げる。

「けど誤解《ごかい》だよ。きみも勘違《かんちが》いしてる。あれは事故で、わざとやったわけじゃない」

一呼吸《ひとこきゅう》おいてから、オレは続けた。

「あの時オレ、てっきりきみが自殺《じさつ》するんじゃないかと思《おも》い込《こ》んで、止めようとしただけなんだ。うそじゃない。だから、まさかこういう事態《じたい》になるなんて予想もしてなかった。本当だよ。その証拠《しょうこ》に、オレも一年前から、たぶんきみと同じ目に遭《あ》ってる」

「えっ……」

ポニーテールが微《かす》かに揺《ゆ》れた。

「あの日を境《さかい》に、身の回りでそれまでの記憶《きおく》と違うことがいくつもあって、変だなってずっと

思ってた。きみもそうじゃないか。もう気付いてるだろうけど、ここはオレやきみのいた世界とは別の世界だ。要するにオレたちは」

パラレルワールドに迷《まよ》い込《こ》んでしまったんだ、と言おうとしたら、

「あんたも元に戻《もど》れなくなったの⁉」

振《ふ》り向《む》きざま、坂下《さかした》さんは目を丸くして、飛《と》び掛《か》かって来るかのような勢《いきお》いでドカッと、オレの前に座《すわ》り込《こ》んだ。

「ねえ、もう戻《もど》れないわけ⁉」

血相《けっそう》を変えて、グンと迫《せま》り寄《よ》ってくるから、

「いや……」

思わず一旦《いったん》視線《しせん》を逸《そ》らしたら、

「どうしてくれるのよ！」

今にも泣き出しそうな顔で更に詰《つ》め寄《よ》ってくる。

「どうして私がこんな目に遭《あ》わなきゃいけないのよ！」

「落ち着いて。お願《ねが》いだからオレの話を聞いて」

「もう、何でこんなことに」

下唇《したくちびる》を噛《か》んで俯《うつむ》くポニーテールに、「大丈夫だよ」と、努《つと》めて明るくオレは言った。

「今日ここに来たのは、きみが元の世界へと帰れるようにするためなんだ。それがオレの任務《にんむ》だから」

「……なに、それ」

「きみにだけ教える。実はオレ、ある組織《そしき》の一員で――」

それからオレは、調査隊《ちょうさたい》に任命された経緯《けいい》を話して聞かせた。

時空統括管理局《じくうとうかつかんりきょく》という秘密《ひみつ》の組織《そしき》があること。その組織《そしき》から派遣《はけん》された未来人に、突然《とつぜん》スカウトされた時のこと。

「チヒャロットっていうんだけど、マンガとか映画《えいが》に出てきそうな恰好《かっこう》いい女隊員なんだよ。ピッチピチの真《ま》っ赤《か》な服で、光る不思議《ふしぎ》なペンダントや銀色《ぎんいろ》の金属《きんぞく》っぽいリストバンドなんか身に着けてて、いかにも未来の人って感でさ。ん？　ああ、確かに怪《あや》しいよね。だからオレも初めは疑《うたが》ってかかった。でも、いきなり分身なんか見せられたら、もう信じるしか……うん、そう、分身。ただでさえビビッてるところへ、今度はユリカポっていうまったく同じ顔の女の人がもう一人現れるんだもの、腰《こし》が抜《ぬ》けちゃうかと思ったよ。うん、マジだよマジ、未来のプログラムだか何だかで自分の分身を助手にできるみたいなんだ。ほんとすごいんだから。どこからともなくパッと現れてはスッと消えちゃうしさ」

話しながら、相手が女子なのに、臆《おく》することなく口がよく回っていることに気が付いた。

調査隊《ちょうさたい》として、一刻《いっこく》も早く信用を得ようと必死なのはもちろんだけど。

オレはこの非現実的な話を、分かち合えるであろう誰《だれ》かに、ずっと聞いてもらいたかったのかもしれない。

「でさ、トウキョクが調査《ちょうさ》している時空変動《じくうへんどう》っていう現象があるんだけど、どうやらオレたちは、その影響《えいきょう》でこの世界へと飛ばされてきたみたいなんだ」

「じゃあ偶然《ぐうぜん》、井戸の中でその現象が起こったってわけ？」

「うん、そういうことらしいよ」

「ふうん……」

最初は訝《いぶか》しがっていた坂下《さかした》さんも、だんだん顔つきが真剣《しんけん》になってきた。

ユリカポが説明してくれたように、オレのいた世界を『A世界』、ここを『B世界』、坂下《さかした》さんのいた世界を『C世界』として、更に話を進める。

秘密《ひみつ》の組織《そしき》だとか未来人だとかパラレルワールドだとか、かなり突拍子《とっぴょうし》もない話の連続ではあるけど。

聞く耳を持ってさえくれれば、きっと分かってもらえるはずだという確信がオレにはあって。

だってこの子は、二度も時空変動《じくうへんどう》を体験し、パラレルワールドの存在《そんざい》をオレ以上に肌《はだ》で感じているはずだから。

「——というわけなんだ」

一通り説明し終えると、セミの声と小鳥のさえずりとが、一瞬《いっしゅん》部屋にのどかな静寂《せいじゃく》をもたらした。

「ちょっとややこしいけど、分かってもらえた、かな」

「うん。だいたいは」

「そっか、よかった……」

ホッとして、コップに残る融《と》けた氷水を啜《すす》ってたら、

「これ。口つけてないから」

目は伏《ふ》せたまま、坂下《さかした》さんが自分の分のコップを差し出してくれて。

遠慮《えんりょ》なく口にしたそれは、同じジュースのはずなのに、どこか特別な味がした。

それから坂下《さかした》さんは、窓《まど》のほうに向き直ると膝《ひざ》を抱《かか》えて、ふうと短いため息をついた。

「あれからもう、一年経ったんだよね」

自分自身に問いかけるように、呟《つぶや》く。

「燈馬《とうま》くん、って言ったっけ。ごめんね私、変に誤解《ごかい》してて」

「いや、いいんだ。そもそもオレの勘違《かんちが》いのせいでこうなったんだし」

「ううん、燈馬《とうま》くんは悪《わる》くないよ。それどころか、逆《ぎゃく》に私のせいで、燈馬《とうま》くんを巻《ま》き込《こ》んでしまったんじゃないかって、そんな気がしてきた」

意味が分からず、「ん?」って返したら、

「ここ、お母さんの実家なの」

坂下《さかした》さんは、唐突《とうとつ》にそう切り出した。

「私んち、海のすぐ側《そば》で……リアス式海岸《しきかいがん》って、社会で習ってるよね」

「えっと、地図の上のほうのギザギザした」

「それ。私、あの辺に住んでたの。でも、津波《つなみ》で家が……街《まち》が全部、流されちゃって……。去年から、このお家に、お世話《せわ》になってるんだぁ」

窓《まど》のほうを眺《なが》めたまま、言葉を選ぶように、とつとつと話し始める。

「学校はね、無事だったの。山のほうに建《た》ってるから。それで、地震《じしん》の後、校庭に避難《ひなん》してたら、車がどんどん集まってきて、大人の人たちが、『津波《つなみ》が来るぞ』って口々に言ってて、でも私、ピンとこなくて――」

暫《しばら》くして、お母さんの車が校庭に入ってきた。

車を降《お》りるなりお母さんは、「和登《かずと》とお父さんは？」と慌《あわ》ただしく携帯電話《けいたいでんわ》を開き、「全然つながらないのよ」と言った。

お母さんはその日、仕事が休みで隣町《となりまち》へ用足しに出掛《でか》けていたのだが、地震《じしん》で慌《あわ》てて引き返してきたのだという。

国道がかなり渋滞《じゅうたい》していたため、家に寄るのを断念し、消防団《しょうぼうだん》の人たちの指示《しじ》に従《したが》い、坂下《さかした》さんのいる小学校へと直行したらしい。

弟の和登《かずと》くんが通う保育園は市街地《しがいち》にあり、普段《ふだん》は職場の近いお母さんが送《おく》り迎《むか》えをしていたのだが、その日のお迎《むか》えはお父さんが引き受けてくれていた。

携帯画面《けいたいがめん》のアンテナを何度も確認《かくにん》しては、「お父さんなら大丈夫だよね」と話しながら、彼らの乗った車の到着《とうちゃく》を、二人で今か今かと待っていたという。

しかし。

お父さんの車は、それから二週間ほど経ったある日、ガレキと共に変わり果《は》てた姿《すがた》で発見された。

「お父さんと和登《かずと》は、行方《ゆくえ》不明のまま、今もまだ見つかってないの」

ポニーテールの向こうから、洟《はな》を啜《すす》る音が微《かす》かに聞こえてくる。

また、胸《むね》がトカトカしてきた。

この前お爺《じい》さんから聞いて、津波《つなみ》の話は既《すで》に知っているのに。

相槌《あいづち》さえも打てず、オレはただ黙《だま》って下を向いていた。

「後で聞いた話なんだけど、お父さんは地震《じしん》直後に、『子供を迎《むか》えに行く』って、すぐに会社を飛び出したみたいなの」

だが、その後の足取りが定かでなく、いろんな人たちの話を繋《つな》ぎ合《あ》わせて推測《すいそく》するに、和登《かずと》くんを連れて市民会館へ向かったのではないかという。

「最初は、そんなはずないって思ったの。あの地震《じしん》の前にも、大きい地震《じしん》が何度かあって、そのたびに、もしも津波《つなみ》警報が出たら真《ま》っ直《す》ぐ小学校に避難《ひなん》しようって、あそこなら高台《たかだい》で絶対《ぜったい》に安心だからって、お父さんがそう言ったんだもの……。でもね、たぶん、学校まで上がって来る時間がなかったんじゃないかって」

市民会館は緊急避難《きんきゅうひなん》場所《ばしょ》に指定されており、市街地区《しがいちく》の人たちは防災訓練《ぼうさいくんれん》の時にも、そこに集まっていた。

実際《じっさい》、地震《じしん》の後、何百人という数がその会館に避難《ひなん》していたらしく、お父さんたちもその中にいたのかもしれないという。

ところが、その避難《ひなん》場所《ばしょ》にまで、あの巨大《きょだい》津波《つなみ》は襲《おそ》ってきたらしい。

防災《ぼうさい》マップに「津波《つなみ》はここまでは来ない」と記《しる》されていた、本来安全であるはずの場所にまでだ。

「信じられなかった。まさかあんなところにまで、それも天井《てんじょう》にまで水が上がるなんて……」

洟《はな》を啜《すす》る音の後、ポニーテールは押《お》し殺《ころ》したようなため息をついた。

「その日は、そんなことになっているのも知らないし、何がどうなってるのかも全然分かんなかったけどね」

小学校の体育館には、お爺《じい》さんやお婆《ばあ》さん、車椅子《くるまいす》のおじさんや赤ちゃんを抱《だ》っこしたお姉さんなど、入りきれないほどたくさんの人が押《お》し寄《よ》せたという。

幾度《いくど》も襲《おそ》ってくる地鳴《じな》りと揺《ゆ》れに怯《おび》えながら、眠《ねむ》れぬまま夜が明け、

「朝早く、お母さんと、学校の坂の途中《とちゅう》まで下りて、街《まち》を見にいったの。そしたら――」

そこから見た光景《こうけい》に、二人とも言葉を失《うしな》った。

「なんにも、ないの。街《まち》が、古代文明の遺跡《いせき》みたいに、滅《ほろ》びてしまったかのようになってて」

それでいて海は、皮肉《ひにく》にも波一つない穏《おだ》やかな凪《なぎ》だったという。

そして、水浸《みずびた》しの街《まち》の、その鏡《かがみ》のような水面には、まるで何事《なにごと》もなかったかのように、美しい朝焼けの空が映《うつ》っていた。

「もう、この世の終わりなんだって、絶望《ぜつぼう》しかなかった。それでも、『和登《かずと》とお父さん、二人で探そう』って、お母さんが微笑《ほほえ》んでくれたから、私、頑張《がんば》れたんだと思う」

その日から、電気やガスはおろか水さえもない、『生きるための生活』が始まった、と坂下《さかした》さ

んは言った。

近隣《きんりん》に住んでいた、お父さん側の親戚《しんせき》の人たちもことごとく被災《ひさい》しており、もやは地元には身を寄せるところがなかったという。

夜は車の中で寝泊《ねと》まりする日が、一週間以上も続いたらしい。

「昼間は、毎日お父さんたちを探して探して……でも見つからなくて。揺《ゆ》れるたびに怖《こわ》いし、寒いし、この先どうなるかも、全然分かんないし、私もお母さんも、すごく疲《つか》れちゃって。それで、周りの人たちの勧めもあって、一度地元から離れてお婆《ばあ》ちゃんちに……このお家に、避難《ひなん》することになったの」

「えっと、ごめん」

ここでついに、オレは口を挟《はさ》んだ。

「お母さんも、一緒《いっしょ》に？」

話を聞きながら、ちょっと疑問《ぎもん》に思っていたんだ。

ミノリンやナッコの話だと、確か両親ともいないようなことを言っていたから。

すると坂下《さかした》さんは、

「そうだよ。お母さんと一緒《いっしょ》に来たの。ずっと一緒《いっしょ》だった」

そう言って、一度大きく息を吸《す》い込《こ》んだかと思うと、「でもここには、お母さんも、いない」と声を震《ふる》わせた。

「ここはね、私だけ……私一人だけが生き残った世界、だったの」

3

パラレルワールド。

現実世界と並行《へいこう》して存在《そんざい》する、現実とそっくりな別の世界。

そんなよく似《に》た世界であっても、それぞれに何かしら食い違う部分があって。

あっちでの教頭先生がこっちでは校長先生だったり、ローソンがあるはずの場所にファミマがあったり。

オレも幾度《いくど》となくそういう事実を目《ま》の当《あ》たりにしてきたから、それはよく分かっているつもりだ。

だけど、まさか人の生死までが食い違っているだなんて、想像したこともなかった。

ユリカポの説明で例えるなら、この子が元々いた『C世界』でお母さんは生きているのに、ここ『B世界』では亡《な》くなっているのだ。

「そうだったんだ……」

愕然《がくぜん》として、言葉が見つからないまま黙《だま》り込《こ》むと、部屋に虚《むな》しくセミの声が響《ひび》き渡《わた》った。

ふんわりと膨《ふく》らんでいたレースのカーテンが、今度は開いた窓《まど》の隙間《すきま》にゆっくりと吸《す》い込《こ》まれていく。

端《はし》に束《たば》ねられたオレンジ色のカーテンに目をやれば、外からは無地にしか見えなかったのに、色鉛筆《いろえんぴつ》で引いたような薄茶色《うすちゃいろ》の細いストライプが入っていた。

こうして内側からよく見てみなければ分からないことって、世の中にはたくさんあるのかもしれないな……

ポニーテール越《ご》し、窓《まど》の眩《まぶ》しさに顔を顰《しか》めながら、そんなことを思っていると、

「この家に来てからは、お母さんと毎日ケンカばかりしてた」

淡々《たんたん》と、坂下《さかした》さんは続けた。

「私はこっちの学校に通うつもりなんてなかったの。地元でも、新学期からちゃんと授業《じゅぎょう》ができるようになるって聞いていたし」

あくまでも一時的に避難《ひなん》してきただけだから、と坂下《さかした》さんは言う。

しかし、体育館は避難所《ひなんじょ》になり、グラウンドには仮設住宅の建設が予定される中、少しでも落ち着いた環境《かんきょう》で勉強させたい、というのがお母さんの考えだったようだ。

「転校なんて絶対《ぜったい》にいやだった。友達と別れたくなかったし、第一、別の地域《ちいき》に移《うつ》り住《す》むのは、お父さんと和登《かずと》を見捨《みす》てるみたいに思えて」

そういう話をしては言い合いになり、お婆《ばあ》ちゃんが止めに入る、というような毎日が続いた。

そんな中で、日に日にお母さんの様子がおかしくなっていくのを、坂下《さかした》さんは身をもって感じていたという。

「夜、眠《ねむ》れないとは言ってたけど、いつもイライラしてて、すごく怒《おこ》りっぽいなって思ってたの。前なら私の意見とか結構《けっこう》ちゃんと聞いてくれたのに」

ある夜、ふと目が覚《さ》めると、隣《となり》で寝《ね》ていたはずのお母さんの姿《すがた》がない。下でお婆《ばあ》ちゃんの話し声がするので階段を降《お》りていくと、茶《ちゃ》の間《ま》からお母さんのむせび泣く声が聞こえてきたという。

「お母さんね、和登《かずと》とお父さんが死んだのは自分のせいだ、って何度も言うの。あの日、仕事を休んでさえいなければ、お父さんは死なずに済《す》んだし、和登《かずと》も助かったかもしれない。私なんかが生きててごめんなさい、許《ゆる》して、許《ゆる》してって……」

坂下《さかした》さんは、ガーンと思い切り頭を殴《なぐ》られたかのようなショックを受けた。

そんなふうに思っていたのを、今の今まで気付かなかったこともだが、お母さんが別人になってしまったかのようで、頭の中が真《ま》っ白《しろ》になったという。

「お母さんは、お料理も上手《じょうず》だし、綺麗《きれい》だし、どんな時でも笑顔を忘《わす》れない強い人なの。私も大人になったらお母さんみたいになりたいって、小さい頃《ころ》からそう思ってきた。だから、あんなふうに自分を悪《わる》く言うなんて、お母さんらしくないって、そう思ったの。それで私、つい……」

次の日の夕飯《ゆうはん》の時、またお母さんと、学校に行く行かないの言い合いになったらしい。

そして、「何度言ったら分かるの！」と怒鳴《どな》られた坂下《さかした》さんは、咄嗟《とっさ》に「私に八つ当たりしないでよ！」と強く言い返してしまった。

「一言《ひとこと》返したら、もう後には引けなくなって、『今のお母さん嫌《きら》い！』って、家を飛び出したの」

言ってすぐに後悔《こうかい》したものの、さすがにこのまま戻《もど》るのは気まずい。

それで勢《いきお》い任《まか》せに、下の家（幽霊屋敷《ゆうれいやしき》）のほうへ足を向けたというのだが、

「お母さんに、あんなこと言ったから、きっと罰《ばち》が当たったんだ、私」

屋敷《やしき》の敷地《しきち》に入り、あの古井戸《ふるいど》の横を通りかかった時のことだった。

突然《とつぜん》、どこからともなくドゥーン…と地鳴《じな》りのような連続した重低音が聞こえてきたという。

すると身体が、まるで強力な磁石《じしゃく》を向けられた釘《くぎ》のごとく、ずいっと井戸に引き寄せられた。

そのまま足を取られ、落ちていく感覚まではっきり記憶《きおく》に残っている、と坂下《さかした》さんは言った。

「井戸の中はね、ピンク色やオレンジ色の奇妙《きみょう》な光で渦巻《うずま》いてて、目が回りそうだった」

ところが次の瞬間《しゅんかん》、気が付くと寝泊《ねと》まりしているこの部屋にいたというのだ。

「ウトウトして、夢《ゆめ》でも見てたのかなって最初は思った。でもおかしいの。その頃《ころ》、朝晩《あさばん》はまだ寒かったからジャージの上下を着てたはずなのに、いつの間にかTシャツと短《たん》パンでいるし。それにね、妙《みょう》に部屋が暑《あつ》くて、身体が汗《あせ》ばんでて……」

異変《いへん》はそれだけではなかった。

部屋を見回すと、なかったはずの勉強机《べんきょうづくえ》や本棚《ほんだな》が置いてあり、壁掛《かべか》けカレンダーの桜《さくら》の写真が、海水浴のイラストに変わっていたらしい。

首を傾《かし》げる間もなく、不意《ふい》にインターホンが鳴《な》った。「はーい」というお母さんの声が聞こえ

てくる。

恐《おそ》る恐《おそ》る階段の降《お》り口から下を覗《のぞ》いてみると、玄関先《げんかんさき》に見知らぬおじさんとおばさんが立っていたという。

そして、聞こえてきた会話の内容に、坂下《さかした》さんは耳を疑《うたが》った。

「会ったこともない人たちなのに、私が元気かどうか訊《き》いてきて、夏休みの宿題がどうのこうの言ってるの。今にして思えば、たぶん担任《たんにん》の先生とかだったのかな。でね、その二人にお母さんが、『二学期からはちゃんと登校させますので』みたいなことを言いながらペコペコしてるの。おかしいでしょ？　私この家に来てまだ一か月も経ってなかったし、学校には一度も行っていないのに。まるで、もう一人の自分がいて、私の知らないうちに何か月かを過ごしていたかのような、そんな感じなんだもの。いったい何がどうなっているのか、頭が混乱《こんらん》しちゃって……」

得体《えたい》の知れない恐怖《きょうふ》にかられ、一刻《いっこく》も早くあの井戸まで行かなければと、坂下《さかした》さんは決死の覚悟《かくご》で階段を駆《か》け下《お》りた。

あっ気に取られている玄関先《げんかんさき》の三人を尻目《しりめ》に、縁側《えんがわ》から外に飛び出し、無我夢中《むがむちゅう》で幽霊屋敷《ゆうれいやしき》のほうへ逃《に》げたという。

「下の家とはね、庭の脇《わき》にある狭《せま》い石段で行き来できるようになってるの。昔《むかし》から親戚同士《しんせきどうし》で野菜の共同栽培《きょうどうさいばい》をしてたみたいで、あの裏庭《うらにわ》の畑は今もお婆《ばあ》ちゃんが守ってる。小さい頃《ころ》、私もよくついていって、お水を撒《ま》いたりトマトをもいだりしてた。もちろんお庭に古い井戸があることも知ってたんだけど、危《あぶ》ないからあの周りで遊んじゃだめって言われてて、近付かないようにしてたのに……」

そんな井戸に、不本意にも吸《す》い寄《よ》せられ、転落してしまった。

だから同じ状況《じょうきょう》にさえなれば、きっと元に戻《もど》れるはずだと思ったのだという。

「それで、あんなところにいたんだ」

「うん。あの時は、とにかく早くこのおかしな状況《じょうきょう》から抜《ぬ》け出《だ》したい一心だった。知らないおじさんとおばさんが後を追いかけて来るし、怖《こわ》くて怖《こわ》くて」

脳裏《のうり》に、月明かりのあの庭の光景《こうけい》が、鮮《あざ》やかに甦《よみがえ》る。

「あのさ、一つ訊《き》いていいかな」

ずっと気になっていた例の疑問《ぎもん》を、オレは単刀直入にぶつけてみた。

すると、

「アサミっていうのは、苗字《みょうじ》だよ」

坂下《さかした》さんは、あっさりとそう答えた。

「苗字《みょうじ》？」

「うん。ここの世界では『坂下《さかした》』だけど、本当は『浅見《あさみ》』なの」

ここ『B世界』ではお母さんも亡《な》くなっているから、お婆《ばあ》ちゃんであるジェンヌさんに養子として引き取られ、『坂下《さかした》』になっているのだという。

「だから、アサミでいいよ。私もそっちのほうが慣《な》れてるし。っていうか、元の世界ではみんなにそう呼《よ》ばれていたから」

意外にも拍子抜《ひょうしぬ》けするほど、容易《たやす》く謎《なぞ》は解けたのだが。

「それにしても、まさかお母さんまで、いなくなっちゃうなんてね……」

セミの声にかき消されそうなほどか細く、ポニーテールは呟《つぶや》いた。

「お婆《ばあ》ちゃんは、さすがお母さんのお母さんだなって思う。私が来てから、保険屋さんのほかに化粧品《けしょうひん》のお仕事も始めて、毎日忙《いそが》しいのにご飯《はん》も作ってくれて……もちろん、私だって家のお手伝いはしてるけど」

また洟《はな》を啜《すす》り始《はじ》める。

「学校に行けないでいる私に、『人一倍辛《ひといちばいつら》い思いをしたんだから、ゆっくり元気になればいいんだよ』って、いつも笑ってくれるの。そう、お婆《ばあ》ちゃんはいつも、私の気持ちを理解してくれるし、いっぱいやさしくしてくれる。でもね……」

言いかけて、大きく肩《かた》で息を吸ったかと思うと、その息を一気に吐《は》き出《だ》しながら、

「やっぱりお母さんに会いたい」

アサミはそう言って膝《ひざ》に顔をうずめ、肩《かた》を震《ふる》わせた。

「大丈夫だよ」

小さく丸めたその背中《せなか》に、オレは努《つと》めて明るく語りかけた。

「時空統括管理局《じくうとうかつかんりきょく》から、伝言を預かってきたんだ。きみの問題はもうすぐ解決するから、もう少し待っていて、って」

この一年もの間、この子はずっと元に戻《もど》るチャンスを待っていたのだろう。

誰《だれ》にも相談できずに、たった独《ひと》りで、ひたすら井戸の中を覗《のぞ》き続けていたのだから。

「こうしてる今も、チヒャロットたちは調査《ちょうさ》を進めてくれてる。この事態《じたい》が解明されれば、二人とも元の世界に戻《もど》れるはずだ。いや、オレが責任《せきにん》を持って絶対《ぜったい》にきみを帰してあげる」

声に出して言うのと同時に、この任務《にんむ》は絶対《ぜったい》に成功させなきゃと、改《あらた》めて自分に言い聞かせる。

「そしたら、お母さんにも会えるよ。だから、元気出して」

オレは、心の中で拳《こぶし》を握《にぎ》り締《し》めるように、声に力を込《こ》めた。

アサミは、少し驚《おどろ》いたような顔で振《ふ》り返《かえ》ると、手《て》の甲《こう》で涙《なみだ》を拭《ぬぐ》いながら、「本当に？」と言った。

うん、とオレが頷《うなず》くと、

「ありがとう」

アサミは初めて笑顔を見せた。

それからオレは、少しでもアサミの気が晴《は》れればと、今までに読んだＳＦマンガの中から、面白《おもしろ》かった部分などを話して聞かせたりした。

本当はもっと女子が喜《よろこ》びそうな話でもすればいいんだろうけど、ほかに思《おも》い浮《う》かばないんだもの。

逆《ぎゃく》に、こういう類《たぐい》の話なら、相手が誰《だれ》だろうと関係なく喋《しゃべ》っていられるんだなと再確認《さいかくにん》できたから、よしとしよう。

暫《しばら》くして、だいぶ落ち着いてきた様子だったので、アサミが机《つくえ》の上のティッシュを取りに腰《こし》を上げたのを機《き》に、オレは話題を変えることにした。

「そう言えばさ、漢字《かんじ》で『つき』って、どう書く？　そう、空の」

アサミが机《つくえ》からノートとピンクの蛍光《けいこう》ペンを持ってきて、『月』と書いて差し出す。

「あー、やっぱりそれか。オレの世界だとこうなんだよね」

オレがその文字の五画目に、当然のように横線を一本足すと、

「え、ほんとに⁉」

アサミは目を見開きつつ、

「じゃあ、漢字《かんじ》で『4』ってどう書く？」

そう訊《き》いてくる。

オレが『四』と書けば、今度はそのアサミが五画目を指差し、

「私の世界だとね、この下の線がないの」

と、平然とした顔で言う。

「え、マジで⁉」

ほかにも何か違う点があるかどうか話していたら、アサミはオレが大好きなあの不朽《ふきゅう》の名作マンガを知らないと言う。

未来から来た猫型《ねこがた》ロボットの話なんだけど、って言ったら、「それって『ドラの助《すけ》』のこと？」だってさ。

どう考えても冗談《じょうだん》みたいにしか思えないんだけど、当人にとっては生まれる前から既《すで》にあった、

変えようのない事実だもんな。

お互《たが》いに、「すごく違和感《いわかん》あるよね」って、思わず顔を見合わせてしまった。

「ほんと、不思議《ふしぎ》な体験をしてるよね、オレたち。マンガとか映画《えいが》みたいなことが現実に起こるなんてさ」

オレが腕組《うでぐ》みをして、「なんか、そういう物語の主人公《ヒーロー》になった気分だよ」と言ったら、ふふっと、アサミが口元《くちもと》に手をやって、

「ごめん、そういうの本当に好きなんだなって思って」

くすぐったいのを堪《こら》えてるみたいに、クスクス笑ってる。

「私ね、実はずっと燈馬《とうま》くんが怖《こわ》かったの」

「え、オレのことが？」

「だって、あの男の子が現れたら、また別の世界に飛ばされるんじゃないかと思って。ひょっとしたら『地獄《じごく》の遣《つか》い』みたいな人かもしれないから、関わらないように関わらないようにって、自分に言い聞かせてたんだ」

「じ、地獄《じごく》って、オレ完全に悪役《あくやく》じゃん!?　ひどいなーもう」

「だから、ごめんって。ふふふ……」

心地《ここち》いいそよ風と共に、セミや小鳥の歌声が部屋に和《なご》やかな空気を運んでくる。

ようやく打《う》ち解《と》けたオレたち。

調査隊《ちょうさたい》としても何とか軌道《きどう》に乗ってきたなと、胸《むね》を撫《な》で下《お》ろしていると、

「でも、燈馬《とうま》くんはいいなぁ」

ポニーテールを結《ゆ》い直《なお》し始《はじ》めたアサミが、口元《くちもと》にまだ笑《え》みを残しながら、独《ひと》り言《ごと》のように呟《つぶや》く。

「私のところにも、チヒャロットさんやユリカポさんみたいな人が現れてくれてたら、安心していられたのに」

アサミの言ったことは、もっともだった。

同じような立場であるにもかかわらず、なぜ彼女らがオレの前にしか現れないのか、ちょっと不思議《ふしぎ》に思った。

4

午後——

通《かよ》い慣《な》れた道を急いでいると、

「トーマス」

不意《ふい》に背後《はいご》から、透《す》き通《とお》ったような、澄《す》んだ声に話《はな》し掛《か》けられた。

振《ふ》り返《かえ》れば、真《ま》っ赤《か》なウエットスーツみたいな服に身を包んだチヒャロットが、ふんわりとそこに立っている。

袖《そで》で汗《あせ》を拭《ぬぐ》いながら、未来の服って暑《あつ》さを感じさせないようにできてるのかな、などと心の中で呟《つぶや》いていると、

「あなたのお蔭《かげ》で調査《ちょうさ》は順調《じゅんちょう》よ」

真夏の陽射《ひざ》しとは無縁《むえん》のような、凛《りん》とした色白な顔が涼《すず》しげに微笑《ほほえ》んでいる。

報告するまでもなく、今朝の成果はおおよそ分かっているようだったので、

「オレ、アサミを絶対《ぜったい》に元の世界に帰れるようにする、なんて宣言《せんげん》しちゃったんだけど、大丈夫だよね？」

そう念を押《お》したら、「ええ、もちろん」って、栗色《くりいろ》の巻《ま》き髪《がみ》を格好《かっこう》よくかき上げてる。

「それが私たちに課せられた今回の重要任務《じゅうようにんむ》の一つだもの。あなたの協力《きょうりょく》があれば大丈夫よ」

準備《じゅんび》が整ったら知らせてくれるって言うし、一安心《ひとあんしん》だ。

「って、重要な任務《にんむ》がほかにもまだあるんだ。次は何？　ねえ、どんなことをするの？」

ワクワクを抑《おさ》えきれないでいると、

「今はまだ言えないわ」

気のせいだろうか、チヒャロットの口元《くちもと》から一瞬《いっしゅん》だけ微笑《ほほえ》みが消えたように見えた。

「いずれ、すべてが分かる時が来るから」

「……う、うん、分かった」

ちょっと気になる言い回しではあったのだが、

「引き止めたりして悪《わる》かったわ。ほら、急がなくちゃ」

そこでオレは我《われ》に返った。

急き立《せた》てられるように、未舗装《みほそう》の急な上りカーブをダッシュで駆《か》け上《あ》がる。

そう。午前中、オレは帰《かえ》り際《ぎわ》に、思いきってアサミを化石探しに誘《さそ》ったのだ。

「私ならもう大丈夫だから、気を遣《つか》わなくてもいいよ」って遠慮《えんりょ》されたんだけど、「実はこれも重要な任務《にんむ》の一つなんだ」って打ち明けたら、分かってくれたみたい。

「宗佑《そうすけ》もエレナも、すごくいいやつらだよ。それに、とびきりの穴場《あなば》を見つけちゃってさ。だから一緒《いっしょ》に探そうよ！」

任務《にんむ》だからとは言え、自分でもびっくりするくらい積極的《せっきょくてき》な態度《たいど》で押《お》し、半《なか》ば強引にＯＫをもらってしまった。

ちなみに、「アサミ」はオレだけの秘密《ひみつ》の呼《よ》び名《な》で、みんなの前では今までどおり、「坂下《さかした》さん」で通すことに決めている。

家まで全力で迎《むか》えに行くと、アサミは既《すで》にあの白いハイカットシューズを履《は》き、玄関《げんかん》に腰掛《こしか》けて待っていてくれた。

「ごめん、遅《おそ》くなった！」

「ううん、平気だよ」

「いこっか」

「うん！」

なんだろう、無性《むしょう》に清々《すがすが》しくてハイな気分だぞ今、オレ。

さっそく二人で河原《かわら》に出向けば、後ろから「やっほー」と、肉食獣《にくしょくじゅう》モード全開女子が追いかけて来る。

手を挙げて応《こた》えると、ヒョウ柄《がら》キャップの向こうに、走ってくる宗佑《そうすけ》の姿《すがた》も見えた。

エレナは駆《か》け寄《よ》って来るなり、

「ちょう、坂下《さかした》さん来てくれたん⁉　めっちゃ嬉《うれ》しい‼」

そう言ってアサミの手を取り、一方的にブンブン握手《あくしゅ》してる。

そうかと思えば、後から来た宗佑《そうすけ》にも、「ほら、あんたも挨拶《あいさつ》せな！」って、握手《あくしゅ》を強要するエレナ。

すると宗佑《そうすけ》は、なぜか申し訳なさそうに「あ、どうも蓑田《みのだ》ですー」と、ヘコヘコしながら手を差し出した。

「いやー、うちの燈馬《とうま》がいつもお世話《せわ》になってー」

「保護者《ほごしゃ》かアホ！」

エレナの素早《すばや》いツッコミにアサミが吹《ふ》き出《だ》すと、宗佑《そうすけ》が表情も変えずにその手を両手で握《にぎ》る。

「アナタワ～カミヲ～シーンジマスカァ～？」

「今度は神父《しんぷ》かいな！」

「オーイエー、モウスグ三カ月デース」

「それは妊婦《にんぷ》じゃボケ！」

いきなりの漫才《まんざい》コンビ登場に、アサミがケラケラ笑《わら》い転《ころ》げてる。

いつもの調子でふざけ合う場にアサミがいる。それだけで嬉《うれ》しかった。

ワイワイと騒《さわ》ぎながら、さっそく例の場所へと向かう。

もちろん『発掘道具《はっくつどうぐ》』は、もうワンセット持ってきている。

オレの元々使ってたドライバーのほうが、柄《え》の部分が大きくて叩《たた》きやすそうだから、そっちをアサミに貸《か》すつもりだ。

歩きながら、エレナがケータイ画像で、「こんな感じの石」というのを、アサミに丁寧《ていねい》に教えてくれている。

その横から宗佑《そうすけ》が、見つけるコツみたいなのを得意になって話すもんだから、エレナに「ゴチャゴチャうるさいねん！」とか言われちゃって。

それでまたアサミが思いっきり吹《ふ》き出《だ》すから、オレもおかしくておかしくて、もう腹筋《ふっきん》がつりそう。

やがて、例の薄《うっす》ら赤みを帯びた地層《ちそう》が近付いて来た。

その『宝のありか』の前で、ドライバーと金槌《かなづち》をアサミに手渡《てわた》し、石の割り方を簡単《かんたん》に説明する。準備《じゅんび》は万端《ばんたん》だ。

そしていよいよ、

「さあ、ミノダサウルス出て来い！」

「負けへんでー！」

気合十分な宗佑《そうすけ》とエレナの掛《か》け声《ごえ》と共に、今まさに四人で、一斉《いっせい》に化石探しを開始しようとした時だった。

「おいおいおい、困《こま》るんだよなあ！」

不意《ふい》に背後《はいご》から、いい雰囲気《ふんいき》をぶち壊《こわ》すような大声が飛んできた。

振《ふ》り返《かえ》れば、少し離れたところに男女五人のグループがいて、そこから頭一つ飛び出た『セータカノッポ』が一人、ズンズンと近付いてくるではないか。

「な、なんだよ准悟《じゅんご》」

宗佑《そうすけ》が一歩前に出ると、准悟《じゅんご》は壁《かべ》のように立ちはだかり、腕組《うでぐ》みをしてふんぞり返った。

「お前、この前も勝手に化石を持って行ったらしいじゃないか。しかも、まさか堂々とダブルデートで荒《あ》らしに来るとは、きみたちも相当趣味《しゅみ》が悪《わる》いねえ」

「はあ？　言ってる意味が分かんねえよ」

「とぼけてもらっちゃ困《こま》るなあ。ここはうちの班《はん》が先に見つけた場所だぜ？　きみらが辿《たど》り着《つ》くずっとずっと前にな」

「そんなの知るかよ。だいたい、先に見つけたっていう証拠《しょうこ》があんのか」

「証拠《しょうこ》？」

准悟《じゅんご》は不敵《ふてき》な笑《え》みを浮《う》かべると、「足元を見てみろ」と言って、地面を指差した。

「そこの地層《ちそう》の石が、初めからたくさん散らばってたろ？　これら全部、うちの班《はん》が苦労して切り崩《くず》した破片《はへん》なんだ。知らなかったとは言わせないぜ」

宗佑《そうすけ》は一旦《いったん》視線《しせん》を落とし、「いや、そうだったかもしれないけど……」と口ごもりながらも、

「けど、化石自体を見つけたのは俺《おれ》たちだぞ」と反論《はんろん》した。

すると准悟《じゅんご》は、

「だからさあ、それは僕《ぼく》らが予《あらかじ》め見つけやすいようにしてやったからだろお？」

更に高い位置から、見下すように顎《あご》をしゃくってニタニタしてる。

「よって、ここにある化石はすべて僕《ぼく》たちのものだ。きみらが見つけたものも、全部没収《ぼっしゅう》させてもらう」

「そんなのむちゃくちゃだ！」

「そうや、ここあんたの私有地ちゃうやろ！」

エレナも参戦し、ついに激《はげ》しい言い合いが始まった。

横でアサミが、三人のやり取りを真剣《しんけん》な眼差《まなざ》しでジッと見つめている。

向こうにいる四人は四人で、こちらの様子を窺《うかが》いながら何か話し合っているようだ。

お互《たが》いに一歩も譲《ゆず》らない攻防《こうぼう》が続く中、何かバシッと一発、宗佑《そうすけ》たちが有利になるような発言を繰《く》り出《だ》せないものかと、オレも頭を捻《ひね》る。

しかし、先に動きを見せたのは、向こうにいた四人のほうだった。

気まずそうにこちらへやって来て、「准悟《じゅんご》くん、もういいよ」「他のところを探そう」と言ってきたのだ。

そしたら、

「仕方ないな」

准悟《じゅんご》は、いともあっさりと背中《せなか》を向けたではないか。

と思ったら、

「ここは一つ、勝負といこうじゃないか宗佑《そうすけ》」

振《ふ》り向きもせず、やつは出《だ》し抜《ぬ》けにそう切り出した。

不安そうにしてる四人の子たちには、

「ちょっと話をつけてくるから、きみらは遠慮《えんりょ》せずにここで化石を探しててくれ」

そう言い残し、「ついて来い」と勝手にさっさと歩き出す。

宗佑《そうすけ》が険《けわ》しく目を細め、無言《むごん》のまま後に続く。

どこに連れて行こうというのか。二人の間には、殺気《さっき》にも似《に》た不穏《ふおん》な空気が漂《ただよ》っている。

エレナたちには、「ここで待ってて」と告げ、オレもすぐその後を追った。

河川敷《かせんしき》を川下に向かって暫《しばら》く歩いていくと、准悟《じゅんご》が崖《がけ》の途中《とちゅう》の比較的《ひかくてき》緩いところを急によじ登り始めた。

ひょろっとした背中《せなか》が、まるで蜘蛛《くも》のように長い手足を使ってグングン上がっていく。

遅《おく》れまいと、宗佑《そうすけ》もオレも必死に斜面《しゃめん》を駆《か》け上《あ》がる。

登りきってガードレールを跨《また》ぐと、少し先に【第二浄水場《だいにじょうすいじょう》案内板】と書かれた、あのでっかいパネルが見えた。

准悟《じゅんご》は道路を横切って、反対側のガードレールの切れ間から草むらに入ったようだ。早足で後を追うと、まっすぐパネルの後ろ側を通り過ぎ、そのまま丸太《まるた》の階段をテンポよく下り始めてる。

いやな予感がした。

先を急ぐ宗佑《そうすけ》の後ろで、注意深く周囲に目を配りながら階段を下りる。

昼下がりの上之沢《かみのさわ》公園は、見渡《みわた》す限《かぎ》り人影《ひとかげ》もなく、不気味《ぶきみ》なほど静まり返っていた。

ようやくその背中《せなか》を間近に捉《とら》え、ちょうどオレたちが鉄棒《てつぼう》の前に差《さ》し掛《か》かった時だ。

やつは急に立ち止まり、チラッとだけ振《ふ》り向《む》いた。

「そこで待ってろ」

また不敵《ふてき》な笑《え》みで口元《くちもと》を歪め、奥の公衆《こうしゅう》トイレの陰《かげ》へと入っていく。

いったい何を始めるつもりだ。

不安がよぎるのと同時に、無性《むしょう》に血が騒《さわ》いできた。

二人とも特別ケンカが強いわけではない。

それでも、いざとなったら一発かませられるだけの爆発力《ばくはつりょく》みたいなものがオレたちにはあると、本気で信じている。

あの時だって、隣町《となりまち》だかの六、七人はいたチャリンコ軍団から、ギラファノコギリクワガタのレアカードを二人で守ったんだ。

そう。オレたちは負けない。相手が何人だろうと、宗佑《そうすけ》と二人でなら——

「なんや、あいつどこ行ったん？」

ハッとして振《ふ》り返《かえ》ると、すぐ後ろにエレナとアサミがいるではないか。

正直《しょうじき》、計算外だった。まさかついて来てるとは思わなかったのだ。

宗佑《そうすけ》と顔を見合わせる。こいつもきっと同じことを考えているはず。

「今のうちに女子は帰したほうがよくないか」

オレが耳打ちすると、宗佑《そうすけ》は頷《うなず》いて、「エレナ、坂下《さかした》さんと一緒《いっしょ》に走って逃《に》げろ」と囁《ささや》いた。

「早く！」

エレナが気だるそうにため息をついて、ヒョウ柄《がら》キャップを脱《ぬ》ぐ。

「どうする、坂下《さかした》さん」

パタパタと、脱《ぬ》いだそれで顔を仰《あお》ぎながら訊《き》くと、

「私、ああいう自分勝手な人、許《ゆる》せない」

アサミの目が、完全に据《す》わってる。

「うちもや。それに、ここまできたら引き下がるわけにはいかんやろ」

そうこうしてるうちに、再び准悟《じゅんご》が現れた。手には茶色いボールを持っている。

そのボールをリズミカルにテン、テンと弾《はず》ませながら、

「こいつで決めようぜ」

准悟《じゅんご》はそう言うと、目の前の古びたバスケットゴールに、華麗《かれい》なジャンプシュートを決めてみせた。

正直《しょうじき》、拍子《ひょうし》抜《ぬ》けした。

どうやらほかに仲間もいないようだし、内心ホッとしたんだ。

だけど、隣《となり》から聞こえてきた宗佑《そうすけ》の舌打《したう》ちで、オレはあの新聞記事のことを思い出した。

「随分《ずいぶん》と準備《じゅんび》がいいじゃねえか、准悟《じゅんご》」

宗佑《そうすけ》が腰《こし》に手を当てて、グッと肘《ひじ》を張《は》る。

「さてはお前、最初から俺《おれ》たちの化石を狙《ねら》ってたんだろ」

「おいおい、人聞きの悪《わる》いこと言うなよ」

バカにしたようにニヤつきながら、准悟《じゅんご》は器用に指の上でボールを回転させてる。

「これは元からそこにあった公共のボールだぜ？」

「うそつけ！　人が苦労して手に入れたものを楽して横取りしようだなんて、きたねえぞ‼」

「はあ〜⁉」

もの凄《すご》く感じの悪《わる》い、しかも威圧的《いあってき》で否定的《ひていてき》な尖《とが》り声《ごえ》が、ぞわぞわッと公園内を震《ふる》わせる。

「楽して横取りしたはどっちだよ！　あ⁉」

薄《うす》ら笑《わら》いの消えたその顔に、般若《はんにゃ》のような険《けわ》しさをにわかに浮《う》き上がらせ、准悟《じゅんご》は声を荒《あら》らげた。

「お前、サリカには興味《きょうみ》ないって言ってたよな？　なあ⁉」

「な、何の話をしてんだ」

「興味《きょうみ》なかったやつが、後から都合《つごう》よく誘《さそ》ってんじゃねえよ！」

「それは……」

俯《うつむ》いて唇《くちびる》を噛《か》む宗佑《そうすけ》に、

「いいか、これは男の勝負だ！　一対一で決着をつけようぜ宗佑《そうすけ》!!」

准悟《じゅんご》が頭上から、思いっきり挑戦《ちょうせん》状を叩《たた》きつける。

とそこへ、

「ちょい待ち！」

エレナが割って入る。

「なんや知らんけど、私情を挟《はさ》まんといてやー。これはあくまでも化石の所有権を巡《めぐ》っての勝負なはずや。そっちの主張と、うちらの主張とがぶつかってるんやから、ここにおる四人、全員と勝負するんが筋《すじ》っちゅうもんやで」

血走った目が、ギロッとエレナに向けられる。

「うちらシロウトやし、そのくらいのハンデがあってもええんちゃうの」

准悟《じゅんご》は、一度オレたちの顔を睨《にら》むように見回し、「ふん。まあ、いいだろう」と、再び薄《うす》ら笑《わら》いを浮《う》かべた。

「ただし」

ビシッと、宗佑《そうすけ》を指差す。

「こちらのルールに従《したが》ってもらうからな」

宗佑《そうすけ》は、「望むところだ」と言って腕組《うでぐ》みをすると、やつの目を真《ま》っ直《す》ぐに睨《にら》み返《かえ》した。

5

セミが、鳴《な》いている。

ジリジリと、照《て》りつける太陽から発せられるかのごとく、ひっきりなしに、降《ふ》ってくる。

それをそのまま滴《しずく》にしたような汗《あせ》が、じっとりと、頬《ほお》を伝った。

「燈馬《とうま》、頼《たの》む、もう一本！」

「落ち着いてや！」

気迫《きはく》のこもった宗佑《そうすけ》とエレナの念が、横からひしひしと伝わってきて、更にオレを熱くする。

バスケは時々体育でやって、面白《おもしろ》いし好きだけど、別に得意なわけじゃない。

本当は宗佑《そうすけ》や准悟《じゅんご》がやるように、格好《かっこう》よく片手《ワンハンド》でシュートしたいところだけど。

たまに届かない時があるから、確実な両手《ダブルハンド》で構える。

「入る、入るよ！」

視界《しかい》の隅《すみ》で、アサミが胸《むね》の前で手を組み、懸命《けんめい》に祈《いの》ってくれている。

やるしかない。オレが決めてみせる。いや、是《ぜ》が非《ひ》でもここで決めなければ——

準悟《じゅんご》から要求されたルールは実にシンプルで、別段オレたちにとって不利なものではないように思えた。

簡単に言えば、オレたち一人ずつと準悟《じゅんご》とが、順に一対一でフリースロー対決をするだけなのだ。

一投ずつ交互《こうご》に打ち合う三本勝負で、ボールをより多く入れたほうの勝ちとなり、同点なら、それ以降は相手に勝ち越《かこ》すまで続ける『サドンデス方式』になっている。

そして、準悟《じゅんご》がオレたち四人全員に勝てば、やつの勝利。四人のうち一人でも準悟《じゅんご》に勝てば、オレたちの勝利。となるわけだ。

対決する順番は、話し合いの結果、一番手が宗佑《そうすけ》、二番手がエレナ、オレが三番手で、四番手がアサミとなった。

まずは宗佑《そうすけ》がジャンケンに勝ち、後攻《こうこう》で臨《のぞ》んだ第一ゲーム。

一投目二投目と連続でゴールを決めたものの、三投目を外し、結果、三対二で準悟《じゅんご》の勝ちとなった。

続いてのエレナはジャンケンに負け、先攻《せんこう》で臨《のぞ》んだ第二ゲーム。

ヒョウ柄キャップを後《うし》ろ被《かぶ》りにし、気合い十分で挑んだものの、三本ともリングまで届かずに終わり、〇対三で準悟《じゅんご》の圧勝。

と、この辺りで、何となく気付いたんだ。

この勝負は、一見公平に思えるけど、実はそうでもないということに。

考えてみれば相手はフリースローの名手だもの、ただ対決する人数が多いというだけなら、ハンデでも何でもないじゃないか。

どうせなら予《あらかじ》めオレたちのポイントを一点でも多い設定にしてもらえばよかったなと、今更ながら思う。

そう。やつがエレナの要求を簡単《かんたん》に呑《の》んだのも、このメンツなら余裕《よゆう》で勝てると踏《ふ》んだからに違いないのだ。

そして、ついにオレの番が回ってきた。

ジャンケンに負けて先攻《せんこう》になったけど、一投目はどうにか決めることができた。

で、准悟《じゅんご》も当然のように決め、今、オレの二投目。

「おーい、かっこつけてないで早く打てよ少年」

准悟《じゅんご》が容赦《ようしゃ》なくプレッシャーをかけてくる。

「燈馬《とうま》くん、マイペースやで！」

「焦《あせ》んなくていいぞー！」

分かってる。

一本でも外せば命取りになるのは目に見えている。慎重《しんちょう》にいかなければ。

一応アサミを参戦させてはいるものの、本来ならあの子は部外者《ぶがいしゃ》だし、責任を負わせたくはない。

何とかこの三人で決着をつけようと話し合った、実質最後の砦《とりで》。それがこのオレなのだから……。

全神経を腕《うで》に集中させる。

大丈夫。さっきと同じ力加減《ちからかげん》で、同じコースに飛ばせばいいのだ。

オレはさっきと同じように、バックボードの小さい長方形を狙《ねら》って、祈《いの》るような気持ちでボールを放《はな》った。

しかし、

「うあっ！」

デン、と鈍《にぶ》い音がして、無情にもボールは赤いリングに弾《はじ》かれてしまったではないか。

落胆《らくたん》するギャラリーの声。がっくり項垂《うなだ》れるオレ。

それをあざ笑うかのように、

「ほれ、どいたどいた」

准悟《じゅんご》はじれったそうに小刻《こきざ》みにボールを弾《はず》ませ、犬でも追《お》い払《はら》うかのような手振《てぶ》りでシッシとやりながら近付いて来た。

オレが慌《あわ》てて退《の》くと、フリースローラインの前に颯爽《さっそう》と立ち、ボールを顔の前で構えてスッと腰《こし》を落とす。

間もなく、ひょろ高い身体がふわっと、音も立てずに浮き上がったかと思うと、

ガコンッ

ボールは赤いリングの中へ、当たり前のように吸《す》い込《こ》まれていく。

結局、次も外したオレに対し、やつはきっちりと三投目を決め、一対三であえなくオレの負けが確定した。

「あと一人だな」

准悟《じゅんご》が自らボールを取りに行き、軽快《けいかい》にドリブルしながら、「どうする宗佑《そうすけ》」ってニヤニヤしてる。

「もうやめてやってもいいぜ？」

残るはアサミただ一人。後がない。

みんなもう半《なか》ば諦《あきら》めの色が見え始めていた。

未だノーミスの無敵《むてき》バスケ少年に、この華奢《きゃしゃ》で色白な女の子が勝てるわけがない。

そもそも最初から、この勝負に勝ち目などなかったのだ。

口にはしないが、宗佑《そうすけ》もエレナも眉間《みけん》にしわを寄せ、俯《うつむ》いている。

当のアサミも、隣《となり》で小さく蹲《うずくま》ってるし、

「ごめん、みんな……」

オレがそう呟《つぶや》くと、

「まだ終わってない」

不意《ふい》にアサミが、顔も上げずに言った。

見れば、シューズの紐《ひも》をギュッギュッときつく締《し》め直《なお》している。

エレナが、脱《ぬ》いだヒョウ柄《がら》キャップのつばを両手で持ち、

「坂下《さかした》さん、いきなりこんなことに巻《ま》き込《こ》んでしもて、堪忍《かんにん》なぁ」

俯《うつむ》いたまま、もじもじしながら申し訳なさそうに言うと、

「私、頑張《がんば》るから」

アサミはグッと固く口を結び、前を見据《みす》えたまますっくと立ち上がった。

こうして、化石をかけた運命のラストゲームが始まった。

アサミがジャンケンに勝ち、後攻《こうこう》を選ぶと、准悟《じゅんご》は相変《あいか》わらず安定したシュートで、一投目を危《あぶ》なげなく決めた。

これでアサミが外せば、ほぼ、ゲームオーバーだ。そう思ったら、ドクン、と大きく心臓《しんぞう》が脈《みゃく》打《う》った。

三人とも、「頑張《がんば》れ坂下《さかした》さん！」と一声《ひとこえ》かけたら、後はもうただひたすら祈《いの》るしかない。

やつからボールを受け取ったアサミが、その感触《かんしょく》を確かめるように、足元で何度かバウンドさせてる。

そして目を閉じ、何か呟《つぶや》きながら額《ひたい》にボールを当てると、そのままゆっくりと腰《こし》を落とした。

やがて、すっと腕《うで》が伸《の》びたかと思うと、ボールはきれいな放物線《ほうぶつせん》を描《えが》き――

スザッ

静かにネットを揺《ゆ》らした。

「入った！」

宗佑《そうすけ》とエレナが驚《おどろ》いたように飛び上がって、猛烈《もうれつ》に手を叩《たた》く。

「すごい！　ナイスシュートや!!」

はっとして、オレも遅《おく》れて手を叩《たた》く。

それは、目を奪《うば》われるほどに華麗《かれい》なシュートだった。

見た途端《とたん》、心臓《しんぞう》をも奪《うば》われてしまいそうな、息苦しさにも似《に》た感覚に襲《おそ》われ、思わず手で胸《むね》を押《お》さえつけたくらいだ。

思いつめたように井戸を覗《のぞ》いたり、オレを睨《にら》みつけたり、悲しみに暮《く》れて泣いたりしてたあのアサミとは違う、凛《りん》と輝《かがや》くポニーテールが、そこにはいた。

喜《よろこ》び勇《いさ》んでいたのも束《つか》の間《ま》、余裕顔《よゆうがお》の准悟《じゅんご》が次のシュートも難《なん》なく決め、アサミの二投目。

足元で何度かバウンドさせた後、何か呟《つぶや》きながら額《ひたい》にボールを当て、ゆっくりと腰《こし》を落とす。

一投目と寸分違《すんぶんたが》わぬ動作で放《はな》たれたボールが、リングには掠《かす》りもせず、またしても静かにネットを揺《ゆ》らす。

「すごいすごい!!」

エレナにつられ、宗佑《そうすけ》もオレも「おっしゃー！」と、飛び上がって手を叩《たた》きまくる。

「いいぞいいぞー！」

「いけいけ！　その調子‼」

運動会のクラス対抗リレーを見てるみたいな興奮《こうふん》が、身体の奥からふつふつと湧《わ》き上《あ》がってきた。

まるで前半に思いっきり離されていたトップとの差を、アンカーがグングン縮《ちぢ》めていくような感覚に、オレたちは完全に息を吹《ふ》き返《かえ》した。

結局、三本勝負では決着がつかなかった。

きっちりと三投目も決めたアサミに対して、

「なかなかやるじゃないですかあ」

なめたようにヘラヘラしていた准悟《じゅんご》だったが、

「見かけない顔だけど、どこのチームだお前」

そう気安く訊《き》こうものなら、

「話《はな》し掛《か》けないでくれる。気が散るから」

チラリとも目を向けてもらえない上に軽く一蹴《いっしゅう》され、そこから先は、やつの顔つきが変わった。

その後、四投目、五投目、六投目と、准悟《じゅんご》が決めればアサミも決め、両者譲《りょうしゃゆず》らずの攻防《こうぼう》が続いた。

ただもくもくとシュートを打っては決める二人の集中力合戦に、オレたちも次第《しだい》に引き込《こ》まれていく。

七投目に入ると、何となく大声を出すのも憚《はばか》られ、三人とも固唾《かたず》を呑《の》んで見守った。来た時よりも少し色濃《いろこ》くなった上之沢《かみのさわ》公園の上を、カワッ　カワッ　とカラスがやたらと大きく鳴《な》きながら素通《すどお》りしていく。

気が付けば、オレたちの影《かげ》も斜《なな》めにだいぶ長くなってきていた。もはや、鳴《な》き頻《しき》るセミの声も風にそよぐ林の音も、まったく気に留《と》まらず、ここにだけ違う時間が流れているかのようだ。

そんな異様《いよう》な緊迫感《きんぱくかん》が漂《ただよ》う中で、准悟《じゅんご》が八投目の構えに入った、ちょうどその時だった。

「サリカちゃーんまたあしたー、バイバーイ」

「うん、バイバーイ」

どこか遠くのほうから、女子たちの声が、風に乗って微《かす》かに聞こえてきた。こんなに静かでなかったら、気付かなかったかもしれない。でも、小さいながらもはっきりと、そう聞こえた。

准悟《じゅんご》の手からボールが放《はな》たれたのは、それとほぼ同時だった。

するとボールは、バックボードで跳《は》ね返《かえ》り、リングの上をグルングルンと二周してから、プイッと外へ弾《はじ》かれた。

「しまった……」

准悟《じゅんご》が頭を抱《かか》える。

ついに百戦錬磨《ひゃくせんれんま》の無敵《むてき》バスケ少年が、シュートを外したのだ。

茫然《ぼうぜん》と立《た》ち尽《つ》くしたのは本人だけじゃない。オレたちもだった。

アサミのドリブルがゆっくりと、しかし否応《いやおう》なしに準悟《じゅんご》を追い立てる。

そのまま表情も変えず、淡々《たんたん》と、フリースローラインの前にアサミは立った。

静まり返った公園に、テン　テン　とボールをバウンドさせる音だけが響《ひび》き渡《わた》る。

アサミは目を閉じ、また何か呟《つぶや》きながら額《ひたい》にボールを当てると、同じようにゆっくりと腰《こし》を落とした。

やがて、すっと腕《うで》が伸《の》びたかと思うと、時間が止まったかのような間の後、

スザッ

ボールにこすれるネットの微音《びおん》が、張《は》り詰《つ》めていたオレたちの心を、一気に解《と》き放《はな》ってくれた。

「うぉぉぉおおおお入ったぁぁぁあああああ‼」

腹《はら》の底《そこ》から絶叫《ぜっきょう》したら、ぞくぞくッと鳥肌《とりはだ》が立った。

みんなでアサミのもとへ駆《か》け寄《よ》って、「やったやった！」「勝った勝った――ッ‼」って飛《と》び跳《は》ねる飛《と》び跳《は》ねる。

アサミも一緒《いっしょ》になって飛《と》び跳《は》ね、そのたびにポニーテールも躍《おど》る、踊《おど》る。

「坂下《さかした》さん、すごすぎや！　うち、もうあかん……っ」

エレナなんかアサミに縋《すが》りついて、小さい子みたいにわんわん泣き出す始末。

オレも宗佑《そうすけ》と抱《だ》き合《あ》って喜《よろこ》んでいたら、急に身体が置き去りにされた。

宗佑《そうすけ》の向かう先には、地べたに両膝《りょうひざ》をつき、がっくり肩《かた》を落としている准悟《じゅんご》がいる。

やつの前に立つと、宗佑《そうすけ》は腰《こし》に手を当て、

「今までにゲットした化石は、俺《おれ》たちが苦労して見つけたものだから、渡《わた》すわけにはいかない」

ビシッと、そう言《い》い放《はな》った。

それでいて、准悟《じゅんご》が何も言い返してこないからなのか、ソワソワと頭をかきながら、

「けど、あの場所ではもう俺《おれ》たちは探さないからさ。それで勘弁《かんべん》してくれよ」

決まりが悪《わる》そうに、そう付け加えた。

准悟《じゅんご》が身体に似合わず小さくなって帰っていくのを見送った後、オレたちは興奮《こうふん》冷《さ》めやらぬまま公園に残り、アサミの大活躍《だいかつやく》に沸《わ》いていた。

「坂下《さかした》さん、何であんなに上手《じょうず》なん？　ほんま、びっくりしたわ〜」

エレナが涙《なみだ》を拭《ぬぐ》いながら笑顔を見せると、

「私ね、こう見えても前の学校でバスケチームに入ってたの」

ボールを片手《かたて》に、照《て》れながらも得意顔のアサミ。

ミニバスケでは、県大会を経て、選抜《せんばつ》メンバーとして全国大会にも出場したことがあるらしい。

どうりで場慣《ばな》れしているわけだ。

「この公園、二階の部屋からちょうど見えるのね。前から男子たちがよくバスケしてるのを見て

て、いいなぁって」

そんなある日の、買い物帰りのこと。

バスケットゴールにつられ、ふらっと公園に立ち寄ってみると、なんとトイレの用具入れの上に、ボールが置いてあるのを発見したのだという。

「え、そこに置いてあったの？」

横から宗佑《そうすけ》が口を挟《はさ》むと、「うん、ほら」と言って、アサミがボールを手渡《てわた》す。

見れば確かに、薄《うっす》らとだが、マジックで書いたような『上之沢公園《かみのさわ》』という文字が。

宗佑《そうすけ》は、「そっか……」と呟《つぶや》いて、また頭をかいた。

「それからちょくちょく、一人で遊びに来るようになったんだぁ」

「そう言えばさ、あれは何を言ってたの？　ボールを額《ひたい》にこうくっつけて目を閉じるやつ」

オレが訊《き》くと、「ああ、おまじないのこと？」とアサミは言った。

「あれはね、ピンチをひっくり返してくれる魔法《まほう》なの」

「魔法《まほう》？」

「うん。普通《ふつう》ああいう時って、自分の目の前のことしか考えられなくなるでしょ？　でも、そういう時ほど気持ちを落ち着かせて、周りの人や、いろんなことに感謝するの。例えば、こんな大舞台《ぶたい》に立てるのは、チームのみんながいて、コーチがいて、このボールや体育館を造ってくれた人がいるから。私が今ここでこうしていられるのは、お父さんやお母さん、お爺《じい》ちゃんやお婆《ばあ》ちゃんのお蔭《かげ》だよ、みんなありがとう、って。そうするとね、不思議《ふしぎ》と気が楽になって、いつも以上に上手《うま》くいくの。これね、初めての大会の時に教えてもらった、究極《きゅうきょく》のおまじないなんだぁ。今でもずーっと私を支えてくれてる、大切な思い出」

「なんか、ええ話やなぁ……」

エレナはまた泣きそうな顔をして、ぐずっと洟《はな》を啜《すす》ってたけど、

「今日は久しぶりに試合の緊張感《きんちょう》が味わえて、楽しかったな」

アサミは晴《は》れやかにそう言って、遠くの景色《けしき》を見るような目で微笑《ほほえ》んだ。

結《ゆ》った髪《かみ》の束《たば》からはぐれた少し短い毛が、汗《あせ》に濡《ぬ》れて頬《ほお》や首筋《くびすじ》にくっついている。

夕暮《ゆうぐ》れ前の金色の陽射《ひざ》しに照《て》らし出《だ》されたその横顔は、何だか眩《まぶ》しくて、大人っぽくて。

なぜだろう、見ているオレのほうが恥《は》ずかしくなって、たまらず目を背《そむ》けた。

アサミを囲《かこ》んでの話は尽《つ》きなかった。

化石探しはできなかったけど、それよりも、もっともっと特別な時間を四人で作り上げたような、そんな充実感《じゅうじつかん》があって。

ずっとこのままここにいたいな、みんなもそう思ってくれてたらいいな……

一瞬一瞬《いっしゅんいっしゅん》、そう思いながら過ごした。

第五章

古井戸《ふるいど》の中の明日

1

「それじゃあ、またね」

道路まで上がると、アサミが手を挙げて坂道のほうへ駆《か》け出《だ》す。

「おう！」「うん、また！」

「また遊ぼなあ！　絶対《ぜったい》やでー!!」

オレたちは、ポニーテールが振《ふ》り返《かえ》るたびに手を振《ふ》って、その姿《すがた》が見えなくなるまで見送った。

「明日も天気よさそうやな」

夕焼けが始まった空を見上げながら、エレナがキャップを被《かぶ》り直《なお》す。

「さ、うちらも帰ろか」

淡《あわ》く赤みがかった道を、ヒョウ柄《がら》キャップを先頭に歩き出す。

トコトコと、三人の足音だけが聞こえる時間が少しあってから、

「そう言えば宗佑《そうすけ》くん」

エレナが唐突《とうとつ》に振《ふ》り返《かえ》って、ニッコリと微笑《ほほえ》む。

キャップの下の八重歯《やえば》がキランと光るのを、オレは見逃《みのが》さなかった。

「昨夜《ゆうべ》はサリカちゃんとうまいこといったん？」

「あ、ああ、まぁな」

「なんや、浮《う》かない顔して〜」

気のない返事をする宗佑《そうすけ》の顔を、嬉《うれ》しそうに覗《のぞ》き込《こ》みつつ、

「ははーん、さては今からもう盆祭《ぼんまつ》りに緊張《きんちょう》してるんやろ〜？」

この、この、と肘《ひじ》で小突《こづ》きながら、いつもの調子で冷やかしにかかるエレナ。

ところが、

「別に……そういうわけじゃねえよ。もうその話はいいって」

いつになく素《そ》っ気《け》ない宗佑《そうすけ》の態度《たいど》に、エレナは一変、言葉を詰《つ》まらせた。

あれ、何か変だな、と思い、どうにか場を繋《つな》ごうと試《こころ》みるも、オレだけが空回りしてる感じで二人の距離《きょり》はまったく縮《ちぢ》まらない。

そうやって、どことなく重い空気が漂《ただよ》ったまま、丸井理容室《まるいりようしつ》の前まで来て、

「じゃあまた明日」

宗佑《そうすけ》がいつものように手を挙げた時だ。

「宗佑《そうすけ》くん」

急に呼《よ》び止《と》めるなり、エレナは冷ややかな口調《くちょう》で言った。

「明日からはもう、うちとは一緒《いっしょ》におらんほうがええと思う」

「え、何でだよ」

宗佑《そうすけ》が怪訝《けげん》そうに振《ふ》り返《かえ》る。

「けじめや。思いを伝えた以上、サリカちゃんを不安にさせるようなことは慎《つつし》むべきやで」

「そんなの……別にお前は関係ないだろ」

むっと口を尖《とが》らせ、目を逸《そ》らす宗佑《そうすけ》に、

「関係ない？」

エレナは一旦《いったん》詰《つ》め寄《よ》るも、一呼吸《ひとこきゅう》置くと、ふんと鼻で笑った。

「せやな、もううちには関係あらへんことやな」

「だから、そういう意味じゃなくて」

「あ〜せいせいする。これで肩《かた》の荷《に》が下りるわ。化石もそこそこ見つかったことやし、あとはもうお互《たが》い新学期まで自由の身やな。ほな、さいならバイバイ」

「おい、ちょっと待っ……」

「行こう燈馬《とうま》くん」

「え、うわッ！」

ぐいっと、有無《うむ》を言わさず腕《うで》を引《ひ》っ張《ぱ》られ、コケそうになるのを何とか立て直す。

「おいエレナ、エ　レ　ナ！　おいってば‼」

宗佑《そうすけ》が必死に呼《よ》び止《と》めるも、エレナはろくに振《ふ》り向《む》こうともせず、「盆祭《ぼんまつ》りバッチリきめていきやー！」と、ぶっきらぼうに大声を張《は》り上《あ》げるだけで。

オレは戸惑《とまど》いながら何度も後ろを振《ふ》り返《かえ》りつつ、半《なか》ば連行される形で帰路に就《つ》いた。

「いやー、しかし今日はびっくりさせられたわ。ほんまはあの子、あんなに明るくて活発な性格《せいかく》やったんやな」

最初の角を曲がると、すぐに腕《うで》は解放してくれて、いつものエレナがいつもの親しげな口調《くちょう》で、いつものように話《はな》し掛《か》けてくる。

「坂下《さかした》さんなら学校でも十分やっていけると思うし、うちもええ友達になれそうや。それにしても燈馬《とうま》くん、どうやって誘《さそ》い出《だ》したん？」

今日はまたやけに会話のテンポが速いな、とか思いながら、あれから毎日のように家に通い続けていたことを明かすと、

「そうなんや……」

エレナは急に改《あらた》まった調子で、「協力《きょうりょく》する言うといて、申し訳ない」と、わざわざ立ち止まって頭を下げた。

「せやけど、ちょっと羨《うらや》ましいわ」

顔を上げるなり、今度はオレンジ色に染《そ》まった空を見上げ、「はあ」と浅く息をつく。

「こんなに自分のことを気にかけてくれる男の子が傍《そば》におるなんて、坂下《さかした》さんは幸《しあわ》せ者《もの》や」

さすがにちょっと照《て》れくさくなって、「一応、任務《にんむ》だからさ」と、つい口が滑《すべ》ってしまったのだが、

「ニンムて？」

「あ、いや、何でもない」

エレナはそれ以上追及《ついきゅう》するわけでもなく、「しかし宗佑《そうすけ》くんも冷たいもんやな」と、俯《うつむ》き加減《かげん》で歩き出した。

「服買うんも付《つ》き合《お》うたり、いろいろアドバイスしたり、あれだけ応援《おうえん》してあげてんで。報告くらい、ちゃんとしてくれてもええやんか。ま、うちには関係ないことやけど……」

独《ひと》り言《ごと》みたいにブツブツ言って、いつになくしんみりしてる。

そうかと思えば、「な、な、花火見た？　綺麗《きれい》やったなあ、感動したでー」って急にはしゃぎ出すし。

「やっぱり花火大会いうんはあれや、桟敷席陣取《さじきせきじんど》って大勢でワイワイ騒《さわ》ぎながら見るんが一番やな。花火終わった後もなあ、親戚《しんせき》みんなで夜店めぐったり、遅《おそ》うまで遊んでめっちゃ楽しかったわー」

それを聞いた瞬間《しゅんかん》、オセロで端《はし》っこを取った時みたいに、すべてが一遍《いっぺん》に繋《つな》がった。

まるで黒かった部分がみるみる白に変わっていくかのように、エレナの本当の気持ちが分かったんだ。

分かったら黙《だま》ってはいられなくなって、

「何で、わざわざそんな嘘《うそ》をつくの」

ズバリ、訊《き》いてしまった。

そしたら、マンガならギクッという効果音でもつきそうなくらいに、「な、なんて!?」って驚《おどろ》いてる。

「実は昨夜《ゆうべ》、とみやま公園できみのこと見かけたんだ、一人でブランコに乗ってるとこ」

するとエレナは、「あっちゃー、見られとったんか……」と、ばつが悪《わる》そうに目の辺りを手で覆《おお》った。

俯《うつむ》き加減《かげん》のまま、暫《しば》しその場に佇《たたず》んだ後、

「しゃーないな」

エレナはゴホンと咳払《せきばら》いをしてから、あっけらかんと「せやねん」って顔を上げた。

「昨夜《ゆうべ》は最初から親戚《しんせき》なんて来る予定もなかったし、ほんまは誰《だれ》とも遊びに行かんかってん。何でか言うたら」

フッと、力の抜《ぬ》けたような苦笑《にがわら》いを浮《う》かべてる。

「二人が仲良う歩いてるところを見るんは、さすがにきっついなぁ思て」

つまりそれがどういうことを意味するのか、そのくらいオレにだって分かる。

いや、言われなくたって既《すで》に分かってたことだ。

だけど、

「騙《だま》すつもりはなかってん、堪忍《かんにん》してや」

「違うよ、そうじゃなくて、オレが言いたいのは……」

「うちはこれでええねん」

オレがその先を口にする前に、エレナの明るい声が真《ま》っ向《こう》からそれを遮《さえぎ》った。

「うちな、卒業したら、大阪《おおさか》に帰らなあかんねん。それは、ここに来る前から決めてたことやってん」

ここへ転校してきたのは、お父さんの仕事の都合《つごう》だったらしいのだが、実は地元である大阪《おおさか》に目指している中学校があり、今までそのために勉強も頑張《がんば》ってきたのだという。

「せやから、ほんまはこの時期、遊んでる暇《ひま》なんかないんやけど、分かってるけど……今年の夏は一生に一度しかないやんか。ここで過ごす小学生最後の夏休みに、何か心に残るような、楽しい思い出がほしいなぁて、そう思てたんや」

エレナは、だいぶ青みの強くなった夕空を見上げた。

「けど、それはうちの勝手な都合《つごう》やろ。宗佑《そうすけ》くんかて小学生最後の夏休みや。大切な時間を誰《だれ》とどう過ごしたいかは、宗佑《そうすけ》くん自身が決めることやし」

幸いクラスも班《はん》も同じで、一緒《いっしょ》に行動する機会がないわけではない。

だから、サリカとのことを噂《うわさ》に聞いてから、自分の気持ちは絶対《ぜったい》に打ち明けまいと、そう心に決めたのだという。

「エレナは、それでいいの？」

「いいも悪《わる》いも……十分幸《しあわ》せやったで、うちは。ただ、今までどおりでいられなくなるとしたら、ちょっと寂《さび》しいけどな」

エレナはまた少し俯《うつむ》いて、

「こんなこと、宗佑《そうすけ》くんに言うたら絶対《ぜったい》あかんで。もう友達でもおれんようになるから……」

消え入るような声で、そう呟《つぶや》いた。

もの凄《すご》く、何か言いたかった。言ってあげたかった。

胸《むね》の中で、哀しさのような悔《くや》しさのような感情がぐちゃぐちゃに入《い》り混《ま》じってて。

だけどそれをどう言葉にすればいいのか分かんなくて。

焦《あせ》る自分に苛立《いらだ》ちながら、どうしようもなく塞《ふさ》ぎ込《こ》んでいたら、

「以上、現場から結城《ゆうき》特派員がお送りしましたっ！」

ニヒヒヒといつものように笑って、「ほなね！」と、エレナは勢《いきお》いよく駆《か》け出《だ》した。

とみやま公園の葉桜並木《はざくらなみき》が、薄闇色《うすやみいろ》に染《そ》まっていく。

オレは、あんなに仲の良かった二人がすれ違っていくのを目の当《ま》たりにしながら、どんどん小さくなっていくヒョウ柄《がら》キャップを、もどかしい気持ちで見送った。

ティリリリリリ　ティリリリリリリリ

お風呂《ふろ》から上がって麦茶を飲んでいると、突然《とつぜん》電話が鳴《な》った。

テレビが面白《おもしろ》かったから動きたくなかったんだけど、仕方くなく受話器を取ると、

「もしもし、あ、燈馬《とうま》？」

電話はお母さんからだった。

お婆《ばあ》ちゃんに用があったみたいなんだけど、今入浴中だと伝えると、また後でかけ直すって。

「お盆《ぼん》には予定どおり行けるからね。どう、元気にしてる？　寂《さび》しくない？」

「あ、うん、うん、大丈夫」

テレビが気になって適当《てきとう》に受け答えしてたら、「じゃあね」って電話は切れた。

それから暫《しばら》くして、また電話が鳴《な》った。

まだお婆《ばあ》ちゃんはお風呂《ふろ》から上がってないし、面倒《めんどう》くさくて、「はい、まだだけど」って出たら、

「おう、燈馬《とうま》、俺《おれ》」

違った、お母さんじゃない。

「あ、宗佑《そうすけ》？　なに、どうしたの」

「あのさ……」って言ったっきり少し間があって、「エレナにかけても繋《つな》がんないんだけど、どうしよう」って。

随分《ずいぶん》と声が沈《しず》んでるように聞こえる。

テレビのボリュームを下げて、「どうしようって？」って聞き返したら、

「それでさ、突然《とつぜん》で悪《わる》いんだけど、明日の午前中って、ひま？　ちょっと話したいことがあるんだ」

そう言われたんだけど、明日は朝からお婆《ばあ》ちゃんとお墓掃除《はかそうじ》に行く予定になってるし、午後は宗佑《そうすけ》が都合《つごう》よくないらしい。

「なんだよ、電話でいいじゃん」

オレが促《うなが》すと、受話器の向こうで考《かんが》え込《こ》むような気配《けはい》があってから、「俺《おれ》、どうしたらいいか分かんないんだよ」と宗佑《そうすけ》は切り出した。

「あいつさ、勘違《かんちが》いしてるんだ。でもわざわざ言うことじゃねえしさ、っていうか言っちゃだめな気もするし、いや、やっぱり言わないと分かってもらえないと思うんだけど、こういう時どうすればいい？」

「おい、全然意味が分かんないよ。落ち着いて話せよ」

「だからさ、昨日《きのう》の花火大会のことなんだけど――」

さっぱり要領を得ない宗佑《そうすけ》の話をまとめると、まず、元々花火大会に誘《さそ》ったのは宗佑《そうすけ》でなく、サリカのほうからだというのだ。

当然「うぇ――ッ!?」って凄《すさ》まじく驚《おどろ》いたけど、どうやらマジらしい。

一か月ほど前のある日、例の美少女サリカが（正確にはサリカ本人ではなく、サリカに頼《たの》まれた友人が）伝えに来たらしく、その際《さい》にこう言われたのだという。

「あのね、サリカちゃん今年もたくさんの男子から誘《さそ》われると思うの。でも正直《しょうじき》、毎回断《ことわ》るのに大変な思いしてるんだって。あの子やさしいから、断《ことわ》り切《き》れないこともあったりして、結構深刻《けっこうしんこく》に悩《なや》んでるみたいなんだよね。それでね、蓑田《みのだ》くんさえよかったら、『誰《だれ》よりも一番先にサリカちゃんを誘《さそ》った男子』ってことにしてくれないかな。そうすれば、もう先約があるからってサリカちゃんも断《ことわ》りやすいし、誰《だれ》も傷《きず》つかなくて済《す》むでしょ?」

要するに、周囲には宗佑《そうすけ》から誘《さそ》ったように振《ふ》る舞《ま》ってほしい、とお願《ねが》いされたわけだ。

サリカのことは、一年生で同じクラスになった時から気になってはいたし、もちろん今回の誘《さそ》いも嬉《うれ》しくないわけではなかった。

しかし、

「だけどさ、付き合うとかっていう話になると、何か違うような気がして……。っていうか俺《おれ》、何話していいか全然分かんなくてさ」

なんと、昨夜《ゆうべ》の花火大会は、ほとんどサリカと話もせず、ただ一緒《いっしょ》に並《なら》んで夜空を見上げて終わったのだという。

「花火見ながらさ、いろんなことを思い出してたよ。一昨年《おととし》までは俺《おれ》たち二人、花火そっちのけでバカみたいに走り回ってたよな。去年は燈馬《とうま》が来なかったから、クラスのやつらと一緒《いっしょ》にカキ氷を食いながら花火を見たっけな、とかさ」

その時にはエレナも一緒《いっしょ》で、物珍《ものめずら》しい関西弁《かんさいべん》転校生女子のテンションが面白《おもしろ》くて、めちゃくちゃ盛り上がったらしい。

それを機《き》に、エレナとは親友みたいに何でも話せる間柄《あいだがら》になっていったのだと、宗佑《そうすけ》は言った。

「それなのに……今年はお前も来てるってのに、俺《おれ》何やってんだろって、ずっとそんなことばっか考えてたらさ、帰《かえ》り際《ぎわ》にサリカがこう言うんだよ、『蓑田《みのだ》くんには、ほかに好きな子がいるみたいだね』って。『今日は来てくれてありがとう、無理なお願《ねが》いをしてごめんね』って泣きそうな顔してさ。俺《おれ》もう何だか自分が最低なやつみたいに思えてきて」

「告白、しなかったんだ」

「うん。だって俺《おれ》……」

その後の言葉がなかなか返ってこないから、「もしも今日さ、電話が繋《つな》がってたら、エレナに何て言おうと思ってたの」って訊《き》いてみた。

すると、

「分かんないよ、そんなの。謝るのも変だし、何をどう話せばいいのか……だから困《こま》ってんだろ」

宗佑《そうすけ》は、少しムッとしたように言葉を濁《にご》した後、

「ただ、あいつといると、何やってても楽しいんだよな。だから、また一緒《いっしょ》に遊びたいって、言ってたかも……」

ボソボソと、そう付け加えた。

「そっか」

エレナの本心を知っているオレとしては、心の中でホッと一安心《ひとあんしん》しつつ、

「とりあえず盆祭《ぼんまつ》りは、いつものようにオレと遊ぼうぜ」

そう言って電話を切った。

2

ふと気が付くと、白や黄色《きいろ》、ピンクの小さな花々が一面に広がる草原の中に、オレはいた。

トーマス――

声のほうを振《ふ》り返《かえ》れば、霞《かすみ》がかった青いボディースーツが、そこにふんわりと立っている。

例のごとくユリカポが、睡眠中《すいみんちゅう》のオレの脳波《のうは》に直接働きかけてくれているようだ。

「やあユリカポ、どうしたの」

「チヒャロットからの伝言です。今夜、当局《とうきょく》からの通達を持って伺《うかが》えそうだ、ということです」

「もしかして、アサミを元の世界に帰す日が決まったとか？」

「ええ。ですが、詳《くわ》しくはその時に」

「え、わざわざ夢《ゆめ》の中に出てきてそれだけ⁉　じゃあ、ついでにちょっと訊《き》きたいことが……」

「では、後ほど」

「あ、待ってよユリカポ！」

スーッと煙《けむり》のように消えていくユリカポに向かって、「おーい！」と、ありったけの声で叫《さけ》びながら——


目が覚《さ》める。

チュン　チュンチュン　チュチュン

真《ま》っ白《しろ》に光る障子《しょうじ》の向こうで、賑《にぎ》やかなスズメたちの鳴《な》き声《ごえ》がする。

もう朝か。

「くぅ……っあー！」

大きく伸《の》びをしつつ部屋の中を見回せば、毎朝のことながら、どうしても壁《かべ》にかかったあの写真に目がいってしまう。

木製《もくせい》の大きな額《がく》に入れられた、ＳＬ機関車がもくもくと煙《けむり》を吐《は》きながら迫《せま》ってくる白黒の写真。

いつも、ここはやっぱりオレが元々いた世界とは別の世界なんだな、と改《あらた》めて思い知らされる瞬間《しゅんかん》だ。

今朝もまた、その写真を見ながら寝《ね》ぼけ頭《あたま》でボーっと考える。

オレやアサミが別の世界から来た人間だなんて言っても、誰《だれ》も信じないんだろうな、とか。

なぜこの世には、パラレルワールドなんてものがあるんだろう。しかも無数にあるなんて、とか。

例えば絵の具セットみたいに、赤の世界、青の世界、黄の世界、緑の世界というふうな、見た目のまったく異《こと》なる世界が十二種類あるっていうんなら、まだ何となく分からなくもない。

でも、一見ほとんど変わらないそっくりな世界が、数限《かずかぎ》りなくたくさん存在《そんざい》する意味なんてあるのだろうか。つくづく不思議《ふしぎ》だ。

まあ、ほとんど変わらないからこそ、こうして何不自由《なにふじゆう》なく普通《ふつう》に生活でき、充実《じゅうじつ》した夏休みが送れてるんだろうけど。

調査《ちょうさ》は順調《じゅんちょう》らしいし、オレが元の世界に帰れる日も近いはず。

きっと、もうすぐこの世界ともお別れだ。

「お別れ、か……」

昨夜《ゆうべ》からずっと考えていたことがある。

アサミを盆祭《ぼんまつ》りに誘《さそ》い出《だ》そうか、どうしようかって。

いや、いつものように家まで行って声をかければいいわけだし、もうそれなりには打《う》ち解《と》けたと思うし、何も難《むずか》しいことなんかないってのは分かってる。

分かってるんだけど、なんていうか緊張《きんちょう》しちゃって。

これまでオレは、任務《にんむ》を遂行《すいこう》すべく調査隊《ちょうさたい》の一員としてアサミに関わろうとしてきた。

元はと言えば、オレの勘違《かんちが》いのせいでこんなことになってしまったんだから、それは当然の役目であり、その責任《せきにん》がオレにはあるのだと自分に言い聞かせて。

だけど、今回は違う。

小学生最後の夏休みに、この世界で過ごす最後の夏に、楽しい思い出がほしいと思ったんだ。

こんなこと、今まで考えたこともなかったのに、昨日《きのう》のエレナの言葉が、すごく耳に残ってて。

そう。大切な時間を誰《だれ》とどう過ごしたいかは、自分自身が決めること。

アサミにも、どうせなら「この世界に来てよかった」っていう気持ちで帰ってもらいたいし。

本当はチヒャロットたちに相談したかったんだけど……ダメだとは言わないよね。

「よし、決めた」

やっぱり思い切って誘《さそ》ってみよう。

そしたら、およそ一年もの間さ迷《まよ》い続けたこの世界から、何も思い残すことなく帰れる気がする。

あの壁《かべ》に富士山《ふじさん》のカラー写真が飾《かざ》ってあって、漢字《かんじ》の『月』の中の横線がちゃんと三本ある、元の世界へ——

いつもより早めに朝《あさ》ご飯《はん》を食べ、お寺に向かう。

毎年、お墓掃除《はかそうじ》には、お母さんとお婆《ばあ》ちゃんと三人で出掛《でか》けていたから、お婆《ばあ》ちゃんと二人で行くのはこれが初めてだ。

お寺は、歩いて行ける距離《きょり》ではあるんだけど、階段が結構《けっこう》長い上に急で、お婆《ばあ》ちゃんは途中《とちゅう》何度も休憩《きゅうけい》する。

だから、バケツもほうきも草取りのやつも、あとお婆《ばあ》ちゃんのバッグも、全部オレが持ってあげた。

階段を上りきったところで待ってたら、「燈馬《とうま》は偉《えら》いねえ、助かった」って褒《ほ》められて。

いい子だいい子だ言うから、「今年はオレが草取りやるよ」って調子よく買って出たんだけど、いざお墓《はか》に着いてみたら超《ちょう》草ボーボーで参った。

「一生懸命《いっしょうけんめい》やると、ご先祖様《せんぞさま》が喜《よろこ》んで、いつも見守ってくれるよ」

そう言われちゃあ、もうやるしかないよね。

そんで張《は》り切ってガツガツやってたら、汗《あせ》かくわ蚊《か》に刺されるわ蜂《はち》に追い回されるわで、マジ疲《つか》れた。

ヘトヘトで帰って来てお昼《ひる》ご飯《はん》を済《す》ませた後、今度は探し物だ。

エレナの電話番号を書き留めたメモを、どこにやったか分かんなくなっちゃって。

家中を探したのに見つからないし、お婆《ばあ》ちゃんは昼寝中だし、ほとほと困《こま》り果《は》ててたら、

ドサッ

不意《ふい》に座敷《ざしき》のほうで、何か重たそうなものが落ちるような音がしたんだ。

何事《なにごと》かと行ってみたら、オレのリュックが畳《たたみ》の上に転がってて、宿題のドリルとかノートが散《さん》乱《らん》しているではないか。

ちゃんとフックにかけてたはずなのに、おかしいなと首を傾《かし》げていると、

「あれ？」

散らばったノートの横に、見覚えのある紙切れを見つけた。

「あ、これだ！」

なんという偶然《ぐうぜん》だろう。まさかリュックの中にあったとは。

大事なものとして、無意識にしまったのかもしれない。

そうか、これはきっとお墓掃除《はかそうじ》の御利益《ごりやく》に違いない。そういうことにしよう。

さっそくエレナに電話をかけると、三回目の呼《よ》び出《だ》し音《おん》が鳴《な》り終《お》わる前に、

「どないしたーん？」

いつもの軽快《けいかい》な関西弁《かんさいべん》が、受話器の向こうから聞こえてきた。

予想以上にすぐ繋《つな》がったもんだから、面食らいつつ、静かに深呼吸《しんこきゅう》してと。

「あのさ、いきなりで悪《わる》いんだけど、お願《ねが》いがあるんだ」

「お願《ねが》い？」

「うん。坂下《さかした》さんのことで、ちょっと」

「お、なんやなんや、言うてみい？」

「オレ明日の夜、坂下《さかした》さんを誘《さそ》って盆祭《ぼんまつ》りに行こうと思うんだけど……エレナも、来てくれないかな」

「……」

返事を躊躇《ためら》うような無言《むごん》が、耳に伝わってくる。

「オレ、まだ、その、上手《うま》く話したりできそうにないし、エレナがいてくれると助かるんだけどな。あ、ほら、そのほうがあの子も楽しいだろうし、頼《たの》むよ」

ドキドキしながら沈黙《ちんもく》に耐《た》えていると、微《かす》かな息遣《いきづか》いの後、「もう、しゃあないなあ」と、大げさに呆《あき》れてみせるような間延《まの》びした声が返ってきた。

「ほかでもない燈馬《とうま》くんの頼《たの》みやもんな。よっしゃ、いっちょ行ったるわ！」

「ありがとう、マジ恩《おん》に着るよ！」

何とか作戦どおりエレナを誘《さそ》い出《だ》すことに成功したオレは、その勢《いきお》いでアサミの家へと急いだ。

別に急ぐ必要もないんだろうけど、こうして走ってると、どんどん楽しくなってくるんだ。

玄関《げんかん》の前で息を弾《はず》ませながらインターホンを押《お》すと、アサミはすぐに出て来てくれた。

「よかった、いてくれて」

「どうしたの、そんなに慌《あわ》てて」

「うん、まだはっきり日にちは分かんないんだけどさ、たぶん、もうすぐ元の世界に戻《もど》れそうなんだ」

「ほんと⁉」

やっぱり急いで走って来てよかったな。

嬉《うれ》しそうに目を輝《かがや》かせてるのを見ると、オレも嬉《うれ》しくなる。

「それともう一つ」

オレは息を整えてから、思いきって、

「明日……明日の夜、一緒《いっしょ》に盆祭《ぼんまつ》りに行こうよ」

ついに言ってしまった！

するとアサミは、「うん、いいよ」って、快《こころよ》くＯＫしてくれるではないか。

と思ったら、お母さんみたいな温かい目で、

「燈馬《とうま》くんって、本当に責任感《せきにんかん》が強い人だよね」

ニコニコしながら、そんなことを言う。

「私なんかのことを気にかけてくれてありがとう。時空《じくう》ナントカの隊員さんも大変だね」

ああそうか、と気付いて、「違うよ」とオレは言った。

「これはその……別に任務《にんむ》とかじゃ、ないから」

「えっ……」

アサミは、目を丸くしたかと思うと、みるみる顔を真《ま》っ赤《か》にして俯《うつむ》いた。

「あー、えっと、じゃあ明日、そうだな、五時くらいに迎《むか》えに来るから」

「う、うん、分かった」

二人とも、途端《とたん》にぎこちなくなってしまった。

このまま帰ったら、明日もこの続きから始まりそうな気がして。

何か言わなきゃ、何か言わなくちゃと焦《あせ》りつつ、

「ところで、最近、お爺《じい》さんを見かけないんだけど」

たわいもない会話の糸口を、どうにか見つけたつもりだったのだが、

「誰《だれ》のこと？」

アサミは急に怪訝《けげん》そうな顔で、「うちにはお婆《ばあ》ちゃんしかいないよ」と言った。

「え、そうなの……」

妙《みょう》だな、とは思ったけど、別にだからどうだという話でもなかったし、オレは何となくそのままお茶を濁《にご》した。

そんなことを気にする余裕《よゆう》もないくらい、のぼせ上がっていたからな。

何しろ、調査隊《ちょうさたい》としても不二代燈馬《ふじしろとうま》としても、いい感じに活躍《かつやく》してる充実感《じゅうじつかん》みたいなもので、オレは満たされていた。

そう。いろいろあったけど、すべてが上手《うま》くいくような気がしていたんだ。

そういう確かな手応《てごた》えを胸《むね》に、オレは意気揚々《いきようよう》と家に帰り、さっそく宗佑《そうすけ》に電話を入れた。

「これでよしと」

今夜はチヒャロットが、トウキョクからの通達とやらを持って来てくれる予定だし、準備《じゅんび》は万《ばん》

端《たん》だ。

いつものようにお風呂《ふろ》と晩《ばん》ご飯《はん》を済《す》ませた後、オレは早々《はやばや》と部屋にこもった。

布団《ふとん》の上に胡坐《あぐら》をかいて、時々ゲーム画面で時間をチェックしながら、待つこと一時間。

「遅《おそ》いな、チヒャロット。忙《いそが》しいのかな」

今か今かとソワソワしてるんだけど、さっぱり現れてくれない。

そのうち、昼間の疲《つか》れもあってか、猛烈《もうれつ》な眠気《ねむけ》が襲《おそ》ってきた。

「やば……」

堪《こら》えきれずに、でっかいあくびを一つ。

「早く来てよ、もう……」

眠《ねむ》るまいとする意志《いし》に反して、だんだんまぶたが重くなってくる。

ぼんやりと、次第《しだい》に意識が遠のいていくのを感じながら――


「!?」

気が付くと、見覚えのある交差点の前に、オレは立っていた。

学校に向かう時、一番最初に渡《わた》る大きな道路だ。

横断歩道の向こう側には、コンビニが見える。

「あれ、ローソン……」

通《かよ》い慣《な》れた、いつもの通学路。

信号が青になり、ピヨピヨ　ピヨピヨ　の音と共に渡《わた》り始《はじ》める。

いつも立ってる交通指導員《こうつうしどういん》のおじさんに、いつものように「おはようございます」って挨拶《あいさつ》すれば、おじさんもニッコリ……

あれ、今日に限《かぎ》って何で無視《むし》するんだろう。

機嫌《きげん》が悪《わる》かったのかな、とか思いながら歩いていると、

「うわッ！」

自転車に乗った高校生っぽいメガネのお兄さんが、すぐ横を猛《もう》スピードですれ違っていく。

「あっぶねえな、もう……」

ぶつかりそうに、いや、ぶつかったかと思うくらい、すれすれだった。

学校に着いたら着いたで、階段のところでも、話に夢中《むちゅう》な女子たちに危《あや》うくぶつかられるところだったし。

いやな気分で教室に入ると、黒板の脇《わき》の日付が目についた。

【8月29日】とあり、曜日を記す下のかっこ内の『月』の文字は、横線がちゃんと三本ある。

やっぱりそうだ。ここは元の世界だ。

いつの間に戻《もど》っていたのだろうか、と首を傾《かし》げていると、

「ん？」

オレの机《つくえ》の上に花瓶《かびん》が置かれ、たくさんの花が生けてあることに気付いた。

「ったく、あいつら」

だいたい見当《けんとう》はついてる。真太《しんた》とか大輝《だいき》たちの仕業《しわざ》だろう。当然イジメとかじゃない。オレたち仲のいい連中の間で時々やる、ただの悪《わる》ふざけ。超《ちょう》ブラックジョークってやつだ。

笑いながら、

「おい、なんだよこれー」

珍《めずら》しくもう席についてる真太《しんた》に話《はな》し掛《か》けたのだが、目を合わそうとしない。大輝《だいき》も照也《てるや》も、ほかのやつらも同じだった。まったく反応《はんのう》がない。

反応《はんのう》がないどころか、みんな随分《ずいぶん》と疲《つか》れたような、元気のない顔をしてる。

茫然《ぼうぜん》としているところへ、錦田《にしきだ》先生が入って来た。今日も土佐犬《とさいぬ》みたいなムスッとした顔して機嫌悪《きげんわる》そう。

だけど、突《つ》っ立てるオレに注意もせず、いきなり出席をとり始めた。

いやな予感がした。

やがて、浜本大輝《はまもとだいき》が返事をした後、その予感は的中した。

先生が次に読み上げたのは、細田清春《ほそだきよはる》だった。オレの名前が飛ばされたのだ。

オレは居《い》たたまれなくなって、教室を飛び出した。

何かまたおかしなことが起こってるみたいだ。

とりあえず家に帰って落ち着こうと、オレは無我夢中《むがむちゅう》で走った。

信じられないくらいの速さで家に着くと、なぜか中へはドアも開けずに入ることができた。

「ただいま……」

リビングに行くと、テーブルのいつもの席に独《ひと》り、お母さんがポツンと座《すわ》っていた。

酷《ひど》くやつれた顔で、ボーっとしている。

「お母さん、ねえ、お母さんってば！　聞こえないの!!」

オレが何を言っても、叫《さけ》んでも、顔を上げてくれない。

と思ったら、

「燈馬《とうま》……」

ついに名前を呼《よ》んでくれた。

「オレだよお母さん、ここにいるよ！」

しかしお母さんは振《ふ》り向《む》きもせず、何度もオレの名を口にしながら、すすり泣きを始めた。

ブツブツと何か言いながら、両手で頭を抱《かか》えている。

近くまで寄ってみると、「ごめんね、燈馬《とうま》」って聞こえてきた。

「お母さんのせいだね……仕事なんか休めばよかったのよ。一緒《いっしょ》に行っていたら、こんなことにならなかったかもしれないじゃない。そうよ、私のせいだわ。ごめんね燈馬《とうま》。お母さんのせいで、ごめんね、ごめんね……」

ふと、ほのかに煙《けむ》るような、嗅《か》ぎ覚《おぼ》えのある甘《あま》い匂《にお》いがしてきた。

胸《むね》を突《つ》き破《やぶ》りそうな鼓動《こどう》を抑《おさ》えながら、隣《となり》の和室を覗《のぞ》くと、そこには——

「何だよ、これ……」

そこには、仏壇《ぶつだん》の真ん中で笑う、オレの写真があった。

3

目が覚《さ》めると、まるでTシャツを着たままシャワーを浴びたかのように、身体じゅうが汗《あせ》だくになっていた。

「夢《ゆめ》か……」

心臓《しんぞう》がまだバクバクしてる。

襖《ふすま》、畳《たたみ》、壁《かべ》、天井《てんじょう》、照明——

辺りを見回せば、お婆《ばあ》ちゃんちのいつもの座敷《ざしき》だ。

「ああ、びっくりした」

胸《むね》を撫《な》で下《お》ろしていると、

「トーマス、大丈夫？」

後ろにチヒャロットが立っていた。

「当局《とうきょく》からの通達を持って来たわ」と言って、すっとこちらに回《まわ》り込《こ》んでくる。

「あの子が戻《もど》るべきタイミングを、ようやく割り出すことができたの」

「よかった、来てくれて。で、それはいつなの？」

「八月一一日、午後七時三七分から約一三分間、彼女専用のワームホールが出現するわ。場所は同じくあの井戸の中よ」

「一一日……って、明日じゃん⁉」

「ええ。当局《とうきょく》の判断で急遽《きゅうきょ》決まったの。明日のその時間帯に、あなたたちにはもう一度、あの井戸に入ってもらうことになるわね。ただしチャンスは一度きり。失敗は許《ゆる》されない」

「なんか、そう言われると、プレッシャー感じちゃうなぁ……」

「とは言え、中は当然正時流《せいじりゅう》で時空間移動も安全だし、指定の時間さえ守ってくれれば特に問題はないと思うけど」

「そうすれば、井戸に入れれば、アサミは元の世界に戻《もど》れるんだよね」

「そうよ。それがあなたに課せられた、最重要任務《さいじゅうようにんむ》なの」

「よかった……」

オレは再びホッと胸《むね》を撫《な》で下《お》ろした。

「ってことは、その任務《にんむ》が終われればオレも戻《もど》れるわけか。そういうことでしょ？」

「いいえ、それは不可能《ふかのう》よ」

「……不可能《ふかのう》って」

「あなたは、元の世界には戻《もど》れないのよトーマス」

「な、何で⁉　どうしてだよ‼」

「本当のことを話さねばならない時が来たようですね」

いつの間にか、ユリカポもそこにいた。

「実は、私たちはあなたの、言うなれば守護霊《しゅごれい》なのです」

「しゅ、守護霊《しゅごれい》？　幽霊《ゆうれい》ってこと⁉　そんなの嘘《うそ》だ。だって未来から来たって言ってたじゃん」

「あなたが霊《れい》の存在《そんざい》を否定《ひてい》する考えの持《も》ち主《ぬし》であることから、興味《きょうみ》のある対象《たいしょう》へと姿《すがた》を変え、私たちは現れたのです」

「じゃあ、時空統括管理局《じくうとうかつかんりきょく》っていうのは」

「現実には存在《そんざい》しない、架空《かくう》の組織《そしき》よ」

チヒャロットが、ふわりと目の前にしゃがむ。

「でも、時空変動《じくうへんどう》やパラレルワールドに関する情報はすべて本当の話。極秘任務《ごくひにんむ》を命《めい》ぜられ、ここへ派遣《はけん》されたのも本当。もっとも、組織《そしき》じゃなくて霊界《れいかい》からだけどね」

「霊界《れいかい》って……」

いや、そこにショックを受けてる場合じゃない。

トウキョクだろうがレイカイだろうが、今となってはどうでもいいことだ。

「それより、どういうことなの、元の世界に戻《もど》れないって」

「去年、病院で目を覚ます前、何があったか覚えているわね」

「覚えてるよ。アサミと一緒《いっしょ》に、あの井戸に落っこちた」

「そう。あなたは誤《あやま》って井戸に転落してしまった。そして頭部を強打し、致命的《ちめいてき》な損傷《そんしょう》を負った」

「え……」

「つまり、元の世界のあなたは、あの時点で既《すで》に死んでいるの」

「し……死んでる？　オレが⁉」

「正確には、肉体が修復再生不能《しゅうふくさいせいふのう》な状態《じょうたい》になった、と言うべきね」

「ちょっと待ってよ、オレは今ここにいて、ちゃんと生きてるじゃないか」

「先ほどお見せしたのは、夢《ゆめ》ではありません」

薄《うす》く霞《かす》んだユリカポが、そこに立ったまま、「あれが元の世界の現実です」と、表情も変えずに言う。

「人間は、『意識』と『肉体』という、共存する二つの要素《ようそ》から成り立っています。しかし、残念ながら『肉体』のほうには限界《げんかい》があるのです」

「そんなこと言われたって、さっぱり意味分かんないよ。アサミは戻《もど》れるのにオレは戻《もど》れないなんて……」

「では順を追ってお話しします。まず、あなたと彼女の決定的な違いは、井戸に落ちた原因《げんいん》です。

彼女が最初に転落した原因《げんいん》は、乱時流《らんじりゅう》によるものでした。しかし二度目は、あなたとの接触《せっしょく》による物理的な事故。恐《おそ》らく彼女は、その時の違いをはっきりと認識《にんしき》しているかと思われます」

「その時の違い……」

そう言えば、アサミが言っていた。

最初に落ちた時、井戸の中がピンク色やオレンジ色の奇妙《きみょう》な光で渦巻《うずま》いていたと。

そして二人で落ちた時は、確かにただ真《ま》っ暗《くら》で、地鳴《じな》りのような連続した重低音も聞こえなければ、井戸に吸《す》い込《こ》まれるような感覚もなかった気がする。

「彼女は本来、あの時間のあの場所にはいないはずでした。つまりあなたとの接触《せっしょく》もまったくのイレギュラーだったのです。以上のことから、彼女は乱時流《らんじりゅう》の影響《えいきょう》を受けた被災者《ひさいしゃ》として、霊界《れいかい》の保護監察下《ほごかんさつか》に置かれました――」

それからユリカポは、その経緯《けいい》を詳《くわ》しく説明してくれた。

去年の大震災《だいしんさい》は、人間界（いわゆる現実世界）だけでなく、全宇宙規模《ぜんうちゅうきぼ》で、実に様々な分野に影響《えいきょう》が及《およ》んだのだという。

時空変動《じくうへんどう》や乱時流《らんじりゅう》が多発したのもその影響《えいきょう》であり、アサミもそれに巻《ま》き込《こ》まれた一人だったらしい。

これらは、本人の意思と関係なく突発的《とっぱつてき》に運命軸《うんめいじく》を脅《おびや》かすため、霊界《れいかい》はそれを正常化する役目を負っている、というのだが。

「どう、難《むずか》しいわよね。理解できる？」

チヒャロットが、心配そうに下から覗《のぞ》き込《こ》んでくる。

「んー……アサミは本当は井戸に落ちる運命じゃなかったのに落ちたから、霊界《れいかい》が助けてくれる、みたいな」

「だいたい合ってるわね。ユリカポ、続けて」

「今回のケースに限《かぎ》らず、本来なら守護霊《しゅごれい》の働きかけによって、『意識』は容易《ようい》に元の世界へと復帰できるものなのです。しかし当時、彼女には守護霊《しゅごれい》が不在《ふざい》だったため、元に戻《もど》れずパニックに陥《おちい》ってしまった。そこへあなたが現れ、彼女と一緒《いっしょ》に転落してしまった、というわけです」

「ってことは……オレのほうは、最初から井戸に落ちる運命だったってことなの？」

「そういうことになります」

あくまでも冷静なユリカポに、オレは少しイラッときて、「なんだよ」と噛《か》み付《つ》いた。

「二人はさ、オレの守護霊《しゅごれい》だって言ったよね。何でそういう時、助けてくれないの？　死んじゃったら守護霊《しゅごれい》の意味ないじゃん」

「仰《おっしゃ》るとおりです」と、ユリカポは言った。

「無論《むろん》、私たち守護霊《しゅごれい》が、すべての災《わざわ》いを未然に防《ふせ》ぐ役割を担《にな》っているわけではありません。しかしあの時、私たちがいれば、あるいは最悪《さいあく》の事態《じたい》は免《まぬが》れたかもしれません。少なくとも、今回のような深刻《しんこく》かつ複雑《ふくざつ》な状況《じょうきょう》にはならなかったでしょう」

「え、あの時に、いれば？」

「そう。まだ配属《はいぞく》されてなかったのよ」と、チヒャロットが眉尻《まゆじり》を下げる。

「人間界での一生のうち、守護霊《しゅごれい》は必要に応じて何度か入れ替《い　か》わることがあるの。彼女もあなたも、ちょうどそのタイミングだったわけ。だから大事に至《いた》ったのよね。ほら、俗《ぞく》に『運が悪《わる》かった』って言われるような事態《じたい》とか、何をやっても上手《うま》くいかない時期ってあるじゃない。それってね、そういう時に起こるものなの」

守護霊《しゅごれい》の入れ替《い　か》わりには、その人の環境《かんきょう》や立場の変化、それに対応するための調整など、様々な要因《よういん》から時間がかかることもあるという。

その間、場合によっては年単位で守護霊《しゅごれい》が不在《ふざい》になる人もいるらしい。

チヒャロットたちが、オレの新しい守護霊《しゅごれい》として配置についたのも、ついこの間のことだったようだ。

「じゃあ、もしかしてアサミには今も守護霊《しゅごれい》がいないの？」

「いいえ」と、ユリカポが即答《そくとう》する。

「彼女には既《すで》に格《かく》の高い守護霊《しゅごれい》がついています。あなたも会っているはず」

「ん？」って、頭の中で考えを巡《めぐ》らせてみたら、あの厳《いか》めしい顔がパッと浮《う》かんだ。

「まさか、あのお爺《じい》さんが!?」

「彼女の遠いご先祖《せんぞ》に当たるお方です」

「どうりで……」

元々、守護霊《しゅごれい》は決して姿《すがた》を見せないものらしく、仮《かり》に現れようにも普通《ふつう》の人には見えないものだと、ユリカポは言った。

オレにその姿《すがた》が見えるのは、元の世界で死んでしまったため、今は限《かぎ》りなく霊体《れいたい》に近い状態《じょうたい》だからだという。

「私たちも、任務遂行《にんむすいこう》のため、やむを得ずこうして姿《すがた》を現しています。霊界《れいかい》としては、彼女の救出――『意識』を元の『肉体』に戻《もど》すことが最優先事項《さいゆうせんじこう》でした。彼女には然《しか》るべき時に再びあなたと一緒《いっしょ》に井戸の中へ入っていただく必要があり、そのため、まずはお互《たが》いに信頼関係《しんらいかんけい》を築《きず》くことが必須《ひっす》だったわけです」

「ねえ、ちょっといいかな」

胸《むね》の中に湧《わ》いた苛立《いらだ》ちが、噴《ふ》き上《あ》がるように口をついて出た。

「さっきから聞いてるとさ、何だか二人とも冷たくない？」

オレだってアサミのことは助けたい。だから任務《にんむ》は最後までちゃんとやるつもりだ。

だけど、オレ自身が元の世界に戻《もど》れないなんて、やっぱり納得《なっとく》いかない。

「霊界《れいかい》も霊界《れいかい》だよ。井戸に落ちたのは自分のせいだと認めるけど、死んじゃうのは守護霊《しゅごれい》がついてなかったからなんでしょ？　それってそっちの都合《つごう》で、オレの意思と関係ないじゃん。それなのに霊界《れいかい》は、何でオレのことは元の世界に戻《もど》そうとか、助けてあげようとか思ってくれないの？

そんなの不公平だよ」

「私たちだって、できるものならそうしてあげたいわ。でも、これぱかりは無理なのよ。あの時点で彼女の身体は修復可能《しゅうふくかのう》だったけど、あなたの身体は既《すで》に限界《げんかい》を超えていたの」

「だからさ、そこをどうにかしてって言ってるの。いやだよオレ、わけ分かんないまま、いきなりみんなの前からいなくなるような、こんな死に方」

気持ちをぶつけるように二人を見つめると、赤と青がぼんやりと滲《にじ》んだ。

「お気持ちはよく分かります」と、ユリカポは目を閉じた。

「あなた方人間が、この仕組みを理解するのはとても難《むずか》しいことだから」

「そうね」と、チヒャロットが真《ま》っ直《す》ぐ見つめ返してくる。

「でも『肉体』はいつか必ず滅《ほろ》びるの。遅《おそ》かれ早かれ誰《だれ》でもそう。その代《か》わり『意識』は決して消えない。『意識』は目に見えないエネルギーで、自由自在《じゆうじざい》に飛び回ることができるの。あなたも、私たちも、その正体は同じ、『意識』そのものなのよ」

「自由自在《じゆうじざい》にねぇ……。別にオレは飛び回りたくもないけど」

もう何を言っても焼け石に水って気がしてきて、

「そもそもさ、何でパラレルワールドなんていう似《に》たような世界が、無駄《むだ》にいっぱいあるんだろうね」

半《なか》ば放《ほう》り投げるように、オレは訊《き》いた。

するとチヒャロットは目を逸《そ》らさずに、「無駄《むだ》なんかじゃないわ」と跳《は》ね返《かえ》した。

「この宇宙には、ほかにも様々な世界が存在《そんざい》するの。俗《ぞく》に天国とか地獄《じごく》と呼《よ》ばれるような世界だってある。『肉体』を失《うしな》った後、その『意識』の行き先は、それまでどんな生き方をしてきたか、死に方がどうであったかによって、おおよそ分別されるわ。例えば、重大な罪を犯した者は地獄系《じごくけい》の世界へ、天命を全《まっと》うした者は天国系の世界へ、というふうにね。そして、あなたのように不慮《ふりょ》の事故などで突発的《とっぱつてき》に『肉体』を失《うしな》った者は、現状と似《に》た世界の自分と『意識』を同化させ、これまでの人生の続きを送れるのよ。パラレルワールドは、そのために存在《そんざい》しているの」

「人生の続きを……」

「そうやって『意識』は、各々《おのおの》の世界で一定の役割を終えると、今度は霊界《れいかい》でそれぞれ重要な使命を与えられるわけ」

「私たちは今まさに、その段階なのです」とユリカポは言った。

「そして、その使命を無事に果たした後、再び目的を持って然《しか》るべき肉体や物質に宿《やど》る、という流れを繰《く》り返《かえ》すことになります」

「んー……」

「腑《ふ》に落ちないって顔ね」と、チヒャロットがまた覗《のぞ》き込《こ》んでくる。

「どんなことでも訊《き》いていいのよ」

「いや、アサミがちゃんと元の世界に戻《もど》れたとして……何て言うのかな、浦島太郎《うらしまたろう》みたいにならないのかなって。だって、あれからもう一年も経ってるじゃん」

「時間の経過のことね。そうよね、不思議《ふしぎ》に思うわよね。種明かしをすると、時間って本当は流れているわけじゃないのよ。あなたたちの『意識』が移動したりすることで、あたかも時間というものが過ぎていくように感じているだけ。だから、ここで何年過ごそうが、元に戻《もど》った世界ではほんの一瞬《いっしゅん》でしかないの」

どうやら、余計《よけい》な心配だったらしい。

「そっか……。それを聞いて安心したよ。これでようやく、自信を持ってアサミを元の世界に帰せるもの」

あれだけ会いたがっていたお母さんにも会えるだろうし、よかったなと思った。

本当によかったなと、心から思ったんだ。

だけど、そう思った途端《とたん》、目の前の二人の顔が見えなくなった。

ぐっと堪《こら》えたら、喉《のど》の奥が締《し》め付《つ》けられたようになって、胸《むね》が苦しくなった。

だって、死ぬということがどういうことなのか、分かったから。

なぜ、人間が死にたくないと願《ねが》うのか、今ようやくその理由に気付いたから。

そう。オレはもう、あの家には帰れないのだ。もう二度と、会うことができないのだ。

「ねえ、お母さんに、お母さんに、ごめんって、言わせて、よ……っ、死んじゃってごめん、って、お母さんは悪《わる》くっ、ないって、言わせて、お願《ねが》いだか、ら……っ！」

歯を食いしばっても、いくら我慢《がまん》しても、あとからあとから、涙《なみだ》が溢《あふ》れてきた。

昨夜《ゆうべ》の電話の時、もっとちゃんと受け答えすればよかった。

言われたとおりに、宿題も毎日少しずつ真面目《まじめ》にやればよかった。

自分がちっともいい子じゃなかった気がしてきて、あとからあとから、後悔《こうかい》が溢《あふ》れてきた。

「お母さん…ごめん……っ！」

暫《しばら》くの間、自分を抱《だ》きしめるように蹲《うずくま》っていると、

「トーマス」

透《す》き通《とお》ったような澄《す》んだ声が、耳元で囁《ささや》いた。

「あなたは悪《わる》い子なんかじゃないわ。さあ、顔を上げて」

どことなく親しみのあるあの顔が、目の前でぼんやりと微笑《ほほえ》んでいる。

「その気持ちはね、人間にとって必要なものなの。それを各々《おのおの》が経験《けいけん》することで、人間界は成り立っているのよ」

見ていると気持ちが和《やわ》らぐ、その微笑《ほほえ》み。

思えば初めて会った時からそうだったなと、不思議《ふしぎ》に思う。

「死というものがなければ、人間は人間じゃなくなって、物事の正しい判断もできない世の中になってしまう。霊界《れいかい》が彼ら人間に決して宇宙の真理を暴《あば》かせないのは、それが理由なの。だからこそ人間は、何よりも命を大切にし、死を悼《いた》み悲しむのよ」

チヒャロットがそう言うのなら、そういうものなんだろうなと思う。

結局オレは、元の世界には戻《もど》れないけど、幸いこの世界で何事《なにごと》もなかったかのように生き続けていられるのだろう。

だけど。自分が死んでしまった事実なんて、そう簡単《かんたん》に受け入れられそうにない。

「オレやっぱり分かんないよ。これからどうしていいのかも……」

真《ま》っ暗《くら》で何も見えない、深い闇《やみ》の中へ落ちていきそうだった。

底《そこ》のない、あの古井戸《ふるいど》の中へと、また落ちていくイメージしか、浮《う》かばなかった。

そんなオレに、

「一つだけ、いいことを教えてあげる」

手を差《さ》し伸《の》べるように、チヒャロットは言った。

「この宇宙にはね、実は時間というもの自体が存在《そんざい》しないの。でも、人間はそれを自ら創《つく》り出《だ》した。留《とど》まることを知らず、逆《さか》らうことも許《ゆる》されず、過去から現在《げんざい》、そして未来へと流動し続ける四つ目の次元をね。なぜ彼らが、わざわざそんな絶対的《ぜったいてき》なものを創《つく》り出《だ》したか、分かる？　それはね、人として歩むべき道を見失《みうしな》わぬよう、目の前を照《て》らし出《だ》すためなの」

「歩むべき道……」

「あなたたち人間の向かう先には、いつも必ず未来がある。そう。未来しかないの。だから迷《まよ》うことなんてないのよ。あなたはあなたの世界を生きるの。与えられた時間という現実の中で、望むように思うがままに飛び回るの——」

4

——バラバラバラバラ……

トタンの庇《ひさし》を打つ雨の音で、目が覚《さ》めた。

布団《ふとん》から身体を起こし、大きく息をつく。

「いよいよ今夜か」

壁《かべ》にかかったＳＬ機関車の写真を見ながら、寝《ね》ぼけ頭《あたま》でボーっと考える。

チヒャロットの話によれば、オレはいずれ、この世界の自分と完全に同化するらしい。

そうすると、以前ユリカポが言っていたように、すべては夢《ゆめ》の中の出来事《できごと》になってしまうのだろう。

要するに、元の世界の記憶《きおく》だけでなく、この世界に来てからの約一年間の記憶《きおく》も、全部失《うしな》われてしまうわけだ。

つまりは明日、目が覚《さ》めた時には、あの富士山《ふじさん》のカラー写真のこともアサミのことも、覚えていないということか……。

オレは複雑《ふくざつ》な気持ちのまま、いつもより丁寧《ていねい》に布団《ふとん》をたたんだ。

朝《あさ》ご飯《はん》を食べていると、お婆《ばあ》ちゃんがニコニコしながら、「おかわりは？」と訊《き》いてきた。

「今朝はもういいや」と言うと、お婆《ばあ》ちゃんは窓《まど》の外を見ながら、「お墓掃除《はかそうじ》、昨日《きのう》のうちに行っておいてよかったねえ」って。

「お母さんたちに、燈馬《とうま》がぜーんぶきれいにしてくれたって言ったら、びっくりするわねえ」

「うん……」

どうしよう、別に何でもないことなのに、急に込《こ》み上《あ》げてきた。

「ごちそうさま」

たまらず席を立とうとしたら、「少し疲《つか》れてるんじゃないのかい」と言われた。

顔も上げずに、「大丈夫」って返すと、

「ちょうど雨だし、今日はゆっくりしなさいね」

お婆《ばあ》ちゃんのやさしい声に、喉《のど》の奥が焼けたみたいに痛《いた》くなってきて、オレはろくに返事もせず、部屋に駆《か》け込《こ》んだ。

雨は昼過ぎには上がったようだったけど、午後は居眠《いねむ》りするお婆《ばあ》ちゃんの傍《そば》でテレビを見ながら、ボーっとして過ごした。


「いってきまーす」

「はい、楽しんでおいで」

雨上がりの蒸《む》したアスファルトの上を、一歩一歩踏《ふ》みしめるように歩く。

アサミを元の世界へと戻《もど》す時が、刻一刻《こくいっこく》と近付いている。

その時が来たら、オレたちはお互《たが》いのことを忘《わす》れ去ってしまうのだろう。

とは言え、オレがあの時、井戸に落ちて実際《じっさい》には死んでしまったことや、元の世界に戻《もど》れないことは、さすがに黙《だま》っているつもりだ。

もしも、なぜ言わないのかと誰《だれ》かに問われたとしても、うまく答えられる自信はないけど。

黙《だま》っている以上の『いい方法』が思いつかないというか、言ったところでどうにかなるものでもないという、半《なか》ば諦《あきら》めのような気持ちがあるから、かな……たぶん。

そんなことを、あれこれ考えながら歩いていたら、もうアサミの家はすぐそこだ。

胸《むね》の中にある、この得体《えたい》の知れないモヤモヤをどうしていいか分からないまま、インターホンを押《お》す。

すると、「はーい」と応答があった後、少ししてから玄関《げんかん》の戸が開いた。

「お待たせ」

「あ……」

現れたその姿《すがた》に、オレは目が釘付《くぎづ》けになった。

「……これ、変？」

アサミが不安そうに上目遣《うわめづか》いをする。

「いや、全然、変じゃ、ない」

「よかった」って視線《しせん》を落として、はにかんでる。

「お婆《ばあ》ちゃんが、四時までにお客さんのところに行かなきゃいけないからって、随分《ずいぶん》早くからこの恰好《かっこう》でいるんだけど、ちょっと窮屈《きゅうくつ》なんだよね、これ」

紺色《こんいろ》に薄《うす》い青や淡《あわ》いピンクの紫陽花《あじさい》があしらわれたその浴衣《ゆかた》は、女子というより女の人って感じの雰囲気《ふんいき》で。

昨日《きのう》までのアサミとは別人のような、たおやかに佇《たたず》むポニーテールが、そこにはいた。

「もし変だって言われたら、着替えちゃおうって思ってたの」

真《ま》っ赤《か》な帯の、胸《むね》の辺りの隙間《すきま》に手を差し入れてもぞもぞやってるから、

「オレは別に、どっちでもいいけど、それ、すごく、その……似合ってると、思う」

ドキドキしながらそう言うと、

「じゃあ、これで行こうっと」

アサミは舞《ま》うようにくるりと背《せ》を向け、ガラス戸に鍵《かぎ》をかけた。

ポニーテールのてっぺんに結んだ太目のリボンが帯と同じ赤色で、浴衣《ゆかた》にすごく合っている。

わざわざいつもと違う恰好《かっこう》をしてくれたのかと思うと、それだけで胸《むね》が躍《おど》った。

並《なら》んで歩き出すと、アサミは下駄《げた》を気にしつつ、大きめの石や水たまりをよけながら蛇行《だこう》するように坂を下った。

辺りの林がさざめくたび、昨日《きのう》より多めに垂《た》れた横髪《よこがみ》が、耳の脇《わき》で涼《すず》しげにふわり、ふわりとなびいている。

「雨、上がってよかったよね」

「ほんと。でもこれ、ちょっと歩きづらい」

見た目こそすごく大人っぽいのに、時々すべって、「きゃッ！」と小さな叫《さけ》び声《ごえ》を上げては無《む》邪気《じゃき》に笑ってる。

そんな屈託《くったく》のない横顔を見ていたら、なぜだろう、ウキウキした気持ちが、胸《むね》の中のモヤモヤを余計《よけい》に膨《ふく》れ上《あ》がらせた。

本当はすぐにでも今夜のことを教えるつもりでいたんだけど、何となくまだ本題には触《ふ》れたくなくて、オレはただ、楽しそうにはしゃぐアサミを見ていた。

やがて、カラッ　コロン　カラッ　コロンと下駄《げた》が小気味《こきみ》よく響《ひび》き出《だ》した。

坂を下りきって、ちょうど幽霊屋敷《ゆうれいやしき》の横を過ぎたのを機《き》に、

「あのさ、実は今夜に決まったんだ」

オレは思いきって、これからのことをアサミに伝えた。

今夜、七時四〇分くらいに、一緒《いっしょ》にあの井戸の中に入らなければならないこと。

そうすれば、元の世界に戻《もど》れるということ。

そして、元の世界に戻《もど》れば、この世界での記憶《きおく》は失《うしな》われてしまうということを。

すると、

「そう……」

アサミは少しの間黙《だま》ってから、「バカだな私」と呟《つぶや》いた。

「もっと早く燈馬《とうま》くんと話せたらよかった。そしたら、もっといろんなことをして遊べたのに」

しゅんと俯《うつむ》くその横顔で、この子もオレと同じことを思ってくれているのだと分かった。

だけど、そう言ってもらえて嬉《うれ》しい反面、やるせなさはますます募《つの》るばかりだ。

本来なら出会うはずのなかった、オレたち。

そもそも住んでいる世界が違うのだから、当然と言えば当然なんだけど。

それをどうすることもできない無力さこそが、このモヤモヤした気持ちの正体だと気付いた。

「きっと……きっと、また会えるよ」

オレは自分に言い聞かせるように言った。

ふと顔を上げたアサミの目が、「えっ」ともの言いたげに見開いたから、「あ、いや」と言い直す。

「いつか、そっちの世界のオレが花火大会に誘《さそ》った時には、その、よかったら一緒《いっしょ》に……」

アサミは再び俯《うつむ》き、小さくため息をつくと、「ありがとう」と口元《くちもと》にだけ微笑《ほほえ》みを浮《う》かべた。


運動公園へと続く川沿《かわぞ》いの道は、盆祭《ぼんまつ》りに向かう人の波で溢《あふ》れていた。

演歌《えんか》と太鼓《たいこ》の音が大きくなるにつれ、道路端《どうろはし》の夜店の数が増えていく。

その夜店越《よみせご》し、背《せ》の高い金網《かなあみ》フェンスの向こうに、紅白の横断幕《おうだんまく》をまとったでっかい櫓《やぐら》が見えてきた。

お城のように張《は》り出《だ》した屋根のてっぺんからは、まるで巨大《きょだい》ダコの足みたいに、色とりどりの提灯《ちょうちん》が四方八方に張《は》り巡《めぐ》らされている。

それに負けじと、会場の入り口付近には、明々《あかあか》と灯《あかり》を燈《とも》したカラフルな屋台群《やたいぐん》が、所狭《ところせま》しとひしめき合っていた。

『なんとか音頭《おんど》』みたいな、コブシのきいた女の人の歌声が大音量で鳴《な》り響《ひび》く中、「えーっと」

一旦《いったん》立ち止まり、背伸《せの》びして待ち合わせ場所を確かめる。

櫓《やぐら》の周りでは、浴衣姿《ゆかたすがた》の大人たちがぐるぐると何重もの輪《わ》を作って踊《おど》っている。

目印《めじるし》は、「入って右手の脇《わき》のほうに建《た》ってるやつ」らしいけど、あれかな、人が多すぎてよく見えないや。

アサミとはぐれないように後ろを振《ふ》り返《かえ》りながら、ごった返す人の群《む》れをかき分けていくと、目差す記念碑《きねんひ》が近付いてきた。

「あの辺にいるはずなんだけど……」

爪立《つまだ》ち歩きしながらキョロキョロしていると、

「あっ、あれじゃない？」

言うが早いか、アサミはすっとオレの前に躍《おど》り出《で》た。行き交う人を器用によけながら、どんどん小さくなっていく。

オレも急いで後を追うと、いたよ、いたいた。

茶髪《ちゃぱつ》のお団子頭が、石碑《せきひ》の陰《かげ》から怯《おび》えた子猫《こねこ》のように顔を覗《のぞ》かせている。

先に着いたアサミと手を取り合って飛《と》び跳《は》ねてるところへ、オレも駆《か》け寄《よ》ると、

「あかんわ、ここ、目立ちすぎや。もうずっとビクビクもんやってんで！」

エレナはそう叫《さけ》んで、また石碑《せきひ》の陰《かげ》に身を隠《かく》そうとする。

おいおいキミが自分で指定してきた場所じゃん、って突《つ》っ込《こ》もうとしたんだけど、

「え、なに、どしたの？」

アサミがキョトンとしてるから、

「いや、実はさ——」

オレはアサミに、宗佑《そうすけ》とサリカの花火大会にまつわる一連の騒動を説明しがてら、エレナに事の真相を話して聞かせた。

「——というわけでさ、宗佑《そうすけ》は告白なんてしてないらしいんだよね」

「うそやん、信じられへん……」

狐《きつね》につままれたような顔のヒョウ柄浴衣女子《がらゆかたじょし》に、

「えー、私てっきり、エレナちゃんたちって付き合ってるのかと思ってた」

あっけらかんと鋭《するど》く核心《かくしん》を突《つ》くポニーテル。

「そ、そんなわけないやんッ！」

あーあー、浴衣《ゆかた》と同じような色の顔しちゃって。

こんなに慌《あわ》てふためいてるエレナを見るのは初めてだな、などと思っていると、

「エレナ！」

すぐ後ろで、でっかい声がした。

振《ふ》り返《かえ》ると、ブルーのチェックシャツが人ごみの中から颯爽《さっそう》と現れた。

よし、いいタイミングだ宗佑《そうすけ》。

「あかん」

即刻逃走態勢《そっこくとうそうたいせい》に入ったヒョウ柄《がら》女子を、

「お、おい、待てよ！」

ハンター宗佑《そうすけ》がダッシュで追いかける。

「エ レ ナ !!」

大太鼓《おおだいこ》にも負けない、もの凄《すご》い大声が轟《とどろ》き、エレナがピタッと立ち止まる。

「何で逃《に》げるんだよ！」

驚《おどろ》いたように振《ふ》り返《かえ》っていく視線《しせん》たちなど気にもせず、宗佑《そうすけ》はエレナの前に立《た》ち塞《ふさ》がった。

「ちゃんと話を聞けよ」

「別に聞きたないわ」

「何で」

詰《つ》め寄《よ》る宗佑《そうすけ》に、エレナはプイッと横に視線《しせん》を逸《そ》らして、「あんた、アホやろ」と言った。

「ほんまにほんまに、ほんっまにアホやわ。あんなかわいい子と付き合えるチャンスなんて、この先二度とないかもしれんのに……。絶対《ぜったい》に後悔《こうかい》するで」

宗佑《そうすけ》は一旦《いったん》大きく肩《かた》で息をついた後、「そうかもな……」と言って項垂《うなだ》れた。「けどさ」と続ける。

「お前、何で言ってくれなかったんだよ。卒業したら大阪《おおさか》に帰るって、そんな大事なこと」

「へ……」

エレナは目を丸くした後、その目で訴《うった》えるようにオレを見た。

でもその視線《しせん》を、すかさず宗佑《そうすけ》は遮《さえぎ》った。

「それ知ってたら俺《おれ》、断《ことわ》ったのに。花火大会はみんなで楽しく遊びたかったんだ去年みたいに、本当は」

「そんな言われても……うちはただ、宗佑《そうすけ》くんに後悔《こうかい》してもらいたくなかっただけや。ただ、それだけ……」

しおれた花のように俯《うつむ》くエレナに、「だから俺《おれ》は」と、宗佑《そうすけ》は語気《ごき》を強めた。

「俺《おれ》は、小学生最後の夏休みにお前と一緒《いっしょ》じゃないことのほうが、つまんなくて後悔《こうかい》しそうな気がするって言ってんだ」

するとエレナは、両手で顔を覆《おお》ってしゃがみ込《こ》んでしまった。

やがて、ぐずっと洟《はな》を啜《すす》り上《あ》げると、

「なに格好《かっこう》いいこと言うてんねん……あほ」

震《ふる》えるような涙声《なみだごえ》で、そう返した。

とそこへ、

キュイ――――ン

突然《とつぜん》、耳障《みみざわ》りな鋭《するど》い音が場内に響《ひび》いた。

気が付けば、いつの間にか『なんとか音頭《おんど》』が鳴《な》り止《や》んでいる。

続いて、「あ、あ」というおじさんの声が、スピーカー越《ご》しにこだまして聞こえてきた。

「え～ただいまより、フォークダンスタイムがスタートします。老《お》いも若《わか》きも、奮《ふる》ってご参加ください」

今度は、ボワ――ン　ジィ―ジィ――と、さっきのとは違う歪《ひず》んだ重低音が鳴《な》り、間もなくその曲は始まった。

よく知ってる曲だった。運動会でもやったし、キャンプの時にも踊《おど》った、マイムマイムってやつだ。

さっきまで踊《おど》っていた大人たちの集団から、揃《そろ》いの浴衣《ゆかた》を着たグループが一かたまり、二かたまり、うちわで顔を扇《あお》ぎながらどやどやとこちらへ押《お》し寄《よ》せてくると、その人たちと入《い》れ替《か》わるように、小中学生や高校生っぽい人たちが、どんどん櫓《やぐら》に向かって集まり出した。

「俺《おれ》らも行こうぜ」

宗佑《そうすけ》はオレに目配《めくば》せすると、「ほら、行くぞ」とエレナの手を掴《つか》んだ。

そのまま有無《うむ》を言わさず引《ひ》っ張《ぱ》って、大人たちの流れに逆《さか》らうように、櫓《やぐら》のほうへと歩き出す。

「エレナちゃん、よかったね」

アサミが満面の笑《え》みを浮《う》かべて、二人の背中《せなか》を目で追っている。

その横でオレは、無意識のうちにぐッと拳《こぶし》を握《にぎ》り締《し》めていた。

宗佑《そうすけ》と目が合った時、ガツンと一発ぶん殴《なぐ》られた気分だった。

少しショックで、どこか悔《くや》しくて、目が覚《さ》めるようだった。

同時に、ああ、そうかって気付いた。オレは今、生きてるんだ。ここで、生きていくんだ、って。

そう思ったら、居《い》ても立《た》ってもいられなくなったんだ。

「アサミ」

そう。小学生最後の、夏休み。

オレたちの、最初で最後の盆祭《ぼんまつ》り。

そういう特別なお祭りだもの、いつまでも塞《ふさ》ぎ込《こ》んでる場合じゃない。

この大切な時間を、この子と楽しく過ごしたいと、オレが望んだんだから。

この世界に来てよかった。この子にそういう気持ちで帰ってもらいたいって、オレ自身が望んでるんだから。

「オレたちも行こう！」

「うん！」

宗佑《そうすけ》たちが振《ふ》り返《かえ》って、早く来いと手招《てまね》きしている。

呑《の》み込《こ》まれそうな人ごみの中、オレたちはどちらからともなく手を繋《つな》いで、二人のもとへと走った。

5

浴衣軍団《ゆかたぐんだん》の波を抜《ぬ》けると、二重のでっかい人の輪《わ》が、ぐるりと櫓《やぐら》を取《と》り囲《かこ》んでいた。

みんな手を繋《つな》ぎ、曲に合わせてテンポよく飛《と》び跳《は》ねながら、途切《とぎ》れることなく左へ左へ流れていく。

オレたちが駆《か》け寄《よ》っていくと、中学生くらいのお姉さんたちが繋《つな》いでいた手を離し、快《こころよ》く迎《むか》え入れてくれた。

それぞれのお姉さんとエレナ、アサミが手を繋《つな》ぎ、その間に入った宗佑《そうすけ》とオレも手を繋《つな》ぎ、また少し外回りの輪《わ》が大きくなる。

輪《わ》に加わったら、その瞬間《しゅんかん》からもうオレたちは盆祭《ぼんまつ》りの主役だ。

自分のステップが正しいかどうかなんて、これっぽっちも気にしないし、みんなと違ってたって構わない。

手を打つ時の足がどっちだとか、掛《か》け声《ごえ》が「レッサッサ」なのか「ベッサッサ」なのか分かんなくても、そんなのどうでもいいんだ。

だって、ただグルグル回ってるだけでも、なんか知らないけどおかしくておかしくて、笑いが込《こ》み上《あ》げてくるんだもの。

みんなで「マイ　マイ　マイ、マイムレッサッサ！」って、バカみたいに叫《さけ》んでるだけで楽しいんだもの。

左を見れば宗佑《そうすけ》とエレナがいて、右手がアサミの手を握《にぎ》ってて、みんなみんな笑ってて。

そのうち宗佑《そうすけ》が、「おい燈馬《とうま》」って目配《めくば》せしてきた。

視線《しせん》の先を追うと、内回りの輪《わ》の右斜《みぎなな》め前方に、見覚えのある小柄《こがら》なマッシュルーム頭を見つけた。

その脇《わき》には、ヤンキースの帽子《ぼうし》と黒縁《くろぶち》メガネの太っちょくんもいる。

オレたちはニヤリと顔を見合わせ、「マイ　マイ　マイ」の掛《か》け声《ごえ》と共に繋《つな》いでいた両手を振《ふ》り切《き》り、勢《いきお》いよく飛び出した。

宗佑《そうすけ》が蓮《れん》くんと白井《しらい》ごんの、オレは池《いけ》ちゃんの、無防備《むぼうび》なその脇腹《わきばら》を目掛《めが》け、必殺《ひっさつ》ツンツン攻撃《こうげき》！

「うわッ」と飛び上がる三人をほっぽって、元の位置に戻《もど》るオレたちの逃《に》げ足《あし》の速いこと速いこと。

アサミは腹《はら》を抱《かか》えて笑《わら》い転《ころ》げてるし、エレナはエレナで、「ちょう、やめーやそんなガキっぽいこと」って苦笑《にがわら》いしてる。

そのくせこのヒョウ柄《がら》女子ときたら、次の「マイ　マイ　マイ」がきた途端《とたん》、

「うぉら行っけー！」

ドン！　って思いっきりオレたちの背中《せなか》を押《お》すんだもの、勢《いきお》いあまってつんのめった宗佑《そうすけ》に巻《ま》き込《こ》まれ、二人して豪快《ごうかい》に転んでしまったじゃないかよ。

ちょっと膝小僧《ひざこぞう》を擦《す》りむいて痛《いた》かったんだけど、蓮《れん》くんたちは手を叩《たた》いて大爆笑《だいばくしょう》してるし、宗《そう》佑《すけ》もエレナも楽しそうだし、何よりアサミにもの凄《すご》くウケたみたいだったから、オレも声高らかに笑ってやった。

そうやってグルグルと、櫓《やぐら》の周りを何周くらい回っただろうか。

ちょうど三回目の音楽が途切《とぎ》れ、四回目が鳴《な》り出《だ》すほんのちょっとの間に、

「ちょっと休憩《きゅうけい》せえへん、うち喉《のど》カラカラやわ」

エレナがそう言い出して。

いい感じに汗《あせ》もかいていたし、オレたちは一旦《いったん》踊《おど》りの輪《わ》から抜《ぬ》けることにした。

夜店でカキ氷を買い、フェンスに寄りかかって涼《すず》みながら、四人でいろんな話をする。

中でも一番熱い話題は、『イカ焼き』についてだった。

夜店で見かけたそれに、エレナが噛《か》みついたのだ。いや、いきなりヒョウみたいにガブッと食いついたわけじゃないよ、念のため。

夜店で売られていた『イカ焼き』は、串刺《くしざ》しのイカを丸ごと焼いた、お祭りがあれば大抵どこでも見かけるものだった。

それなのにエレナは、「あれ、イカ焼きちゃうで」と、真《ま》っ向《こう》から否定《ひてい》するではないか。

「『イカ焼き』言うたら、小麦粉にイカの切ったやつ入れて、鉄板《てっぱん》で焼いたもののことやで」

「じゃあ、あれは何て呼《よ》ぶの？」とアサミが訊《き》くと、「あれはイカの丸焼きや」って。

『『たこ焼き』言うても、たこの丸焼きちゃうやろ？　『イカ焼き』もそれと同じやねん」

もっともらしい意見に、オレとアサミが「おー」って感心しているところへ、

「はいはい」

宗佑《そうすけ》が横槍《よこやり》を入れてきて、

「ま、美味《うま》けりゃどっちでもいいけどな俺《おれ》は」

ボソッと、興味《きょうみ》なさそうに口出しするや否《いな》や、

「どっちでもよくないわ、アホ！」

「アホとはなんだ、バカ！」

はい、また始まった、東西アホバカ合戦。

本当に漫才《まんざい》みたいに言い合うから、オレもアサミもゲラゲラ笑いっぱなしで。

あまりの騒《さわ》ぎっぷりに、通りすがりの人たちがみんなこっちを見ていく。

目立ってちょっと恥《は》ずかしくもあり、でもそれ以上に誇《ほこ》らしくもあり。

ここにいる大勢の中で、今一番盆祭《ぼんまつ》りを楽しんでるのはオレたちなんだぜ！　って叫《さけ》びたくなるほどだった。

そんな浮《うわ》ついた優越感《ゆうえつかん》みたいなものに浸《ひた》っていると、

「――そろそろよ」

後ろから、透《す》き通《とお》ったような、澄《す》んだ声が話《はな》し掛《か》けてきた。

オレは振《ふ》り向《む》かずに、その指《し》示《じ》を耳だけで聞き取った。

間もなくアサミがトイレに行くと言い出したので、オレは指《し》示《じ》どおりそれに同行した。

歩きながら、時間が来たことをアサミにも伝えると、

「なんか、このまま何も言わずに行くのって、私いやだな」

名残惜《なごりお》しそうに後ろを振《ふ》り返《かえ》ってる。

一応、オレたちが急にいなくなっても、あの二人の記憶《きおく》には何の影響《えいきょう》もないはずだ、ということを説明すると、

「そう……。ならいいんだけど」

アサミは少し寂《さび》しそうにそう呟《つぶや》いた。

どこもかしこも人だらけだけど、特にトイレ周辺の混雑《こんざつ》といったらなかった。

オレたちは仕方なく、各々《おのおの》男子トイレ、女子トイレの列の後ろに並《なら》んだ。

暫《しばら》くして、ようやくトイレ内に入れたものの、中でもまた順番待ちだ。

やっとのことで用を足し、外に出ると、アサミはまだ中にも入れていないようだった。

見上げた空は、もうすっかり闇色《やみいろ》に染《そ》まっている。

傍《そば》まで行って、「あっちの外灯《がいとう》のところにいるから」と指差し、オレはアサミのトイレが終わるのをそこで待つことにした。

ところが、待てども待てどもアサミはなかなか戻《もど》って来ない。

「――少し急がないと」

背後《はいご》でまた声がした。

気が気じゃなくなって、未だ人の絶《た》えない女子側の列の先頭まで様子を見に行くと、ちょうどトイレから出て来るポニーテールが見えた。

すぐオレに気が付いたようで、こちらに駆《か》けてくる。

「ごめんなさい。ほかの三つが急に故障《こしょう》したみたいで、一箇所《かしょ》しか使えなくて」

「急ごう」

オレたちは、人ごみをかき分け、ますます混雑《こんざつ》する会場を後にした。

川沿《かわぞ》いの道に出ると、両腕《りょううで》を広げても人にぶつからない程度になってきて、自然と歩くペースが上がる。

忙《いそが》しく後を追いかけて来る、カラッコロッカラッコロッという小刻《こきざ》みな下駄《げた》の音につられ、更に足が速まる。

道路端《どうろはし》の夜店の数に合わせるように、人影《ひとかげ》も疎《まば》らになってきたので、オレは一旦《いったん》振《ふ》り返《かえ》り、アサミの表情を窺《うかが》った。

まだまだいけそうだと踏《ふ》み、ゆっくり走り出すと、しっかりと後についてくる。

浴衣《ゆかた》の上に慣《な》れない下駄《げた》で大変だろうに、さすがバスケチームで活躍《かつやく》してただけあるな、と感心する。

このペースなら大丈夫だろう。そもそもチヒャロットたちがついてるんだから、心配する必要なんてないのかもしれないいな……。

そんなことを考えられるくらいの余裕《よゆう》を取《と》り戻《もど》しつつ、どんどん遠ざかっていくマイムマイムの物悲しいメロディーに胸《むね》の中を切りつけられながら、先を急ぐ。

そして、来た道のとおり十字路《じゅうじろ》を右に曲がり、反対側の歩道に渡《わた》ろうと縁石《えんせき》に足をかけた時だった。

「キャッ！」

突然《とつぜん》、甲高《かんだか》い悲鳴《ひめい》と共に、リズミカルな下駄《げた》の音が途絶《とだ》えた。

振《ふ》り返《かえ》ると、アサミが地面に倒《たお》れ込《こ》んでいる。

「大丈夫か！」

慌《あわ》てて駆《か》け戻《もど》ると、「平気だよ」と言いながらも顔を顰《しか》めてる。

「ごめんね、急に脱《ぬ》げちゃって」

見れば、下駄《げた》が片方《かたほう》だけ後ろのほうに転がっている。

拾い上げてみると、鼻緒《はなお》の指で挟《はさ》む部分が切れているではないか。

「これだめだ、壊《こわ》れてるよ」

アサミに下駄《げた》を見せると、「やっぱ靴《くつ》だけでも履《は》き替《か》えてくるんだったなぁ」って唇《くちびる》を噛《か》んでる。

「でもこれで諦《あきら》めがついたよ。ずっと走りづらかったの。裸足《はだし》のほうがまし」

アサミはそう言って、もう片方《かたほう》も脱《ぬ》ぐと、「急がなくちゃ」と立ち上がった。

と思ったら、

「痛《いた》ッ」

途端《とたん》に体勢《たいせい》を崩《くず》し、再び倒《たお》れ込《こ》んでしまった。しきりに右の足首の辺りをさすってる。

それでもすぐ、「ごめんね、平気だから」って、両手両膝《りょうひざ》をついた状態《じょうたい》から再び立ち上がろうとするんだけど、右足がまともに地面を捉《とら》えられないでいる。

「無理しちゃだめだって。今ので足をくじいちゃったんだよ、きっと」

「だって、だって時間が……」

悲《かな》し気《げ》なまなざしが、強く訴《うった》えるように見つめてくる。

その真《ま》っ直《す》ぐな瞳《ひとみ》の中には、オレがいた。オレだけしか、いなかった。

改《あらた》めてオレは、ぐッと拳《こぶし》を握《にぎ》り締《し》めた。

「行くよ」

腕《うで》を引《ひ》っ張《ぱ》り上《あ》げてアサミを起こし、片足立《かたあしだ》ちさせると、オレは屈《かが》んで背《せ》を向けた。

「ここに乗って」

「え、やだ、恥《は》ずかしいよ……」

「いいから、早く！」

首に回された遠慮《えんりょ》がちな腕《うで》と背中《せなか》の確かな重みを受け止め、踏《ふ》ん張《ば》って立ち上がる。

少しよろけながら、両腕《りょううで》でアサミの脚《あし》を抱《かか》えて跳《は》ね上《あ》げ、重心を上のほうへと移動させる。

「しっかりつかまってて」

「うん……」

走り出すと、地面を蹴《け》るたびに肩《かた》から腕《うで》、膝《ひざ》に伝わる衝撃《しょうげき》が、オレを下へ下へ沈《しず》めようとする。

まだ大して進んでもないのに、もう腕《うで》が痛《いた》くなってきた。

時々背負《せお》い直《なお》しては、前のめりになって足を送り出してやる。

次第《しだい》にすれ違う人影《ひとかげ》も少なくなり、街灯《がいとう》と街灯《がいとう》の間隔《かんかく》が長くなって、淋《さび》しい道が延々《えんえん》と続く。

「ごめんね燈馬《とうま》くん、大丈夫？」

繰《く》り返《かえ》される、申し訳なさそうなアサミのか細い声。

そんな気遣《きづか》いにも、頷《うなず》くのが精一杯《せいいっぱい》なくらい息が上がってきた。

でも、もうすぐだ。あの角を曲がれば、下之沢公民館《しものさわこうみんかん》が見えるはず。

……ほら、見えた。やっとここまで、来たぞ。もうすぐだ。

くそ、膝《ひざ》がガクガクしてきやがった。息が苦しい。脚《あし》が、思うように上がらない。

だけど、立ち止まるわけには、いかない。オレの任務《にんむ》は、この子を、アサミを、無事に元の世界へ――

「――トーマス」

朦朧《もうろう》とする意識の中で、チヒャロットの声が耳元を掠《かす》めた。

「――急いで。タイムリミットが近付いているわ」

そんなの、言われなくたって分かってるよ。

「――これは不測の事態《じたい》よ。なぜこれだけ大幅《おおはば》に時間のロスが生じるのか、何が起こっているのか、私たちにも分からないの」

なに、どういうこと？

「——よく聞いて。ワームホール消滅《しょうめつ》と同時に、その子は元の世界に戻《もど》れなくなってしまう。今回、霊界《れいかい》が急遽《きゅうきょ》決定を下したのは、元の世界で、彼女の『肉体』の限界《げんかい》が迫《せま》っているからなの」

そ、そんな。

まさかこの子まで……

「——トーマスお願《ねが》い、急いで」

急いでるよ。こんなに急いでるじゃないか。

そこに着くまで、ちゃんと待っててくれるように、霊界《れいかい》に言ってよ。

「——お伝えしたように、ワームホールの開放は一三分間しか許《ゆる》されておりません」

だから、そこをどうにかしてって言ってるの！

頼《たの》むよ、ねえ、ユリカポ、チヒャロット、この子を助けてよ！

「——手は尽《つ》くしています。しかしそこから先は、私たちの力ではどうにもならないのです」

「——あなたたちにとっても、私たちにとっても、すべてはこの任務《にんむ》にかかっているの。トーマス、あなたを信じてるわ」

「くっそぉぉぉおおお————っ‼」

目を剥《む》いて歯を食いしばったら、身体の奥底から熱いものが漲《みなぎ》ってきた。

立ち止まるもんか。

オレの任務《にんむ》は、この子を無事に元の世界へと帰すことだ。

それを果たせなかったら、オレがこの世界に来た意味がなくなってしまうじゃないか。

「冗談《じょうだん》じゃない！　絶対《ぜったい》に間に合わせてやる‼」

オレは走った。

その脚《あし》に全身全霊《ぜんしんぜんれい》を込《こ》め、死《し》にもの狂《ぐる》いで走った。

フラフラになりながら、やっとのことで幽霊屋敷《ゆうれいやしき》の前まで辿《たど》り着《つ》くと、なぜか一部分だけ、ちょうど人が一人通れるくらいの幅《はば》に有刺鉄線《ゆうしてっせん》が切れていた。

アサミをおぶったまま庭に足を踏《ふ》み入《い》れると、井戸のある辺りが薄《うす》ぼんやりと光っている。

「よかった、間に合った」

ところが、よろよろと近づいていくに従《したが》って、その光が徐々《じょじょ》に弱まっていくではないか。

「ちょ、ちょっと待って！」

オレは最後の気力を振《ふ》り絞《しぼ》り、慌《あわ》てて井戸の縁《ふち》まで駆《か》け寄《よ》った。

しかし――

「おい、うそだろ……」

覗《のぞ》いた井戸の中は、あの日二人で落ちた時と同じ、深い暗黒《あんこく》が待ち構えているだけだった。

6

アサミを下ろすのと同時に、オレはその場にへたり込《こ》んだ。

「燈馬《とうま》くんどうしたの、どうなったの？」

不安そうに顔を覗《のぞ》き込《こ》んでくるアサミに、「間に合わなかったんだ」なんて口が裂《さ》けても言えなかった。

オレはこの子に約束したじゃないか。

それなのに、どうすればいい。いったい、オレはどうすれば……

「ねえ、もしかして、私もう」

「そうだ、目を閉じて」

オレはその先を言わせまいと、咄嗟《とっさ》にアサミの頭を両手で挟《はさ》み込《こ》むように抱《かか》えた。

有無《うむ》を言わさず、その額《ひたい》に自分の額《ひたい》を押《お》し当《あ》てる。

「落ち着こう、こういう時こそ落ち着こう」

今更何をやろうとしているのか、自分でもよく分からなかった。

ただ、追《こ》い込まれたこの状況《じょうきょう》を一時的にでも回避《かいひ》できそうな手が、ほかに何も思いつかなかったのだ。

苦《くる》し紛《まぎ》れに目を閉じて、あの時、宗佑《そうすけ》たちをピンチから救ってくれた華麗《かれい》なシュートを思《おも》い浮《う》かべながら、呟《つぶや》いてみる。

「今オレたちがここでこうしていられるのは、ええと、お父さんとかお母さんとか、お爺《じい》ちゃんとお婆《ばあ》ちゃんとか、あと、宗佑《そうすけ》とかエレナとか……あ、そうだ、チヒャロットとかユリカポとか、ご先祖様《せんぞさま》とか、みんなのお蔭《かげ》です。もしも、この世界に来なかったら、アサミには出会えなかったし、一緒《いっしょ》に遊んだりもできなかった。だから……だから、こういう不思議《ふしぎ》な体験をさせてくれてありがとう、みんな。この子に会わせてくれて、本当に本当にありがとう……」

アサミの『あれ』を真似《まね》てやってみただけなんだけど、呟《つぶや》いてるうちに確かにそのとおりだなって思えてきた。

オレたちはいつも、いろんな物や誰《だれ》かのお蔭《かげ》で生きているんだ、って。

そうでなければ、今のオレたちは存在《そんざい》していなかったんだ、って……

「燈馬《とうま》くん、お母さんみたい」

不意《ふい》に、ふふっと含《ふく》み笑《わら》いみたいなのが聞こえたから、オレは急に照《て》れくさくなって顔を上げた。

するとアサミは、目に涙《なみだ》をいっぱい溜《た》めたまま、「思い出すなぁ」って微笑《ほほえ》んでる。

「四年生の時ね、初めて大きな大会に出させてもらったの。でも私、緊張《きんちょう》しちゃって、ミスばっかりしてて。ハーフタイムにコーチに怒《おこ》られて泣いてたら、お母さんが傍《そば》に来てね、こうやっておでこをくっつけて、あのおまじないを教えてくれたの」

そう言うと、今度はアサミがオレに、同じようにして自分の額《ひたい》を押《お》し当《あ》ててきた。

「燈馬《とうま》くんに出会えてよかった。この世界に来てよかった。私に出会ってくれてありがとう。この人に出会わせてくれてありがとう。私なんかのために、こんなに頑張《がんば》ってくれて、本当に本当にありがとね、燈馬《とうま》くん」

「アサミ……」

「でも、もう大丈夫だよ。頑張《がんば》らなくてもいいよ。元に戻《もど》れなくても、お母さんに会えなくても、私、平気だから」

「だめだよ、そんなの！」

オレはその手を振《ふ》りほどき、懸命《けんめい》に笑ってみせるアサミの肩《かた》を掴《つか》んで、「戻《もど》らなきゃだめだ！　きみは絶対《ぜったい》に戻《もど》らなきゃ!!」と、激《はげ》しく揺《ゆ》さぶった——


その時。

「——心の門は今、開かれた」

どこからともなく、しわがれた声が聞こえてきたかと思うと、急に耳がおかしくなった。

いや、そうじゃない。

遠くに聞こえていた微《かす》かなフォークダンスのメロディーや風の音、虫の音、草木のさざめき、そこにあるすべての気配《けはい》が、瞬《またた》く間《ま》に静止したのだ。

アサミも、動かない。まるでオレだけが、時間の外にいるかのようだ。

ゆっくり顔を上げると、ポニーテールの後ろに、あの眼光鋭《がんこうするど》い『モンツキハカマ』のお爺《じい》さんが、腕組《うでぐ》みをして立っていた。

「ようやくこの子にも、本来のあるべき自分を取《と》り戻《もど》す時が訪《おとず》れたようじゃな」

厳《いか》めしい顔で、表情も変えずに言う。

「きみのお蔭《かげ》じゃよ。きみの熱意が、この子をここまで導《みちび》いてくれた。誠《まこと》に有《あ》り難《がた》く、深く感謝しておる」

「あの」

オレは、お爺《じい》さんに負けないくらい目に力を込《こ》めて言った。

「お願《ねが》いです。この子を、この子の意識を、ちゃんと元の世界に戻《もど》してあげてください。この子には、どうしても戻《もど》ってほしいんです。お願《ねが》いします！」

「心配はいらん」

お爺《じい》さんは、オレの目をグッと見つめ返して、「霊界《れいかい》には予《あらかじ》め話をとおしてある」と言った。

「きみや後ろの御二方《おふたかた》には、随分《ずいぶん》と気を揉《も》ませるような事態《じたい》となり、すまないと思っておる。このとおりじゃ」

短く切《き》り揃《そろ》えた白髪頭《しらがあたま》を、深々《ふかぶか》と下げる。

「だが、お蔭《かげ》で、しっかりと役目を果たすことができた」

お爺《じい》さんはそう言うと、口髭《くちひげ》の端《はし》を僅《わず》かに上げ、「これが、わしの任務《にんむ》だったんじゃよ」と微《ほほ》笑《え》んだ。

それからお爺《じい》さんは、「最後まで、宜《よろ》しく頼《たの》むよ」とオレに言い残し、すーっと煙《けむり》のように消えて――


「……くん、ねえ、燈馬《とうま》くん」

気が付くと、オレのほうがアサミに肩《かた》を揺《ゆ》すられていた。

「見て、これ、どうなってるの？」

いつの間にか、井戸からほのかな光が漏《も》れている。

中を覗《のぞ》けば、穏《おだ》やかな浅瀬《あさせ》みたいなブルーグリーンの空間が、そこに広がっていた。

「戻《もど》れるんだ。これで元の世界に戻《もど》れるんだよ」

「……本当に？」

「うん」

「本当に本当？」

「言ったじゃん、責任《せきにん》を持って絶対《ぜったい》に元の世界に帰してあげるって」

オレは立ち上がって、手を差し出した。

その手にアサミが掴《つか》まって、ゆっくりと腰《こし》を上げる。

オレたちは井戸の前で、お互《たが》いに作り笑いするような、ぎこちない顔をして向かい合った。

「先にお別れを言っておくよ。次に目が覚《さ》めた時は、それぞれの場所に戻《もど》ってるわけだから」

「うん……。ありがとう、いろいろ。燈馬《とうま》くんには感謝してもしきれないくらいだよ」

「オレのほうこそ。盆祭《ぼんまつ》り、一緒《いっしょ》に行ってくれて、すごく嬉《うれ》しかった」

「私もだよ、すごく楽しかった。あと、あの、もしよかったら……」

アサミが目を伏《ふ》せて、真《ま》っ赤《か》になっている。

「本当にもしよかったら、なんだけど。いつか、そっちの世界の私を、花火大会に誘《さそ》ってくれたらなって」

「あ……」

そっちの世界に、というフレーズが、チクっと胸《むね》の奥を突《つ》いた。

だけど、めちゃくちゃ嬉《うれ》しくて、

「もちろん誘《さそ》うよ！　絶対《ぜったい》に誘《さそ》うから!!」

思わず大声を出してしまった。

口を塞《ふさ》いで辺りをキョロキョロしてたら、アサミがクスクス笑ってる。

「それから、チヒャロットさんやユリカポさんにも、お礼を言ってもらえる？」

「分かった。伝えておくよ」

井戸の中のブルーグリーンが、さっきよりも一段と明るくなったように見えた。

やはり、タイムリミットが迫《せま》っているのかもしれない。

オレは一旦《いったん》、空を見上げた。数え切れないほどの星が、遠く、小さく、瞬《またた》いている。

「オレからは、きみのお母さんに伝えてほしいことがあるんだ」

「お母さんに？」

「うん」

それは、朝からずっと考えていたこと。

何を言ったって覚えているわけがない。そんなことは分かってる。

分かってるけど、これはきみにしか、できないことだから。

「あのさ、人間って、いつか死んじゃうんだろうけどさ、魂《たましい》っていうか意識っていうか、そういうのって、決して消えないと思うんだ。それで、ある日突然《とつぜん》、オレたちみたいに違う世界に飛んじゃって、誰《だれ》かとこうやって出逢《であ》って、仲良くなったりとかして……ええと、何て言うか、つまり、亡《な》くなったきみのお父さんも、和登《かずと》くんも、きっとどこか別の世界で、元気で暮《く》らしてるはずだから、大丈夫だから、全然心配しなくていいから、だから……」

気が付くと、アサミの顔が滲《にじ》んで見えなくなっていた。

でも、言わずにはいられなかった。

「だから、その、お母さんに、あんまり自分をいじめないで、って。そんなに自分を責《せ》めないでって……」

泣くつもりなんかなかった。

こんな格好悪《かっこうわる》いところなんか、絶対《ぜったい》に見せたくなかった。

だけど、抑《おさ》えきれなかった。

「お願《ねが》い、だよ、お母さんに、ちゃんと、伝えて」

「うん、うん、分かった、分かったよ、ありがとう燈馬《とうま》くん」

そんなつもりじゃなかったのに、こんなに目を真《ま》っ赤《か》にして、顔をこわばらせてる。

この子にまで、また悲しい気持ちを呼《よ》び起《お》こさせてしまった。

「ごめん」

オレは、こみ上げて来るものを全力で捻《ね》じ伏《ふ》せ、「じゃあ、そろそろ行くよ」と、涙《なみだ》を拭《ぬぐ》った。

「うん。元気でね、燈馬《とうま》くん」

アサミも浴衣《ゆかた》の袖《そで》を頬《ほお》に当て当て、笑顔で手を差し出す。

「ああ、アサミも……」

言いかけて、せめて最後にオレたちもあの二人みたいに、名前で呼《よ》び合《あ》えたらいいなって思った。

せっかく仲良くなったんだから、その証みたいなのがほしかったんだ。

オレは、華厳《けごん》の滝《たき》からバンジージャンプするくらいの気持ちで、

「ヒ、ヒナコ……ヒナコちゃんも、元気で」

そう言って手を差し出した。

そしたら、

「やだ、お婆《ばあ》ちゃんみたいな呼《よ》び方しないでよ」

まだ泣《な》き濡《ぬ》れたまま、アサミが吹《ふ》き出《だ》すではないか。

「だって、下の名前、ヒナコっていうんじゃ……」

唖然《あぜん》としているオレをよそに、「違うよー」とアサミは笑った。

「でもやっぱり、お婆《ばあ》ちゃんが言うと『ヒナコ』って聞こえるよね」

「どういうこと？」

「ほら、聞いたことない？　べごっことか、お茶《ちゃ》っことか、魚《さかな》っことか、何にでも『っこ』をつける方言《ほうげん》」

テレビでも見たことがあるし、何となくは知っていたから、

「分かるよ、東北地方《とうほくちほう》の方言《ほうげん》だよね」

オレはそう答えた。

「うん。同じ東北《とうほく》でも、お婆《ばあ》ちゃんは秋田《あきた》の生まれなのね」と、アサミが続ける。

「でね、そこの地域《ちいき》では物だけじゃなく、名前にも『っこ』ってつけるんだって。でもね、名前につける時は普通《ふつう》、男の人にだけつけるらしいの。例えば『よしおっこ』とか『ひろしっこ』とか。だけど私、小さい頃《ころ》から気が強くって男の子みたいだって言われて、いつも『りなっこー』って」

「りなっこ？　じゃあ、きみの本当の名前は」

「里奈《りな》だよ。浅見里奈《あさみりな》」

「里奈《りな》か……」

それは、これ以上はないと思えるくらい、この子のイメージにぴったりな名前に思えた。まるで大事な探し物をようやく見つけられたかのような、そんな気分だった。

「なんか、すごくきみに似合ってる」

「ありがとう。お父さんがつけてくれた名前なの。夢《ゆめ》に出て来た名前なんだって」

井戸の中のブルーグリーンが、どんどん光を帯びていく。

青く、果《は》てしなく、空のように光っている。

「じゃあ、里奈《りな》、いくよ」

「うん」

手を繋《つな》いで里奈《りな》を引き上げ、井戸の縁《ふち》に並《なら》んで立つ。

不思議《ふしぎ》と怖《こわ》さはなかった。

オレたちは階段を下りるように、光の中へゆっくりと片足《かたあし》を踏《ふ》み入《い》れた。

その途端《とたん》、目を開けていられないほどに強い一陣《いちじん》の風に吹《ふ》かれ――


「――見事に任務完了《にんむかんりょう》ね」


どこからか、チヒャロットの声が聞こえてきた。

繋《つな》いでいた手の感触《かんしょく》が、知らぬ間に消えている。

「――本当によく頑張《がんば》ったわ、トーマス。せっかくだから見届けましょう」

気が付けば、殺風景《さっぷうけい》な白い部屋の中にオレはいた。

病室だろうか、そこには、頭や腕《うで》、脚《あし》にも包帯を巻《ま》いてベッドに横になった女の子が……里奈《りな》だ。

里奈《りな》が目を開けると、手を握《にぎ》っていた母親らしき人が、泣きながら喜《よろこ》んでいる。

耳を澄《す》ますと、里奈《りな》の声が途切《とぎ》れ途切《とぎ》れに、小さく聞こえてきた。

「あのね、お母さん、私、ずっと、夢《ゆめ》を見てたの……」


「――さあ、次はあなたの番よ」


チヒャロットの声で、はっと我《われ》に返る。

「――お疲《つか》れ様でした」

ユリカポの声も聞こえる。

いつの間にか、今度はお婆《ばあ》ちゃんちのいつもの座敷《ざしき》に、オレはいた。

「――この後、七月二九日午後一一時五三分、つまりこの世界のあなたが今夜までの出来事《できごと》を夢《ゆめ》として認識《にんしき》し始める時点から意識の同化は始まり、次に目が覚《さ》めた時点ですべて完了となります」

「え、七月二九日って、そこまで時間が戻《もど》っちゃうの？」

「――昨夜《ゆうべ》お話ししたとおり、宇宙には時間という概念《がいねん》が存在《そんざい》していません。意識レベルでは、エネルギーの向かう先が、必ずしも過去から現在《げんざい》を経て未来へ、という人間界の時系列どおりであるとは限《かぎ》らないのです」

「そっか、意識に時間の流れとかは関係ないんだもんね」

「――ここまで、本当にお疲《つか》れ様でした。あなたにとっては、辛《つら》い別ればかりでしたね」

「ねえ、こっちの世界では、オレと里奈《りな》は知らない関係なんだよね。もし会ったとしても、当然お互《たが》いに気付かないんだよね。いや、分かってるんだけど一応」

「――そうね。現時点で、あなたたちには面識がないから」

これはチヒャロットの声だな。

姿《すがた》が見えないと、喋《しゃべ》り方《かた》でしか区別がつかない。

まあ、今となってはどっちでもいいか。

「――それに私の知る限《かぎ》り、この世界のあの子とあなたには、ざっと五、六年先を見渡《みわた》しても、まったく接点がないわ」

「そうなんだ……。それはちょっと残念だな」

「――そうがっかりしなさんな。私たちだって、ただいたずらにこの任務《にんむ》をあなたに託《たく》したわけじゃないんだから。然《しか》るべき時が来たら、ちゃんと再会させる予定よ。それも相当ドラマチックにね」

「ドラマチック？」

「——ほら、覚えていないめぐり逢《あ》いのことを、人間界では『運命の出逢《であ》い』って言うじゃない」

「——そう。大丈夫です。あなたには、きっと素敵《すてき》な未来が待っていますから」

「そうだといいなぁ……。二人が言うことだもの、信用するよ。あ、そう言えば、ユリカポは未来のプログラムだって言ってたけど、本当は違うってこと？」

「——そうよ、彼女も私と同じ目的のためにあなたを守護《しゅご》する、いわば同志《どうし》だったってわけ」

「ふうん。霊界《れいかい》のことはよく分かんないや。ああ、それにしても不思議《ふしぎ》な体験してるなぁオレ。次に目が覚《さ》めた時にはもう、こうして話したりもできないんだよね？」

「——そうね。でも、いつも見守ってるわ。守護霊《しゅごれい》ですもの」

「あのさ、一度言おうと思ってたんだけど、二人とも全然ご先祖様《せんぞさま》って感じじゃないよね。普通《ふつう》に高校生とか大学生のお姉さんみたいだったもん」

「——あら、ありがたみがないとか言いたそうねー」

「そうは言わないけどさ、ちょっとイメージと違うから」

「——そうでしょうね。確かにそうかもしれません。しかし、守護霊《しゅごれい》が必ずしもご先祖様《せんぞさま》でなければならない、という決まりはないのです」

「え、どういう意味？」

「——言ったでしょ。私たちに時間という概念《がいねん》はないのよ、トーマス」

「——そうです。つまり持ちつ持たれつということです」

「ん～……」

いったいどういうことなのかと、考《かん》え込《こ》んだままオレは──

──バラバラバラバラ……

トタンの庇《ひさし》を打つ雨の音で、目が覚《さ》めた。

なんだか随分《ずいぶん》と長い夢《ゆめ》を見ていたような気がする。

「くぅ……っあー！」

大きく伸《の》びをしつつ、壁《かべ》にかかった写真を見ながら寝《ね》ぼけ頭《あたま》でボーっとする。

木製《もくせい》の大きな額《がく》に入れられた、ＳＬ機関車がもくもくと煙《けむり》を吐《は》きながら迫《せま》ってくる白黒の写真。

幼《おさな》い頃《ころ》からあった部屋の一部。朝、目覚めてこの写真を見ると、「あー夏休みなんだなー」といつも思う。

柱の大きな日めくりカレンダーに目をやる。

教科書くらいのスペースに、これでもかというくらいでかでかとした太字で『30』と日付が書いてあり、その下に中くらいの字で【月曜日】とある。

今日は、二〇一二年七月三〇日の月曜日。

そう。夏休みはまだ始まったばかりだ。

そして、雨の日には雨の日の楽しみがある。

「さてと」

オレは、昨日宗佑《きのうそうすけ》んちで覚えた『カチペン』の楽しさに胸《むね》を躍《おど》らせながら、今日も勢《いきお》いよく跳《は》ね起《お》き、全力で布団《ふとん》をたたんでやった。

エピローグ

二〇二一年　夏——

昨夜《ゆうべ》、久《ひさ》し振《ぶ》りに子供の頃《ころ》の夢《ゆめ》を見た。

小学生時代、夏休みになると遊びに行っていた母の実家の夢《ゆめ》だ。

内容はほとんど覚えていないのだが、当時寝泊《ねと》まりしていた部屋に飾《かざ》ってあったＳＬ機関車の写真だけは、はっきりと思い出せる。

幼《おさな》い頃《ころ》から夏休み中に毎日見ていたものだから、よほど強く印象に残っているのだろう。

その機関車のせいかどうかは分からないけど、夢《ゆめ》の中で俺《おれ》は、「トーマス」と呼《よ》ばれていた。

いや、あるいは不二《ふじ》代燈馬《しろとうま》の名前から、下の部分をもじったネーミングだったのかもしれないが。

しかし当時、幼馴染《おさななじみ》だった宗佑《そうすけ》やほかの子にも、そんなふうに呼《よ》ばれた記憶《きおく》はまったくない。

あの夢《ゆめ》の中で、いったい誰《だれ》にそう呼《よ》ばれていたのか、朝からずっと考えているのだがどうしても思い出せない。

ああ、まるでサハラ砂漠《さばく》の遭難者《そうなんしゃ》にでもなった気分だ。

来た道を引き返そうと振《ふ》り向《む》いた途端《とたん》、足跡《あしあと》がみるみる砂嵐《すなあらし》に消し去られてしまう。

まったく、夢《ゆめ》というのは実にやるせない。

その内容が、たとえどんなに全米を震撼《しんかん》させるほどのスペクタクル超《ちょう》大作だったとしても、目が覚《さ》めるとほとんど憶《おぼ》えていないのだから……


「いけね」

はっと我《われ》に返り、シャツの胸《むね》ポケットから小さな手帳《てちょう》を取り出す。

こうしてソファーに深く腰掛《こしか》けていると、ついつい物思いに耽《ふけ》ってしまう。

だが今は、自分の昔《むかし》のあだ名についてなど、悠長《ゆうちょう》に考えている場合ではない。

俺《おれ》には、生まれくる我《わ》が子《こ》の名前を決める、という父親としての重要な役割があるのだ。

浅く座《すわ》り直《なお》し、ボールペンをカチカチさせながら頭を捻《ひね》っていると、

コン　コン

ドアをノックする音が聞こえてきた。

返事をすると、エプロン姿《すがた》の吉岡《よしおか》さんがひょこっと顔を覗《のぞ》かせる。

「奥さん、あがったかしら」

「あ、まだなんです。里奈《りな》のやつ長風呂《ながぶろ》で……すみません」

ペコっと頭を下げると、吉岡《よしおか》さんは眉《まゆ》をハの字にして、「いいのいいのー」と車のワイパーみたいに手を大きく振《ふ》った。

「今のうぢにゆっくり入っておぎなさいって、私《わだし》が言ったのよ。産後は暫《しばら》ぐ湯船《ゆぶね》に浸《つ》かれないがらっさあ。また様子を見に来るわねえ」

独特《どくとく》のイントネーションでそう言い残し、静かにドアを閉める。

担当《たんとう》の助産師《じょさんし》さんが優しいベテランのおばさんでよかったなと、つくづく思う。

それに、あの言葉の響《ひび》きを聞くと俺《おれ》も何だかホッとする。里奈《りな》が慕《した》うのも頷《うなず》けるというものだ。


去年の春、俺《おれ》たちはめでたく結婚《けっこん》した。

同い年でまだ若く、いろいろ苦労はあるけど、周りの人たちに助けてもらいながら二人で暮《く》らし始《はじ》め、間もなく子供を授《さず》かった。

里奈《りな》は一〇年前の東日本大震災《ひがしにほんだいしんさい》で、両親と弟を亡《な》くしている。

未曽有《みぞう》の災害《さいがい》と言われた、かの大津波《おおつなみ》は、家族だけでなく、住んでいた町までも彼女から奪《うば》い去《さ》った。

その後は母方の祖母《そぼ》に引き取られ、何不自由《なにふじゆう》なく暮《く》らしたようだが、「早く自立して幸福《こうふく》な家庭を築《きず》きたい」という願望《がんぼう》は、人一倍《ひといちばい》強かったように思う。

お蔭《かげ》で、「元気なうちに早く孫《まご》の顔が見たい」という義祖母《ぎそぼ》の望みも、早々《そうそう》に叶《かな》えてあげられそうだ。

里奈《りな》の健康状態《けんこうじょうたい》はすこぶる順調《じゅんちょう》だったが、初産《ういざん》ということもあり、予定日を迎《むか》えるにあたって昨日《きのう》からこの茂森産婦人科病院《しげもりさんふじんかびょういん》に入院させている。

もういつ陣痛《じんつう》がきてもおかしくないということなので、俺《おれ》も今日は仕事を早く切り上げ、夕飯《ゆうはん》も簡単《かんたん》に済《す》ませてきたところ。

里奈《りな》が何かと不自由だろうから、今夜はここに泊《と》まる予定でいる。まあ、話し相手ぐらいにしか役には立たないんだけど。

洗面室から漏《も》れるドライヤーのモーター音を聞きながら、それにしても俺《おれ》たちは恵《めぐ》まれているな、と思う。

つい先日まで里奈《りな》は、吉岡《よしおか》さんが一人で切《き》り盛《も》りする小さな助産院《じょさんいん》にお世話《せわ》になっていた。

もちろん、吉岡《よしおか》さんは大ベテランだし、信頼《しんらい》できる助産師《じょさんし》ではあったのだが、うちの身内がいろいろと心配してくれた経緯《けいい》があり、今に至《いた》る。

何か問題が発生した時、病院でないと対処《たいしょ》できないことがあるらしく、より安全な環境《かんきょう》へと移《うつ》らせてもらったのだ。

里奈《りな》はすごく恐縮《きょうしゅく》していたけど、吉岡《よしおか》さんも最後まで面倒《めんどう》を看《み》てくれることになっているし、結果としてはよかったと思っている。

二人の貯金《ちょきん》だけでは、こんな優雅《ゆうが》な個室に入院することなど、到底叶《とうていかな》わなかっただろう。これも偏《ひとえ》に、理解ある頼《たの》もしい父上様母上様のお蔭《かげ》だ。

何しろバス・トイレ付きでテレビと鏡台《きょうだい》があり、デスクの脇《わき》にはクローゼット、窓際《まどぎわ》には座《すわ》り心地《ごこち》のいいソファーときてる。

その上、壁《かべ》には大きな絵画まで飾《かざ》られていて、まるでホテルの一室であるかのよう。

それでいて最新の設備を誇《ほこ》り、入院から退院までの間、この部屋から移動することなくすべてをこなせるというのだから、もう言うことなしだ。

ドライヤーの音が止《や》んだかと思うと、少しして洗面室のドアが開いた。

「燈馬《とうま》くん、お待たせ。次どうぞ」

部屋にシャンプーの匂《にお》いと里奈《りな》の声が香る。

「汗《あせ》かいたでしょ。うちのよりも広いんだから、今日はゆっくり入りなよ」

パジャマの下にバスケットボールでも隠《かく》しているかのようなお腹《なか》が通り過ぎるのを横目で見ながら、「あ、まだいい」と手帳《てちょう》から目を離さないポーズを取ると、里奈《りな》はテレビのスイッチを入れたようだ。

「それで、名前は決まりそうなの？」

よいしょと、重たそうにベッドへ腰《こし》を下ろして、ふーっと大きく息をつく。

「まだ、考え中」

「パパ、どんな名前にしてくれるかなー、楽しみだねー」

まん丸いお腹《なか》をそっと撫《な》でながら、やさしく微笑《ほほえ》みかけてる。

この病院に唯一《ゆいいつ》苦情を申し上げるとすれば、生まれてくる子の性別を教えてくれないことだ。

どうやら院長先生がそういう方針《ほうしん》らしいのだが、お蔭《かげ》でこっちは苦労してるんだから。

男の子だったらこれで女の子だったらあれ、もしくはどっちでも通用するようなこれがいいかな、いや、それだと流行《はや》りに乗ったみたいに思われるし誰《だれ》かとかぶりそう、かと言って誰《だれ》にも読めなさそうな当て字はちょっとな……などと考えていると、だんだんわけが分からなくなってくる。

それならばと、今度は人名漢字をリサーチしまくって、「あ」ならこの字、「い」ならこれで「う」ならこれ、というふうに、とりあえず好みの漢字を片《かた》っ端《ぱし》から候補《こうほ》に挙げてみる。

やってるうちに、漢字博士にでもなれるんじゃないかってくらい意味や成り立ちには詳しくなるものの、何千何万通りもある組み合わせに気が遠くなってきて、結局振《ふ》り出《だ》しに戻《もど》る。

ずっとそれの繰《く》り返《かえ》しだ。

それでも里奈《りな》は、できるだけ早く決めてほしいと言う。

「だって、産まれてきてくれた子には、すぐに名前で呼《よ》びかけてあげたいじゃない」

それもそうだなと思う。

でもなかなか決まらないのだから困《こま》ったものだ。

暫《しばら》く黙《だま》りこくって考えていると、不意《ふい》にテレビの音が消えた。

「ねえ、退屈《たいくつ》だから何かお話ししようよ。昨夜《ゆうべ》の続きとか」

「んー……そうだね。うん、そうしよう」

よし、とさっそく立ち上がり、手帳《てちょう》とボールペンを胸《むね》ポケットに滑《すべ》り込《こ》ませる。

いい加減《かげんい》行き詰《づ》まっていたし、ちょうどいいタイミングだった。

昨夜《ゆうべ》と同じように、デスクからキャスター付きの椅子《いす》を引《ひ》っ張《ぱ》って来て、ベッド脇《わき》にスタンバイ。

背《せ》もたれに腕《うで》を預けて逆向《ぎゃくむ》きに座《すわ》れば、里奈《りな》が横になっても話しやすい、ベストポジションだ。

「眠《ねむ》くなったら、いつでも寝《ね》ていいからさ」

「ありがとう。でもまだまだ平気」

確か昨夜《ゆうべ》は里奈が寝《ね》る直前まで、二人が付き合い出した頃《ころ》の話をしていた。

当時の思い出話は、これまでも度々《たびたび》話題に挙がっていて、その都度《つど》必ず盛り上がる。

中でも『鳳凰《ほうおう》の間事件《まじけん》』は、鉄板《てっぱん》ネタと言えるだろう。

「何たって、あれが俺《おれ》たちの原点だよね」

「うん。あれがなければ、きっと今の私たちはなかったと思う」

里奈《りな》と結婚《けっこん》するに至《いた》った経緯《けいい》は、一昨年《おととし》に開かれた小学校の同窓会《どうそうかい》に遡《さかのぼ》る。

と言っても、二人は同郷《どうきょう》ではなく、別々の小学校を卒業している。

各々《おのおの》がそれぞれの同窓会《どうそうかい》に出向いたホテルで、たまたま二人は出逢《であ》ったのだ。

それは実に奇妙《きみょう》な偶然《ぐうぜん》、まさに運命の出逢《であ》いだった。

ホテルに着いたのが開始ギリギリ五分前だったため、慌《あわ》てて会場である『鳳凰《ほうおう》の間《ま》』がどこなのかをフロントで尋《たず》ねようとしたら、同じタイミングで隣《となり》にショートヘアの女性が駆《か》け込《こ》んで来た。

俺《おれ》たちは、応対したそれぞれのフロントマンにまったく同じ質問をし、その予想だにしなかった返答にまったく同じリアクションをした。

そして思わず顔を見合わせた。

まさか、どちらも開催日《かいさいび》を間違えて来てしまったなんて！

何ともマヌケな状況《じょうきょう》で鉢合《はちあ》わせした俺《おれ》たちは、お互《たが》いばつが悪《わる》くて、どちらからともなく話しかけた。

初めは他愛《たあい》もない会話だったのだが、思わぬ共通点に気付いてからは、たちまち話に花が咲《さ》いた。

そう。たまたま会ったその女性が、なんと、あの宗佑《そうすけ》と同じ小学校を卒業しているというではないか。

それがキッカケとなり、その後正式な交際が始まるまで、そう時間はかからなかった。

「あれさ、結局どっちも日付の間違った案内状を受け取ってたんだよなー」

「そうそう。本当なら、うちが一六日で、燈馬《とうま》くんの学校が一七日の予定だったんだよね。なのに案内状はどちらも一五日の日付になってて。しかも私たちにだけ、なぜか訂正《ていせい》の連絡《れんらく》が来なかったっていう」

あれは本当に不思議《ふしぎ》だった。

幹事《かんじ》は、間違いなく全員に訂正《ていせい》ハガキを送ったはずだと、頑《がん》として譲《ゆず》らないのだが、俺《おれ》は確実に受け取っていない。

結局、どこでどうすれ違ったのかは迷宮入《めいきゅうい》りとなってしまったものの、そのお陰《かげ》で俺《おれ》たちは出逢《であ》えたのだ。

そこからはトントン拍子《びょうし》で、夏には里奈《りな》のお婆《ばあ》さんに挨拶《あいさつ》かたがた久《ひさ》し振《ぶ》りに母の実家を訪《おとず》れると、憧《あこが》れの言い伝えにあやかり、花火大会で一気にプロポーズ。

盆祭《ぼんまつ》りにＯＫをもらった時は、飛び上がって喜《よろこ》んだものだ。

「ああいう偶然《ぐうぜん》が重なることなんて、普通《ふつう》ありえないよね」

「うん、ありえない。やっぱり世の中にはさ、決して現代の科学では解明できない不思議《ふしぎ》な出来事《できごと》ってのがあるんだよ、きっと」

俺《おれ》が腕組《うでぐ》みをして「うーん」と唸《うな》ると、里奈《りな》はふふっと微笑《ほほえ》んで、

「ほんと、そういうの大好きだよねー」

そう言って手を後ろに付き、母親のような温かい眼差《まなざ》しを向けてきた。

「俺《おれ》、幽霊《ゆうれい》とかは信じないけど、タイムスリップや異世界《いせかい》なんかは絶対《ぜったい》にあると思うんだよね。それで、未来にはそういう時空間《じくうかん》のメカニズムに精通《せいつう》した秘密組織《ひみつそしき》とかもあってさ、過去の人間の前には一切姿《すがた》を現すことなく日々暗躍《あんやく》してる、みたいな。つまり俺《おれ》たちが出逢《であ》ったのも、ただの偶然《ぐうぜん》じゃないかもしれない」

「なるほど、秘密組織《ひみつそしき》ねぇ」

「きっとそうだ。すべては何者かによって仕組まれていたことで、彼らが何らかの目的のために、俺《おれ》たちを引き合わせたに違いない」

いつもの展開だった。

『鳳凰《ほうおう》の間事件《まじけん》』の最後は、決まって俺《おれ》がＳＦ的な説を熱く語り出し、

「本当にそうだったら面白《おもしろ》いね。燈馬《とうま》くんって、小説とか書けるんじゃない？」

という里奈《りな》の希望的観測《きぼうてきかんそく》で締《し》め括《くく》られる。

そんでもって、

「よし、いっそのこと小説家にでもなるか！」

とか言いつつ、

「あ、でもその前に今の仕事を片付《かたづ》けなきゃ。今週中に終わるか微妙《びみょう》だな。俺《おれ》、文章書くの苦手《にがて》だから」

いつも、そんなオチがつく。

そう。いつものように冗談《じょうだん》を言って、いつものように笑い合っている時だった。


——彼のコードネームは……そうね、トーマスってのはどう？

——いいですね、とっても親しみやすく呼《よ》びやすいネームだわ。決まりですね。


突然《とつぜん》、どこかで耳にしたことがあるような、そんな会話が脳裏《のうり》を掠《かす》めた。

途端《とたん》に、何か閃《ひらめ》きにも似《に》た膨大《ぼうだい》な情報の波が頭の中に押《お》し寄《よ》せてくるのを感じ、俺《おれ》は「はっ」と息を呑《の》んだ。

「ねぇ、どうかしたの？」

何が起こったのか、分からなかった。

ただ、急に思い出したのだ。

今の今まで僅《わず》かな記憶《きおく》の断片《だんぺん》でしかなかった、あの夢《ゆめ》の全容を。

「やっぱり、きみと出逢《であ》ったのは、ただの偶然《ぐうぜん》じゃないかもしれない」

「どうしたの、急に」

「いや、実は今朝、夢《ゆめ》を見たんだ。子供の頃《ころ》の記憶《きおく》を再現しているかのような、確かにこんなことが昔《むかし》あったような……とにかく不思議《ふしぎ》な内容だったんだ」

「何だか面白《おもしろ》そう。どんな夢《ゆめ》だったの？」

「うまく話せるかな。夢《ゆめ》って口にするとどんどん忘《わす》れていくから」

何からどう話そうかと考えていると、今の今まで目を輝《かがや》かせていた里奈《りな》が、急に顔を顰《しか》めた。

「おい、大丈夫か」

「だめ…吉岡《よしおか》さん、呼《よ》んで……」

ナースコールを押《お》すと、にわかに院内が慌《あわただ》しくなった。

まず吉岡《よしおか》さんが飛んできて、そのすぐ後に先生と看護師《かんごし》がバタバタと駆《か》けつける。

事前に分娩《ぶんべん》には立ち会わないことを決めていたので、俺《おれ》は部屋の外に出て、通路の椅子《いす》に腰掛《こしか》けた。

落ち着かなくてソワソワしていると、部屋から吉岡《よしおか》さんが顔を出して、

「産まれだら、すぐに男の子《おとご》か女の子か、教えてあげっからね」

ガッツポーズで励《はげ》ましてくれた。

壁《かべ》の向こうから、苦しそうな里奈《りな》の声が聞こえてくるたび、握《にぎ》る拳《こぶし》に力が入る。

「リラックスよー、リラックス！　そう、ゆっくり吸ってー……ゆっくり吐《は》いでー　フ――ッと、はい、まだまだ！　フ――ッ……」

気迫《きはく》のこもった吉岡《よしおか》さんの掛《か》け声《ごえ》と共に、俺《おれ》まで呼吸《こきゅう》を整えてみたりして。

未だ決められない名前のことで焦《あせ》りを感じつつ、今まで聞いたこともない里奈《りな》の悲痛な叫《さけ》び声《ごえ》に、心臓《しんぞう》がドッカドッカと激《はげ》しく反応《はんのう》する。

もしも出産時の痛《いた》みを男が味わったなら、耐《た》えられずに死んでしまうらしい、という話をどこかで聞いたことがある。

いったいどれほどの痛《いた》みなのかと、考えるだけで恐《おそ》ろしくなってきた。

気を紛《まぎ》らわせようと、必死に子供の名前を考えてみるものの、だめだ、こんな状況《じょうきょう》ではとてもじゃないけど集中なんてできやしない。

ドアが開くたび、先生や看護師《かんごし》たちが出入りするたび、ドキッとして腰《こし》を浮《う》かしては脱力する挙動《きょどう》の繰《く》り返《かえ》し。

中で実は拷問《ごうもん》でもされてるんじゃないかというくらい凄《すさ》まじい里奈《りな》の呻《うめ》きに、ただこうして座《すわ》ってるだけで何もできない自分が情けなくなり、苛立《いらだ》ってくる。

そうやってどのくらいの時間が経ったのか、緊張《きんちょう》の連続で気が遠くなりかけていると、

「ほら！　ママさんまだ息《いき》まないの!!」

突然《とつぜん》、あの穏《おだ》やかな吉岡《よしおか》さんからは想像もつかない荒々《あらあら》しい声が、壁越《かべご》しに飛んできた。

「どんなに痛《いだ》くても、しっかり呼吸《こきゅう》しねど赤《あが》ちゃん息《いぎ》でぎないでしょ！　大変なのはお母さんだげじゃないの！　赤ちゃんも頑張《がんば》ってんだがらね!!」

座禅中《ざぜんちゅう》に和尚《おしょう》さんから木の板でバシッと肩《かた》を叩《たた》かれたかのように、背筋《せすじ》がビンッと伸《の》びる思いだった。

そうだ。里奈《りな》も、お腹《なか》の中の赤ん坊も、休むことなく闘《たたか》い続《つづ》けているんだ。

そう自分に言い聞かせ、「頼《たの》む、どうか、どうか無事に産まれてくれ！」と強く祈《いの》り続《つづ》ける。

「無事に産まれてさえくれれば、ほかには何にもいらないですから、本当にお願《ねが》いですから……！」

もはや神様《かみさま》や仏様《ほとけさま》はおろか、藁《わら》にも縋《すが》りたい思いでひたすら拳《こぶし》を握《にぎ》り締《し》めていると、ついに待ちに待った瞬間《しゅんかん》がやって来た。

「んぎゃっ！　ふぎゃっ！　つんぎゃ！」

とびきり元気のいい泣き声が、目の前の壁《かべ》をやすやすと突《つ》き破《やぶ》り、俺《おれ》の鼓膜《こまく》をじんじんと震《ふる》わせたのだ。

飛び立つばかりの勢《いきお》いで腰《こし》を上げると、少しして、予定どおり部屋から吉岡《よしおか》さんが出て来てくれた。

しかし、汗《あせ》ばんで薄《うっす》らと疲労を浮《う》かべたその表情は硬《かた》く、明らかに逼迫《ひっぱく》したような顔つきをしている。

「どうか、したんですか」

視界《しかい》が揺《ゆ》らぐほど激《はげ》しく跳《は》ね上《あ》がる鼓動《こどう》を制《せい》しながら、恐《おそ》る恐《おそ》る尋《たず》ねると、

「パパさん、落ち着いで聞いでけらいね、稀《まれ》にこういうケースもあるのよ」

吉岡《よしおか》さんは、神妙《しんみょう》な面持《おもも》ちで説明し始める。

「産まれだ赤《あが》ちゃんね、とっても元気な女の子さんです。だげどっさ、中《なが》さもう一人いだの。そう、双子よ、ふ、た、ご」

何かが、頭の中をよぎった。

「先生も私も検査《けんさ》ではまっ、たぐ気付がながったのよ。きっとあの子の後ろさ、すっかり隠《かぐ》れでだのねえ。恐《おそ》らぐ心音もぴったし重なってで……」

話を聞きながら、たちまち夢《ゆめ》の中の言葉が脳裏《のうり》に甦《よみがえ》る。

――守護霊《しゅごれい》が必ずしもご先祖様《せんぞさま》でなければならない、という決まりはないのです。

――私たちに時間という概念《がいねん》はないのよ、トーマス。

トーマス……

俺《おれ》の…コードネーム………

「それでね、もちろん万全《ばんぜん》を尽《つ》ぐすのだけど、まだ中にいる子のほうは、かなり小さいようで、

万が一のごどもあるがもしれねがら……」

「そうか！　そういうことか!!」

咄嗟《とっさ》に叫《さけ》んでしまった。

目を真ん丸くする吉岡《よしおか》さんに、俺《おれ》はガッツポーズを決めた。

「大丈夫です！　もう一人も絶対《ぜったい》に無事に産まれます!!」

俺《おれ》は忘《わす》れないうちにと、胸《むね》のポケットからすっかり汗《あせ》で湿《しめ》った手帳《てちょう》を取り出した。

慌《あわ》ててペンを握《にぎ》り、走り書きで、あのコードネームを二つ、縦《たて》に並《なら》べる。

もはや当てる漢字《かんじ》に、迷《まよ》いなどなかった。

「よし、これだ」

そしてドアの前に駆《か》け寄《よ》り、「おーい里奈《りな》！」と、中に向かって大声で俺《おれ》は叫《さけ》んだ。

「名前、閃《ひらめ》いたよ！　最初の元気な子は『千尋《チヒロ》』だ。それで控《ひか》えめなもう一人の子は『友梨香《ユリカ》』だ！　その子らが俺《おれ》たちを引き合わせてくれたんだ！　だから里奈《りな》、頑張《がんば》れ！　頑張《がんば》れ!!」

——間もなく、歓喜《かんき》に満《み》ち溢《あふ》れた産声《うぶごえ》の二重奏《にじゅうそう》が、明け方の院内に滔々《とうとう》と響《ひび》き渡《わた》った。

おわり

あとがき

まずは読者の皆様《みなさま》にご報告があります。

私、川口雅幸《かわぐちまさゆき》は、お蔭様《かげさま》で今年デビュー一〇周年を迎《むか》えました。

こうして物語を書き続けていられるのも、偏《ひとえ》に読んでくださる皆様《みなさま》あってのこと、本当に感謝の気持ちでいっぱいです。


この一〇年を振《ふ》り返《かえ》ると、実にいろいろなことがありました。

とりわけて大きな出来事《できごと》を挙げるならば、やはりデビュー作『虹色《にじいろ》ほたる～永遠《えいえん》の夏休み～』のアニメ映画化《えいがか》でしょう。

これは間違いなく、私の人生における重大ニュースに上位ランクインするような、エキサイティングな出来事《できごと》であったと思います。

しかし、いい出来事《できごと》ばかりではありませんでした。いや、むしろほかのどんな重大ニュースも霞《かす》んでしまうような、史上最悪《しじょうさいあく》の出来事《できごと》が起こったのです。

そう。二〇一一年三月一一日に起きた、3・11東日本大震災《ひがしにほんだいしんさい》です。

その時の大津波《おおつなみ》で、私の住む岩手県大船渡市《いわてけんおおふなとし》の街《まち》は壊滅状態《かいめつじょうたい》になり、自宅はおろか実家も職場も全壊《ぜんかい》、私自身も九死に一生を得ました。

その後の取材などでは、「震災《しんさい》を題材に書く予定はありますか」という主旨《しゅし》の質問を受けることが多くなりましたが、その都度《つど》、「書くつもりはありません」と明言して参りました。

それは、あの震災《しんさい》が私にとってあまりにもショッキングで、あまりにも現実的すぎて、ファンタジーを描《えが》く題材として相応《ふさわ》しくないと、強く思っていたからでした。

時が経ち、四作目の構想を練《ね》る中でもその気持ちは変わることなく、当初は「震災《しんさい》のことだけには触《ふ》れまい、それだけは避《さ》けたい」という考えで取り組んでいたのです。

ところが、いくら頭を捻《ひね》ってもなかなか書きたいと思えるものが浮《う》かばず、ほとほと困《こま》り果《は》てた挙句《あげく》に辿《たど》り着《つ》いたのが、皮肉《ひにく》にも震災《しんさい》のことでした。

複雑《ふくざつ》な気分で封印《ふういん》を解くや否《いな》や、みるみる物語が組み上がっていくではありませんか。あの不《ふ》思議《しぎ》な感覚は今でも忘《わす》れられません。

もちろん、書くにあたって不安や葛藤《かっとう》はありました。

実際《じっさい》、書きながら当時の情景《じょうけい》が克明《こくめい》に思い起こされ、精神的《せいしんてき》に辛《つら》くなったりもしました。

しかし、それでも書こうと決めたのは、これは私自身にとって避《さ》けて通れない物事なのではないか、と感じたからです。

そして、そう考えられるようになったのは、被災地《ひさいち》に暮《く》らす私自身が（良くも悪《わる》くも）あの震災《しんさい》を既《すで》に過去の出来事《できごと》として捉《とら》え始《はじ》めているからなのかもしれません。

一口に被災地《ひさいち》と言っても、地域《ちいき》によって状況《じょうきょう》は様々であり、今も尚《なお》、苦しい状況《じょうきょう》の中での生活を余儀《よぎ》なくされている方々がおられるのも事実です。

物語中で語られる震災《しんさい》は、あくまでも実際《じっさい》に起こり得たであろう悲劇《ひげき》の一部にしかすぎません。それでも、あるいは私よりも深刻《しんこく》な苦難《くなん》に陥《おちい》った被災者《ひさいしゃ》の方々にも、この物語をメッセージとして受け取っていただけるものと信じております。

最後に、改《あらた》めまして東日本大震災《ひがしにほんだいしんさい》により亡《な》くなられた方々のご冥福《めいふく》をお祈《いの》り申し上げますと共に、そのご家族、被災《ひさい》された方々に、心よりお悔《く》やみとお見舞《みま》いを申し上げます。

重ねて、地域《ちいき》の一日も早い復興と、皆様の心の安らぎをお祈《いの》り申し上げ、あとがきとさせていただきます。

二〇一七年七月吉日　川口雅幸《かわぐちまさゆき》

この物語はフィクションです。
実在する人物・地名・団体とは一切関係ありません。
全て創作であり、
現実の出来事をモデルにしたものではありません。

タイムスリップファンタジー

著者累計
60万部
突破!
川口雅幸の感動
からくり夢時計
DREAM ∞ CLOCKS
ハードカバー
からくり夢時計
川口雅幸
この鍵って一体……
それはね、言うなれば「時の鍵」だよ
『虹色ほたる』の川口雅幸最新作!
タイムスリップ感動ファンタジー
累計14万部突破!
定価：本体1500円+税
軽装版
からくり夢時計
DREAM ∞ CLOCKS
川口雅幸
冬の定番ロングセラー 待望の軽装版化!
累計14万部突破!
感動のタイムスリップファンタジー
『虹色ほたる』の川口雅幸が贈る、かけがえのない奇跡の物語
定価：本体1000円+税
文庫版
からくり 上
夢時計 下
川口雅幸
感動のタイムスリップファンタジー
あたたかい家族、あたたかい仲間、あたたかい日々――
あたたかい日本、かけがえのない奇跡の時間が今、刻まれる…
上下巻各定価：本体570円+税
UFOがくれた夏
A Summer with UFO
ハードカバー
UFOがくれた夏
川口雅幸
A Summer with UFO
『虹色ほたる』の川口雅幸が贈るひと夏の運命を描いた感動ファンタジー
運命というのは、自分自身で切り開いていくものなんだ――
夏のある日、UFO目撃談に沸くオレたちの前に謎のイケメンボロシャツ先生が現れた。それが、すべての始まりだった――
定価：本体1700円+税

川口 雅幸（かわぐち まさゆき）
1971年、岩手県生まれ。2004年、パソコンで文章を書く楽しさに目覚め、ホームページを開設。同年、サイト上にて『虹色ほたる〜永遠の夏休み〜』連載開始。大きな反響を呼び、2007年に同作でアルファポリスから出版デビュー、累計40万部突破の大ヒットとなる。2012年には東映アニメーションにより映画化される。

イラスト：丸山薫
http://maruproduction.com/

幽霊屋敷《ゆうれいやしき》のアイツ

川口 雅幸（かわぐち まさゆき）

2017年 7月 28日初版発行

編集－宮坂剛・太田鉄平
編集長－塙綾子
発行者－梶本雄介
発行所－株式会社アルファポリス
〒150-6005 東京都渋谷区恵比寿4-20-3 恵比寿ガーデンプレイスタワー5F
TEL 03-6277-1601（営業）03-6277-1602（編集）
URL http://www.alphapolis.co.jp/
発売元－株式会社星雲社
〒112-0005東京都文京区水道1-3-30
TEL 03-3868-3275
装丁イラスト－丸山薫
装丁デザイン－ansyyqdesign
印刷－中央精版印刷株式会社

価格はカバーに表示されてあります。
落丁乱丁の場合はアルファポリスまでご連絡ください。
送料は小社負担でお取り替えします。

ISBN978-4-434-23607-5 C8093